Chemins croisés

Tome 1 : 17 ans

Sarah Dheilm

CHEMINS CROISÉS

Tome 1 : 17 ans

Sarah Dheilm

So ROMANCE

www.soromance.com

Chapitre 1
L'invité mystère

Il est onze heures lorsque Léa m'appelle :

— On passe cette aprèm avec Elyne et les garçons. Quatorze heures, ça te va ?

Hum… Je ne suis pas d'humeur. Le rêve que j'ai fait cette nuit m'a bouleversée. C'était l'un de ces rêves où lorsqu'on se réveille, on sait que cela va se produire. Et dans ce cas, je serais anéantie : j'ai rêvé que Tom m'appelait enfin et qu'il me larguait comme une vieille chaussette. Ce garçon, que j'ai aimé toute l'année de terminale et qui a enfin daigné me regarder autrement il y a maintenant deux mois, celui qui a été mon premier pour, eh bien… pour tout, est parti en vacances depuis lundi. Or, nous sommes vendredi, et je n'ai toujours pas la moindre nouvelle de lui.

Et s'il lui était arrivé quelque chose sur la route des vacances, est-ce que je l'aurais su ? Je ne sais même pas si quelqu'un de sa famille a mes coordonnées. Se pourrait-il qu'il ait eu un accident ? Mon Dieu, j'en mourrais !

Mais l'inquiétude fait place au doute ; ce rêve, dans lequel il m'appelait et me disait tout simplement qu'il ne m'aimait plus et que c'était fini, était vraiment beaucoup trop réaliste à mon goût.

— On passe te récupérer et on va faire un tour en ville, il y a la fête foraine pour le dernier week-end !

— Je n'ai pas trop envie de bouger, si Tom appelle…

— Quoi ? Tu n'as toujours pas de *news* ?

Léa et moi sommes semblables : on fonctionne de la même manière. Elle sait tout de ma relation avec Tom et sent aussi que ce silence devient plus qu'inquiétant.

— Bon, on passe de toute façon, on s'est donné rendez-vous chez toi.

C'est à la fois l'intérêt et le désagrément d'être la seule de la bande à habiter le centre-ville. Mon appartement est devenu le point de ralliement de la nouvelle bande d'amis que nous formons depuis le début de l'été. Au moins, ils ne peuvent pas se passer de moi, mais ça devient parfois envahissant.

Depuis que Léa est en couple avec Chris et qu'on a littéralement mis Elyne et Steph ensemble, j'ai quelque peu l'impression de tenir la chandelle. L'autre jour, j'ai même trouvé Léa à cheval sur Chris sur mon lit. *Mon* lit !!! Certes, je les comprends, c'est le seul endroit où ils peuvent être tranquilles ; chez leurs parents, il leur est tout simplement impossible de se voir, alors que moi, ma tante n'est jamais là. Mais *mon* lit !! Quelle horreur !

La sonnette retentit peu de temps après quatorze heures. J'appuie sur l'interphone sans prendre le temps de demander qui a sonné, puisque c'est parfaitement inutile. J'attends à la porte de l'appartement que l'ascenseur s'ouvre, laissant mes amis sortir et me rejoindre. Léa sort la première, suivie de Chris, qui la tient par la taille. Ils forment un beau couple, il la fait tout le temps rire, et j'aime voir ma meilleure amie s'amuser. Je ne l'ai jamais vue aussi épanouie que depuis qu'elle est avec lui.

Je suis contente qu'elle ait réussi à passer à autre chose. Elle a, comme moi, passé l'année de terminale follement amoureuse de l'un de nos camarades de classe. Le plus beau garçon de la classe, d'ailleurs. Mais jamais elle n'a pu obtenir de sa part ce qu'elle espérait. Quand il a su les sentiments qu'elle éprouvait à son égard, il a été adorable, peut-être même un peu trop. Il semblait intéressé, faisant de ce fait perdurer les choses, sans pour autant passer à l'action. C'est vraiment bien qu'elle ait rencontré Christian, qui semble vénérer le sol qu'elle foule.

Elyne et Steph forment quant à eux un couple moins bien assorti. Physiquement, ce sont tous les deux de beaux blonds aux yeux bleus, mais du point de vue du caractère... Ce serait mal de dire de mon amie qu'elle est coincée, mais bon... Elle l'est un peu tout de même. Steph s'était montré un peu trop intéressé à mon égard quand Léa et moi les avions rencontrés, lui et Chris, et comme cela n'était absolument pas réciproque, surtout que dorénavant j'ai un petit ami, on l'a quasiment forcé à faire la connaissance d'Elyne et à ce qu'ils sortent ensemble. Comme ça, tout le monde est content.

Enfin, sauf moi qui, finalement, me retrouve toute seule tandis que Tom est en vacances avec son père dans le Sud. Nos conversations téléphoniques, chaque soir auparavant, où il me serinait qu'il m'aimait et où je répondais que je ne le croyais pas, que ça n'avait pas pu arriver comme ça, d'un coup, alors qu'il ne s'était pas intéressé à moi de toute l'année, me manquent.

Je suis perdue dans mon constat de solitude imprévue lorsque j'aperçois une cinquième silhouette, masculine, sortir de l'ascenseur. Steph se tourne vers l'inconnu et semble plaisanter avec lui. Il est donc venu avec eux et n'est pas un quelconque voisin que je n'ai encore jamais vu. En même temps, j'ai vite compris qu'il ne faisait pas partie de la résidence dans laquelle j'habite : il a un look qui ne colle pas du tout avec le hall de marbre et les tapisseries couvertes de miroirs. Il est mince et grand, même par rapport aux deux autres garçons, qui sont de bonne stature : il les dépasse d'une bonne tête, on dirait qu'il est passé dans la machine à guimauve de Willy Wonka et y a été étiré. C'est son style qui déclenche ma colère.

Qu'est-ce que ce machin vient faire chez moi ? Il porte un treillis de camouflage, de grosses *boots* qui, par un temps pareil, sont complètement inadaptées, et un T-shirt noir près du corps qui souligne à quel point il est dégingandé. Sans compter son piercing à l'arcade et sa boucle d'oreille, accessoire que j'ai toujours trouvé absolument ridicule chez un garçon. Bien que là, je dois l'avouer, ça colle plutôt pas mal avec son style. À dire vrai, je n'aurais pas pensé trouver cela un jour... pas si laid que ça. En plus, il est tatoué ! C'est franchement contrariant de voir un type pareil faire irruption ne serait-ce que dans mon couloir, et je sens tous mes poils se hérisser sous l'effet de l'irritation que déclenche cette simple vision.

Mes amis me saluent en entrant. Le « *bad boy* » entre sans y être invité, suivant le mouvement, et surtout sans avoir la politesse de me dire bonjour. Je le toise en soulevant un sourcil. D'habitude, je suis plutôt timide, mais mon rêve m'a mise dans un tel état de stress que je ne réponds plus de rien. Bizarrement, la nervosité qui m'a envahie depuis mon éveil a tendance à me rendre quelque peu soupe au lait.

Steph a dû percevoir mon agacement, car il s'empresse de me demander :

— Ça ne te dérange pas si on est venu avec un pote à moi ? C'est lui qui m'a conduit ici, ma voiture est en rade.

— De toute évidence, je n'ai pas le choix, dis-je en claquant la porte.

Bon, je dois bien l'avouer, ce n'est pas très chaleureux comme accueil. Mais ce look « déchet de l'humanité » chez moi, sans que l'on m'ait demandé mon avis, et sans que j'aie pu m'y préparer psychologiquement, m'agace prodigieusement.

Nous filons tous dans ma chambre. Les filles prennent place sur mon lit, Steph s'installe sur un pouf, tandis que Chris fait le tour et vient s'installer derrière Léa, posant délicatement une main sur sa hanche, son autre main jouant avec ses boucles brunes.

C'est stupide, mais je suis tellement contrariée de sentir mon territoire envahi par la présence inopinée de ce type que je n'arrive pas à m'asseoir, j'aurais l'impression de me mettre en situation de faiblesse. Je porte instinctivement mes doigts à la gourmette gravée au nom de Tom, celle qu'il m'a donnée en gage d'affection en tant que petite amie officielle. J'ai beau adorer le symbole que représente le fait de l'avoir au poignet, le côté romantique est quelque peu terni par les trois filles qui l'ont portée au fil de l'année.

L'invité mystère s'adosse tranquillement contre la porte, plaçant sa botte sur le bois blanc. Je grimace.

— Euh toi... Quel que soit ton nom...

C'est à peine s'il lève la tête, préférant regarder ses ongles.

—... Alex.

— Ouais, peu importe, t'es gentil, chez toi tu fais ce que tu veux, mais là, par contre, tu vires tes pompes de ma porte.

Il ne daigne toujours pas me regarder mais obtempère.

Je ne sais pas pourquoi j'ai été si agressive. Mon inquiétude transformée en colère a, semble-t-il, besoin d'un bouc émissaire et, le pauvre, c'est tombé sur lui.

L'ambiance peu conviviale que j'ai malgré moi établie met rapidement mes amis mal à l'aise. Quelle idiote ! Mais ma nervosité a gagné en intensité et je n'arrive pas à ressentir de culpabilité ni de gêne, mon corps entier est en état de stress, comme si je m'apprêtais à passer un oral devant un jury. Ou quand je savais que j'étais la prochaine à devoir réciter sa poésie devant toute la classe à l'école primaire.

Chris essaie de sortir deux ou trois blagues pour détendre l'atmosphère, mais à l'évidence, tout le monde a ressenti mon animosité et ils décident bientôt de partir.

— Ravi d'avoir fait ta connaissance, me dit Alex en passant devant moi.

Sa voix est neutre, tout comme ses traits, mais je me doute bien que, vu mon comportement, il ne dit pas cela pour me faire plaisir ni être poli.

Je hausse les sourcils et le regarde dans les yeux pour la première fois. Leur bleu intense tranche avec ses cheveux d'un noir de jais. C'est bien la première fois que je ressens autant d'aversion pour quelqu'un, surtout sans le connaître. Je m'estime plutôt ouverte d'habitude, mais je ne suis pas dans mon état normal. Il a fait irruption chez moi le mauvais jour.

Je lui réponds d'un laconique :

— Ravie pour toi.

Tous quittent l'appartement pour replonger dans l'obscurité du couloir, mais Léa reste en retrait.

— Tu es sûre que tu ne veux pas venir avec nous ? Tu as besoin de sortir, c'est quand même pas terrible pour ton ego de rester près du téléphone. Et puis, s'il n'a pas appelé jusqu'ici, ce serait quand même pas de bol qu'il le fasse cette aprèm.

Ma boule au ventre se resserre. Mon rêve est encore terriblement présent à mon esprit.

— Demain plutôt. Là, vraiment, je préfère ne pas louper son appel.

— OK, comme tu veux. À demain.

Je traverse la cuisine et vais à la fenêtre pour les regarder partir. Alex est finalement souriant quand la harpie que je suis aujourd'hui n'est plus dans les parages. Ils discutent tous ensemble quelques instants, puis regagnent leurs voitures. Léa monte avec Chris, tandis qu'Elyne et Steph montent avec le *bad boy*. J'ai un petit regret d'avoir préféré rester enfermée ici par ce beau temps, et surtout de rater un bon moment avec mes amis, qui vont sans doute bien s'amuser.

J'observe les voitures démarrer quand, tout à coup, le téléphone sonne.

Alex 1
Rencontre amusante

Steph me gonfle. Quand il m'a appelé ce matin pour que je traîne avec lui, j'aurais dû me douter que c'était uniquement pour lui servir de chauffeur. Mais bon, ça faisait un sacré bout de temps que je ne l'avais pas vu, et j'ai envie de faire autre chose que mon train-train habituel boulot-baise-repas.

Je ne pensais pas que je me retrouverais devant cet immeuble de bourges. Je m'adosse contre la voiture, jambes et bras croisés. Ses nouveaux potes sont tout droit sortis du lycée, on se croirait dans une de ces séries pour ado à la con. On pourrait presque voir leur bavoir encore autour de leur cou.

J'avais déjà vu Chris deux ou trois fois. Sa nouvelle copine, une brune plutôt pas mal dont j'ai déjà oublié le nom, fait un pas en arrière en me voyant et regarde directement ses pieds. C'est toujours pareil avec ce genre de nanas. Soit elles sont coincées et je les fais flipper, soit elles trouvent mon look excitant et ont envie de m'avoir dans leur lit. Ça doit être une sorte de défi entre le « Waouh, les copines, regardez, je me tape un rebelle ! » et « Regarde, papa, je fais tout pour te faire chier », ce qui, dans les deux cas, arrange mes affaires. Surtout maintenant que je suis maqué avec Carrie : elle n'est pas trop regardante sur mon emploi du temps, ne me demande jamais où j'étais ni avec qui, et écarte les cuisses dès que j'arrive.

La copine de Steph, Lyne, ou un truc comme ça, est, quant à elle, carrément effarée. Qu'est-ce qu'il fout avec une nana aussi coincée ?! Elle n'est même pas vraiment jolie. Elle a un beau corps, c'est vrai, mais franchement, son visage, ce n'est pas trop ça.

Steph commence à avancer avec ses amis, moi je préfère rester en bas, je n'ai aucune envie de mettre les pieds dans cet endroit qui pue le fric.

— Allez, viens, t'as peur ou quoi ? dit-il en se tournant vers moi.

Comme si mettre les pieds dans un endroit pareil pouvait me faire flipper… Je hausse les épaules, les mains dans les poches, et lui passe devant.

La fille qui nous ouvre est encore une de ces nanas BCBG, exactement comme ses copines, dans sa petite robe proprette, qui met ses hanches et ses longues jambes en valeur. Je sens que ça va être une loooongue après-midi ; j'aurais vraiment mieux fait de rejoindre Carrie pour une bonne partie de jambes en l'air.

Lorsque j'entre, elle me toise. Ça change du regard habituel de ces midinettes ; c'est plutôt amusant de la voir m'affronter comme ça, d'un simple regard, au lieu d'être à moitié flippée. Elle a l'air d'être furieuse de me voir là, j'ai bien envie de la titiller un peu plus.

Dans sa chambre, je mets, rien que pour la faire chier, mon pied sur la porte. Gagné, elle fulmine carrément. J'ai envie de rire mais ne laisse rien entrevoir de mon petit jeu. J'en rajoute une couche en partant. Je la regarde droit dans les yeux... Tiens, ils brillent de colère. Je n'avais pas remarqué leur couleur jusque-là, ils ont une teinte de vert absolument indéfinissable.

— Ravi d'avoir fait ta connaissance.

En me détournant d'elle, je ne peux cette fois retenir mon sourire, mais elle ne peut déjà plus le voir. J'ai juste le temps d'entrevoir ses lèvres pleines et roses se tordre sous l'effet de la colère.

Chapitre 2
Roméo — Juliette

Je sens mon cœur battre jusque dans mes oreilles. Une deuxième sonnerie retentit. Toutes les émotions que j'ai ressenties depuis le lever : la tristesse en m'éveillant en pleurs, mettant quelques instants à réaliser que ce n'était qu'un rêve, l'inquiétude et le stress d'être sans nouvelles de lui, la colère provoquée par l'intrusion de ce gars qui n'avait rien à faire chez moi... Tout me quitte. J'ai l'impression d'être vidée de tout et que ma vie entière sera déterminée par ce coup téléphone.

Je décroche, absolument incapable de penser. Mon cerveau aussi semble avoir disparu.

C'est *sa* voix au bout du fil, comme je m'en étais douté, avant même que le téléphone ne sonne. Comme si je savais que cet appel aurait lieu dès l'instant où je me suis réveillée ce matin.

— Cat. Hum... Tu es chez toi. Je pensais tomber sur le répondeur.

Une vague de panique monte en moi. Rien que ça, ce n'est pas bon signe. Il espérait de toute évidence ne pas m'avoir au bout du fil.

— Non, j'attendais que tu appelles.

— Oh. OK... C'est mieux comme ça. Il faut que je te parle.

— Pourquoi ne m'as-tu pas appelée avant ? J'étais super inquiète et...

Son ton devient subitement sec.

— Parce que tu crois que je l'ai fait exprès ?! J'ai eu un accident de scooter des mers, je te signale. J'ai manqué d'être paralysé ! Je viens seulement de sortir de l'hôpital, je suis encore en fauteuil, et tu vois, je t'appelle tout de suite de la première cabine accessible que j'ai trouvée !

Je reste sans voix. Mes pires craintes se sont donc produites et il me crie presque dessus. Pourquoi me parle-t-il aussi méchamment ?

— Bon, peu importe, enchaîne-t-il. Écoute, il faut que tu saches que je vais rester ici.

— Quoi ?!

Mon cœur, que je sentais battre à tout rompre il y a encore quelques secondes, semble lui aussi s'être volatilisé. Il a comme cessé de battre et se délite au fur et à mesure que j'entends Tom m'annoncer qu'ayant échoué au bac, il a trouvé sur place un cursus universitaire acceptant de lui faire passer une équivalence. Il ne reviendra donc pas.

De mon cœur, il ne reste plus rien à présent. C'est comme s'il n'existait plus, parti en lambeaux au fil de la conversation, ou plutôt du monologue de Tom. C'est une douleur sans nom qui a pris sa place, logée là où il était quelques instants plus tôt. Elle s'insinue dans mes membres maintenant, rendant même mes mains douloureuses. J'ignorais que la souffrance mentale pouvait infliger une telle douleur physique.

Je réalise que je pleure. En fait, je suis littéralement inondée de larmes, quand j'entends ma voix, déformée par les sanglots :

— Mais tu peux peut-être trouver le même cursus par ici ? Reviens déjà avant le début des cours, que l'on puisse se voir et en discuter.

— Non, répond-il fermement. Je me suis renseigné, ça ne se fait qu'ici, et je ne peux pas revenir, il faut que j'organise mon emménagement.

Mes doigts effleurent la gourmette à mon poignet. Un espoir s'autorise à naître en moi. Peut-être pourrais-je partir le rejoindre ? Certes, ma chambre est déjà payée, mon inscription à la fac est faite, mais peut-être pourrais-je faire transférer mon dossier ? Nous pourrions même nous installer ensemble.

Sa réponse à ma proposition met un terme à la conversation :

— Non, je ne peux pas te demander de tout quitter pour moi, il vaut mieux en rester là. Et être à 800 kilomètres l'un de l'autre, ça sera bien trop dur et compliqué. Je suis désolé. Je n'ai plus de crédits, ça va couper.

Je ne reconnais pas ma voix, à la fois éteinte et suppliante, lorsque je lance une dernière supplique.

— Mais je…

—… je suis désolé, me coupe-t-il avant de raccrocher.

Je suis anéantie par la douleur.

Le plus terrible, c'est que nous nous aimons mais que nous sommes séparés par le destin. Si je pouvais avoir une bonne raison de lui en vouloir et transformer cette douleur insupportable en colère, cela m'épargnerait sans doute ce sentiment terrible d'être le jouet des évènements.

J'ai été amoureuse de ce garçon pendant un an, désespérément amoureuse. Moi, la fille boulotte qui n'a jamais intéressé personne. Quand, à la fin de l'année, le vilain petit canard a perdu les nombreux kilos qui le séparaient du joli cygne, enfin, il m'a regardée comme une de ces filles avec qui il était sorti tout au long de l'année.

Je n'avais pas osé y croire lorsqu'il m'avait proposé de nous éclipser du dernier cours de sciences pour aller nous promener dans le grand parc du lycée. Nous avions attendu que monsieur Rague se tourne vers son tableau pour écrire et étions passés derrière les paillasses du labo presque à quatre pattes. Nous avions alors longuement discuté ; il m'avait posé tant de questions pour mieux me connaître. C'était si romantique de n'être qu'à deux au milieu des arbres… J'étais sur un petit nuage. Lorsque quelques jours plus tard, il m'avait enfin embrassée, j'étais la plus heureuse des filles du lycée.

Quelque temps plus tard, il m'a dit qu'il m'aimait, alors que j'étais quasi inexistante à ses yeux des semaines plus tôt. Ce fut le plus beau jour de ma vie. Même si je n'arrêtais pas de lui dire que je ne le croyais pas, il insistait et parvenait à me convaincre à chaque fois.

Comment peut-il laisser la distance avoir raison de ce que nous avons construit ? Il était si déterminé au téléphone, sans doute avait-il bien mûri sa réflexion durant son séjour à l'hôpital. Il a été intraitable : la rupture est franche et définitive.

À cet instant, j'ai juste envie de cesser d'exister, afin que la douleur, là où était mon cœur, cesse à jamais.

Chapitre 3
Une décision fatale

J'ai passé la soirée à tenter de joindre Léa, jusqu'à ce qu'elle soit enfin rentrée chez elle. Je sais bien que sa mère m'a dit qu'elle lui passerait le message de me rappeler sitôt qu'elle serait rentrée, mais chaque seconde compte, chaque seconde où la tristesse provoque cette horrible douleur. J'ai besoin de parler à ma meilleure amie.

Heureusement, elle n'a que la permission de dix-neuf heures. Malgré ses dix-huit ans, ses parents ne plaisantent pas avec l'éducation et la vertu de leur fille.

Lorsqu'enfin je peux lui parler, je parviens difficilement entre deux sanglots à lui raconter ma conversation – si l'on peut la nommer ainsi, car cela suppose qu'il y ait eu un réel échange – avec Tom.

— Je suis désolée, c'est vraiment un gros con...

— Quoi ? Mais non, pas du tout, ce n'est pas de sa faute, c'est super pour lui d'avoir trouvé une solution plutôt que de refaire encore une année de terminale.

— Ouais, enfin, il aurait sûrement pu trouver ça par ici, c'est bizarre quand même. Je demanderai à ma sœur ce qu'elle en pense, au bout de trois ans de fac', elle doit savoir ce que c'est que ce cursus parallèle.

Léa semble croire que Tom m'a menti. Pourtant, ça tient la route. Il ne m'a pas appelée avant parce qu'il était à l'hôpital. Bon, c'est vrai qu'il y a des téléphones dans chaque chambre, mais il doit avoir une bonne raison de ne pas m'avoir appelée de là : sans doute son père n'a-t-il pas voulu prendre un supplément pour cette option. Cela dit, entre son arrivée et l'accident, il a dû avoir suffisamment de temps puisqu'il a su se pencher sur de nouvelles perspectives d'avenir. Et il n'en a pas profité pour m'appeler pour autant.

J'entends les clés tourner dans la porte. Ma tante est rentrée. Je mets un terme à mon appel avec Léa après avoir convenu de nous recontacter demain matin.

Nous en sommes à un stade de notre amitié où nous pouvons nous appeler un long moment le matin, nous voir l'après-midi, puis nous rappeler une fois chez nous, le soir venu, pour discuter du temps passé ensemble. Il a fallu laisser une place à Chris dans le temps que nous partagions jusque-là exclusivement — en y incluant également Elyne. Mais même si Léa est moins disponible, je sais que notre amitié restera solide.

Ma tante voit tout de suite que ça ne va pas. Elle n'a pas le temps d'ouvrir la bouche que je fonce dans ses bras. Après une bonne heure à pleurer sur son épaule, je décide d'aller me coucher.

Malgré l'épuisement, le sommeil ne daigne pas venir. J'ai si mal que j'ai envie de mourir. Enfin, plutôt de cesser d'exister, parce que l'action de mourir en elle-même me terrorise. Pourtant, si je n'étais plus de ce monde, la douleur cesserait.

Je commence à réfléchir aux différents moyens de passer du statut de vivante à l'état de morte. Mais tout me fait peur, et les risques en cas d'échec sont considérables. Je m'imagine sauter du balcon, mais en habitant au deuxième étage, je risque juste de me casser une jambe comme l'avait fait mon chat deux ans plus tôt. Et si j'allais au dernier étage de l'immeuble ? Les gens ne me laisseraient pas entrer, mais il me suffirait de frapper à leur porte, de forcer le passage, et de foncer vers la fenêtre lorsqu'ils m'ouvriraient... Mais c'est au quatrième étage, et si ça ne marche pas, je n'ai aucune envie de finir tétraplégique.

Me vient alors l'idée de prendre des médicaments. Mais ici, nous n'avons rien dans l'armoire à pharmacie. Il me faut des somnifères, ainsi je m'endormirais à jamais. Pour en obtenir, il va falloir que je joue la carte du manque de sommeil afin que ma tante accepte d'en demander au médecin.

C'est décidé, chaque nuit, elle m'entendra bruyamment sangloter jusqu'à l'aube, et d'ici quelques jours, la seule solution sera de me faire prescrire le nécessaire. Dans une semaine, je serai morte et la douleur s'éteindra, tout comme mon existence.

Chapitre 4
J'existe encore?

Trois jours ont passé. Je passe mes journées à larver dans le canapé devant la télé. Je n'ai pas la moindre idée de ce qui défile devant mes yeux, zappant machinalement d'une chaîne à l'autre.

Les nuits, je pleure tout mon soûl. Je n'ai pas besoin de me forcer, mais il m'est pénible de devoir le faire bruyamment pour parvenir à mes fins, alors que toute énergie m'a quittée. Même les larmes ne viennent plus ; je me suis asséchée.

Cela fait plusieurs fois que je refuse les propositions de sorties de Léa. Pleurer sur mon sort avec elle de longues heures au téléphone me fait du bien, mais je n'ai envie de voir personne.

Alors que je m'apprête à regarder ce qui semble être un documentaire, on sonne à l'interphone. Tant pis, je fais la morte, ça me fera de l'entraînement.

La sonnerie retentit une deuxième fois, plus longuement. Puis une troisième, sans cette fois vouloir s'arrêter. Je regarde par la fenêtre. Deux étages plus bas, Chris est adossé contre sa voiture, en train de rouler une cigarette. À côté d'une seconde voiture, je peux voir Steph, qui enlace Elyne, en pleine discussion avec Alex.

J'en déduis que la personne que je ne peux voir depuis la fenêtre de la cuisine, et qui a encore le doigt appuyé sur le bouton de l'interphone, est Léa.

— Stop ! Stop !! Arrête ! Qu'est-ce qu'il y a ?

— Bon, tu bouges tes fesses et tu descends nous rejoindre, tu ne vas pas passer ta vie enfermée ici.

Pas question, je suis très bien ici à me morfondre, je n'ai pas envie de mettre un pied dehors. Bénéficier des rayons du soleil me donnerait qui plus est l'impression de ne plus être au plus mal, alors que la fraîcheur et l'obscurité de mon appartement correspondent parfaitement à mon état d'esprit.

— Non, c'est bon, tu sais bien que je n'ai pas envie de bouger.

— OK, j'espère que tu n'as pas les oreilles trop sensibles parce que je vais rester ici à appuyer sur ce fichu bouton toute l'après-midi.

S'en suit un nouveau coup de sonnette. Interminable. Bon sang, pourquoi cette sonnerie est-elle si horriblement stridente ?

— OK, OK, laisse-moi m'habiller, je descends !

Je vais rapidement dans ma chambre chercher la première robe que je trouve. Accrochée à mon miroir, ma robe à bretelles en mousseline bleu pastel n'attend que moi. Elle ne colle pas à mon humeur, toute charmante qu'elle est, mais elle a le mérite de se passer en trois secondes sans avoir besoin de la coordonner à un quelconque vêtement. Je me brosse ensuite les dents et me regarde rapidement dans le miroir.

Je fais peine à voir. Mes clavicules ressortent plus qu'avant. Tom me disait d'arrêter de maigrir — difficile de s'arrêter sur sa lancée ! —, c'est un comble qu'à cause de lui j'aie perdu davantage de poids.

Mes cheveux sont ternes, d'un blond fade, comme s'ils avaient décidé de refléter l'anéantissement de mon cœur ravagé. Mes traits sont tirés et mes yeux semblent prendre toute la place dans mon visage : ils sont gonflés et rougis par les nuits passées à pleurer ; j'ai des cernes à faire pâlir un mort. Leur vert, en revanche, est plus soutenu. C'est sans doute le seul point positif à tirer de l'effet dévastateur de ces derniers jours : je suis passée d'un vert presque kaki à un vert intense, quasi fluo.

Je dois être trop longue à me préparer car Léa perd patience et met ses menaces à exécution en usant à nouveau du pouvoir de la sonnette.

Je descends en trombe et salue mes amis, le loubard compris. Il me dérange moins dehors que chez moi. Après tout, il a le droit de traîner dans la rue, même si c'est la mienne. Il risque uniquement de faire un peu peur aux voisins, la plupart étant d'un âge avancé.

— Où va-t-on ?

— Au MC, on va prendre un verre. Monte, me somme Alex.

Léa et Chris se dirigent déjà vers la voiture de ce dernier, alors qu'Elyne et Steph prennent place dans la voiture d'Alex. L'idée même d'y monter me hérisse le poil.

— Non, je pars avec Léa.

Je tourne les talons et m'installe précipitamment à l'arrière de la voiture de Chris. Je n'ai aucune envie d'être coincée dans le même habitacle qu'Alex, mais j'en viens presque à regretter mon choix quand, à chaque feu, Léa et Chris se jettent goulûment l'un sur l'autre.

Nous arrivons rapidement devant le MC. Il est très proche de chez moi, à seulement trois rues, à vrai dire. Je suis déjà venue une ou deux fois dans ce bar pour acheter des cigarettes. À l'époque, j'étais un peu plus jeune et je m'empressais de partir une fois mon magot récupéré. Je n'avais jamais fait attention à l'ambiance feutrée qui y règne, bien trop gênée de la raison pour laquelle j'y allais pour regarder autour de moi.

Le café fait l'angle d'une des rues les plus passantes de la ville. Toute la partie gauche est composée d'alcôves aux boiseries lambrissées et au velours rouge, la lumière y est tamisée, tandis que de l'autre côté de l'immense bar de chêne trônent une multitude de petites tables de bistrot donnant un style beaucoup moins intime.

Je m'installe en bout de table, contre la paroi vitrée ornée des lettres M et C calligraphiées, et mon regard se perd dans le flot incessant des voitures dans ce qui s'avère être la rue principale du centre-ville.

Je perçois à peine mes amis discuter. Une coquille vide n'a pas d'oreilles. C'est en entendant mon prénom que je sors de ma torpeur. Je ne reconnais pas la voix qui m'appelle. Alex. Visiblement, vu son air interrogateur, il a déjà dû m'appeler avant que cela n'atteigne les brumes de mon cerveau.

— Qu'est-ce que tu veux ?

Tom. Non, mauvaise réponse, je ne peux plus avoir Tom. Et vu que la main d'Alex désigne une serveuse, j'en déduis qu'il faut que je dise ce que je veux boire. Je bloque, anesthésiée, c'est une question à laquelle je suis incapable de répondre, comme si on me demandait une introspection au plus profond de moi-même. Mon Dieu, je me suis transformée en légume !

Alex me regarde patiemment.

— Un coca, ça te va ?

Sa sollicitude m'étonne encore plus que mon récent accès de sénilité. J'acquiesce et les larmes me montent aux yeux, m'obligeant à détourner rapidement le regard et à retourner à la contemplation des voitures pour donner le change, tout en jouant machinalement avec la gourmette de Tom.

Le reste de l'après-midi passe sans que je ne m'en rende compte. Apparemment, Chris a encore fait preuve de son humour bientôt légendaire, car j'ai le vague souvenir d'avoir entendu mes amis rire à plusieurs reprises. Les filles sont si obnubilées par leurs nouveaux copains que seul Alex s'est adressé directement à moi, afin de m'inclure dans la conversation. Il doit avoir, lui aussi, l'impression d'être de trop parmi ces couples. En mode pilotage automatique, j'ai donné les réponses classiques adaptées à chaque situation, oubliées sitôt qu'elles avaient franchi mes lèvres.

Nous sortons du bar lorsqu'une décapotable bleue se gare près de nous. Sa conductrice en sort pour s'adresser à Alex :

— Tu passes manger à la maison ce soir ? Papa veut absolument te voir.

Je sors alors de ma torpeur de façon brutale et inexpliquée. Qui est cette fille ?

Des cheveux châtains et soyeux encadrent son visage jusque sous le menton. Elle est fine et a des jambes interminables. Mais c'est son visage, d'un bel ovale aux traits fins, qui attire l'attention. Sa peau hâlée met en valeur ses yeux azur.

— C'est qui, celle-là ?

La question qu'a posée Elyne à Steph en chuchotant fait écho à mon interrogation intérieure.

— C'est Carrie, sa copine, ça fait un mois ou deux qu'ils sortent ensemble.

Une petite pointe de déception vient réveiller mon cœur endormi. Je suppose qu'inconsciemment, j'avais pris les intentions d'Alex à mon égard pour de l'intérêt. Et mon ego s'en trouve chiffonné. Mais la piqûre d'adrénaline est insuffisante, mon cœur s'apaise déjà, prêt à sombrer à nouveau dans le néant où il a désormais sa place.

Alex et Carrie échangent quelques mots, puis elle lui dépose un baiser sur les lèvres. Lorsqu'elle regagne sa voiture et démarre en trombe, il se tourne vers nous et me regarde directement dans les yeux. Ses traits sont sans la moindre expression, mais son regard est si intense qu'il me transperce et m'injecte une nouvelle salve d'adrénaline. Cette fois, mon cœur a un raté, comme une vieille voiture qu'on tenterait de démarrer, mais dont la batterie est de toute façon trop faible pour espérer la voir un jour repartir.

Cela reste malgré tout si déstabilisant que je prends aussitôt congé de mes amis et rentre chez moi à pied, autorisant enfin les larmes que je retenais à s'échapper.

Alex 4
Regardez-la !

Et voilà que je me trouve à nouveau aux pieds de cet immeuble de riches. Je n'avais pas repensé à cette fille depuis l'autre jour, enfin sauf les fois où j'ai repensé à ses yeux — mais c'est juste parce que leur couleur m'interpelle.

La copine de Chris s'acharne sur l'interphone, tandis qu'Elyne — c'est finalement son nom — m'explique que la fille de l'autre jour, Cat, risque fort de ne pas descendre, et qu'elle et la copine de Chris essaient de la sortir d'un chagrin d'amour dont elle ne se remet pas. J'écoute vaguement ce qu'elle dit d'une oreille distraite. Elle ne remarque pas que la posture de Steph a changé en entendant que Cat était de nouveau célibataire ; il s'est raidi et s'est légèrement détaché d'elle. Alors comme ça, elle l'intéresse ?

Léa revient finalement vers nous avec sa copine. Elle a vraiment une sale tête. Et elle a maigri, c'est dommage, elle a moins de formes. Elle me fait de la peine, on voit qu'elle a passé son temps à pleurer, la teinte de ses yeux a changé, ils irradient de douleur.

Je propose aux autres d'aller traîner dans mon bar de prédilection. Une fois installé à une table du MC, j'observe Cat à la dérobée. Elle est complètement apathique. C'est dommage, ça me plaisait bien de me prendre la tête avec elle. Elle est en train de regarder dehors, au bord des larmes.

Lorsque Laura, la nana qui travaille ici, nous demande ce qu'on veut boire, elle ne réagit même pas. Personne ne semble s'apercevoir qu'elle n'a pas commandé. J'ai envie de taper du poing sur la table pour leur dire de la regarder, ils ne voient donc rien ? Je reconnais cet air-là, elle est comme morte de l'intérieur, et elle pense à passer à l'acte pour l'être tout court. Ses amies ne le voient même pas, trop occupées à se coller à leurs nouveaux mecs, elles ne voient pas qu'elle ne supporte plus de souffrir.

Laura commence à s'éloigner, je la rattrape par le bras, elle me fait un grand sourire. J'avais presque oublié que j'avais couché avec elle quand elle a été engagée l'année dernière. Visiblement, elle ne serait pas contre remettre ça. En d'autres circonstances, je lui aurais rendu son sourire, mais je la regarde froidement, montrant Cat du doigt.

— La demoiselle là-bas n'a pas commandé.

Elle rougit.

— Oh pardon. Vous voulez quoi ?

Cat ne s'est rendu compte de rien.

— Cat ?

Elle lève ses doux yeux verts vers moi. Ils sont vides.

— Qu'est-ce que tu veux ?

Elle ne répond pas, non pas qu'elle s'en fiche, on dirait plutôt que je viens de lui demander de calculer de tête une opération à huit chiffres. Je finis par passer sa commande et essaie de la ramener à la réalité en lui faisant la conversation.

— Alors, tu as fini le lycée ?

— Oui.

— Tu fais quoi après ?

— Je vais à la fac de géo avec Léa.

— Tu vas habiter là-bas ?

— Oui, dans un immeuble pas loin, on a signé le mois dernier, avec T…

Sa voix s'éteint, apparemment elle allait dire le nom du connard qui l'a mise dans cet état. Je continue à essayer de la faire parler, mais c'est peine perdue, je vois bien qu'à chaque fois que je m'adresse à elle, elle répond sans même y penser.

Quand nous sortons du bar, Carrie débarque dans sa décapotable. Je l'avais presque oubliée. Forcément, elle savait où me trouver. C'est vrai qu'elle m'a envoyé au moins trois messages auxquels je n'ai pas répondu depuis le début de l'après-midi. Je devais la rejoindre plus tôt chez elle, je suppose qu'on peut dire que je lui ai posé un lapin, mais quand Steph m'a demandé de le prendre chez lui et de retourner voir cette fille, je n'ai pas résisté à l'invitation.

Ça m'agace prodigieusement qu'elle soit passée comme ça : c'est un peu trop intrusif à mon goût. La seule raison pour laquelle je ne l'ai pas encore envoyée chier, c'est que j'ai bien trop de respect pour Victor pour faire du mal à sa fille. Il m'a accordé sa confiance malgré mes casseroles en me laissant sortir avec elle ; peu de gens l'auraient fait en toute connaissance de cause. Elle et moi avons un accord tacite sur certaines de mes « libertés », mais elle sait quand je dépasse les limites me rappeler les liens qui nous unissent, comme elle le fait là en me rappelant que je suis attendu chez eux pour dîner. Pas de problème, j'irai manger là-bas, je discuterai tranquillement avec son père, puis je suppose que je la baiserai vite fait dans la voiture, je n'ai pas envie d'y passer la soirée.

Carrie me confirme que j'ai tout bon. Elle me lance mon regard de chaudasse favori puis me chuchote à l'oreille :

— Après je m'occuperai de toi, si tu es sage.

Pas besoin d'être sage quand on sort avec une fille comme ça, mais je sens que ma soirée ne sera pas trop désagréable.

En revenant vers les autres, je ne peux pas m'empêcher de chercher le regard de Cat. Pour la première fois de la journée, je crois y voir un peu de vie, mais ça la fait fuir, et elle se dépêche de partir. Dommage, cette étincelle dans ses yeux était plutôt plaisante.

Chapitre 5
Changement d'air

Une fois rentrée chez moi, je file sous la douche. Lorsque j'en sors, j'ai l'impression que la soirée est bien engagée, mais il n'est que dix-huit heures. Je me contente malgré tout de passer un grand T-shirt en guise de chemise de nuit. Le temps s'allonge quand on a cessé d'exister à l'intérieur. Enfin... Je croyais être morte, mais mon cœur a encore des soubresauts. Il s'accroche à ses derniers instants de vie. Plus que quelques jours et mon petit manège aura porté ses fruits. Je vois bien le regard que me porte ma tante. Elle s'inquiète et devrait bientôt envisager de consulter un médecin pour m'aider à reprendre pied.

Je tâte le terrain au dîner :

— Je suis épuisée, mais je n'arrive pas à dormir... Dès que je ferme les yeux, je pense à Tom.

Prononcer son prénom me fait tressaillir.

— Ah.

Non, non et non ! Sa réponse devrait être « Attends, j'ai une idée, il te faut un petit coup de pouce » !

Je décide de la mettre sur la piste...

— Je n'en peux plus, si seulement je pouvais trouver un moyen de me détendre...

Elle ne répond pas. Il me faut être plus claire.

— Je devrais aller voir le docteur Dailot, il aura peut-être une solution...

— Ça me semble un peu tôt. Prendre des somnifères ne se fait pas à la légère.

Zut ! J'ai manqué de subtilité, elle est en train de comprendre, il faut que je détourne sa vigilance.

— Oui, tu as raison, ça va finir par passer...

— Oui, le temps fera son œuvre.

Merveilleux ! Ce petit jeu va durer plus longtemps que prévu alors qu'il est déjà devenu épuisant.

Je suis encore devant la télévision quand j'entends l'interphone. Bon sang, mais qui peut donc sonner en pleine nuit ainsi ! Il est quand même... 21 heures 30. Quand je dis que le temps passe lentement, là c'est paroxysmique.

Plutôt que de répondre, je vais sur le balcon observer le gêneur. C'est une réelle surprise que de voir Steph et Alex en contrebas. Je tâche de rester un peu en arrière et de ne laisser que ma tête apparaître : je suis honteusement sans culotte sous mon T-shirt et même s'il fait sombre, leur point de vue risque de porter atteinte à ma dignité.

— Qu'est-ce que vous fichez là ?!

— On est venu te chercher, on va traîner en ville et on s'est dit que tu avais besoin de te changer les idées.

Je ne sais pas ce qui m'étonne le plus : les voir là sans mes amies – comme s'il était illégitime de voir Steph alors qu'Elyne n'est pas là –, voir Alex ici alors qu'il est censé être chez Carrie, ou les voir s'intéresser à ma santé mentale... La dernière idée étant à la fois adorable et... vexante. Est-ce que je fais à ce point pitié à voir ?!

— Non, il est tard et je suis déjà en chemise de nuit.

— Mais non, la nuit ne fait que commencer, me crie Steph.

— Tu peux rester en nuisette si tu veux, ajoute Alex, des intonations lubriques dans la voix.

De toute évidence mon honneur est sauvé, ils ne peuvent voir le vieux T-shirt difforme que je porte en ce moment même.

— Allez, viens, on va bien s'amuser ! promet Steph.

— Non non, vraiment, ce sera sans moi ! Je suis de mauvaise compagnie en ce moment de toute façon.

— Allez ! hurle Alex. Qu'est-ce qu'il faut pour te convaincre ? On fera ce que tu nous demandes !

— Vous pourriez me supplier à genoux, qu...

Je n'ai pas le temps de finir ma phrase qu'Alex pose un genou à terre et joint ses mains, tendues vers moi.

— Je t'en prie à genoux ! S'il te plaît, viens avec nous ce soir.

Je sens la place laissée vide au-dessus de mon estomac réagir. Comme un petit pincement pour me prouver qu'elle existe encore et n'a pas été happée par le trou noir laissé par Tom. Je suis gênée — mes voisins ne doivent pas perdre une miette de la scène, par ce temps si chaud toutes les fenêtres sont ouvertes ! —, mais aussi flattée de voir une scène si romanesque se dérouler devant mes yeux. Non, pas devant mes yeux, je suis partie prenante de la scène, pas une simple observatrice. C'est moi qui suis au balcon et les deux garçons en bas s'adressent à moi. Même s'ils sont en couple et que c'est de la simple pitié...

Si je retourne me coucher pour sangloter ce soir, ce sera sûrement remplie de regrets et d'interrogations. Savoir que mes amis s'amusent alors que je pourrais être avec eux serait trop frustrant. Je choisis alors de suivre les conseils du vieil adage « mieux vaut avoir des remords que des regrets ».

Ma tante apparaît derrière moi.

— Tu as la permission de minuit. Une heure grand max.

Je lance au balcon un « OK, vous avez gagné ! » avant de filer m'habiller. Il fait si chaud que je passe à nouveau une simple robe à bretelles. Elle est un peu courte, mais Tom disait que j'ai des jambes magnifiques. Ensuite, je me donne un coup de brosse et me mets un peu de crayon sous les yeux. Le résultat est loin d'être fantastique mais il a le mérite de me rendre présentable.

Alex 5
Sur le marché

Mon début de soirée s'est passé comme je l'avais prévu et l'appel de Steph m'offre l'occasion parfaite de tirer ma révérence.

Je le retrouve chez lui. Il arbore un grand sourire en se glissant dans ma voiture.

— Qu'est-ce qui te met d'aussi bonne humeur ?

— Je suis à nouveau sur le marché !

— Sans blague...

— Je viens de rendre sa liberté à Elyne. En plus, elle part en vacances demain ; si je ne l'avais pas fait maintenant, j'aurais été menotté à elle pendant trois semaines de plus !

— À toi les jolies filles alors !

— Non, il n'y en a qu'une qui m'intéresse, et on va aller la chercher maintenant.

Je hausse un sourcil interrogateur, même si je crois connaître la réponse à ma question muette.

Il croit nécessaire d'ajouter :

— Je parle de Cat, bien sûr.

— Vraiment ?

— Oh je t'en prie, ce n'est pas à toi que je vais apprendre qu'elle est super mignonne, et maintenant elle est enfin célibataire !

— Ouais, elle est pas mal, enfin c'est pas trop mon style mais bon, j'peux pas dire qu'elle est moche, c'est sûr.

— Moi, j'adore. La seule raison pour laquelle j'avais laissé tomber, c'est qu'elle décrochait pas de son Tom, là. Donc maintenant, le champ est libre ! Allez, on y va.

— Tu veux y aller là, maintenant ? Et quoi alors, je te dépose et après, tu rentres à pied ? Ou je t'attends sagement dans la voiture pendant que tu tires ton coup ? Ou alors je reste avec toi et je la tiens de force jusqu'à ce qu'elle te dise oui ? Parce que vu son état, mon vieux, ça m'étonnerait que tu obtiennes quoi que ce soit d'elle.

Ma voix est moins mesurée que je ne le voudrais. Mais l'imaginer en train de lui faire du rentre-dedans alors qu'elle est si fragile en ce moment ne me plaît pas. Son visage désespéré m'a hanté toute la soirée. Je la sens capable de faire une connerie.

— Non, mais jamais elle ne voudra sortir de chez elle si je suis seul, elle va me voir venir, à deux on a plus de chance de la convaincre de bouger.

Même si je n'aime pas l'idée qu'il lui tourne autour, la faire sortir un peu ce soir la changerait d'air et je veux m'assurer que je me fais de fausses idées sur son état mental. Steph n'a pas l'air de se soucier de tout ça, il ne pense qu'à l'avoir enfin. Si j'ai bien compris, ça fait déjà un moment qu'il avait jeté son dévolu sur elle et il n'est sorti avec Elyne qu'en attendant qu'elle soit à nouveau dispo.

Lorsque Cat apparaît au balcon, je crois bien que Steph n'arrivera jamais à la convaincre de sortir avec nous. Ça m'embêterait qu'elle ne veuille pas venir.

Je ne sais pas ce qui me prend, mais quand elle parle de la supplier pour la faire descendre, je mets un genou à terre. Et ça marche...

— Merci mec, je ne serais pas allé jusque-là pour la convaincre.

— Ouais, je me suis senti inspiré, que veux-tu...

— Chapeau bas, ajoute-t-il en faisant semblant de tirer un chapeau imaginaire.

Nous rigolons bêtement de sa plaisanterie lorsque Cat nous rejoint. Elle porte une robe dans le même style que celle de l'autre jour. Décidément, elle a des jambes à tomber, et un peu maquillés ses yeux sont devenus carrément hypnotisants.

Je décide de les emmener dans la zone industrielle. Si l'on va encore dans un bar, elle pourra se fondre dans le décor comme cette après-midi, il faut un endroit où on est obligé d'être en mouvement, où elle ne pourra pas faire autrement que d'être active.

Chapitre 6
Nouveaux regards

Lorsque j'arrive en bas, les garçons sont en train de se chamailler en riant dans la rue. Face à Steph, Alex paraît encore plus grand et plus maigre. J'observe le jeu d'ombres et de lumières sur sa peau mal rasée. Il semble plus âgé que les autres.

— Non, mais vous avez quel âge au juste ?

Question habilement posée, puisqu'ils se prennent au jeu de la moquerie :

— Dix-neuf !

— Gamin ! Avec mes vingt-et-un ans, je suis ton aîné, et tu me dois le respect.

Ils retournent à leurs plaisanteries. Je savais que Steph était plus âgé que moi, il a redoublé une fois, tandis que j'ai un an d'avance. Alex est encore plus « vieux ».

Quatre ans d'écart à nos âges, c'est un fossé qui nous sépare. Je vais démarrer la fac, lui a sans doute terminé ses études. Que fait-il ? Il vit sans doute aux crochets de ses parents ou de la société. Il faudra que je me renseigne.

Je les observe se bagarrer en souriant. Les coins de ma bouche semblent rouillés, comme s'ils ne s'étaient plus soulevés depuis un millénaire. Pourtant, ma vie a basculé il n'y a qu'une semaine.

Je me surprends à avoir les yeux humides. Les garçons ont dû s'en rendre compte car ils cessent leurs chamailleries brusquement avec un air gêné et me proposent de monter dans la voiture.

Nous nous retrouvons dans la zone industrielle. Que diable faisons-nous là ? Il n'y a rien à y faire. Nous nous contentons de traîner dans les rues qui serpentent entre les bureaux et les entrepôts, vides à cette heure. Pourtant, étonnamment, la soirée est agréable, et nous échangeons tous les trois quelques plaisanteries plutôt sarcastiques. Nous sommes interrompus par la sonnerie du téléphone de Steph. Maintenant que je vais être à la fac, il va falloir que j'investisse dans un portable, moi aussi.

Pendant qu'il est au téléphone, un silence gêné s'installe entre Alex et moi. Quand Steph n'est pas là pour lui donner la réplique, il redevient posé et sérieux. J'observe le tatouage sur son biceps. C'est un tribal noir dont les flammèches semblent danser sur ses muscles, elles disparaissent sous son T-shirt et une dernière vient terminer sa course à la base de son cou. Il est plutôt musclé pour quelqu'un d'apparence si mince. Je lève les yeux vers lui et me rends compte qu'il vient de me surprendre en train de le détailler de la tête aux pieds. J'espère que la pénombre masque les rougeurs qui apparaissent sur mes joues, mais vu comme elles me brûlent, elles doivent être cramoisies.

Il me regarde sans sourciller, aussi intensément que plus tôt dans la journée. Cela me met extrêmement mal à l'aise, pourtant je ne parviens pas à détacher mon regard du sien.

La colère me gagne brusquement. De quel droit me dévisage-t-il comme ça, alors que c'est une situation embarrassante ? C'est d'une impolitesse ! Je sens malgré moi mes sourcils se froncer et mon regard se faire sévère.

J'ignore s'il allait enfin daigner baisser les yeux car Steph nous rejoint pour nous annoncer qu'il vient d'avoir Chris, et qu'ils vont nous rejoindre avec Léa. Chouette. Même si j'avoue qu'avoir l'attention de ces deux garçons pour moi toute seule flatte mon ego, bien malmené ces derniers temps, la situation sera moins gênante lorsque Léa et Chris seront là…

Depuis le début de la soirée, Alex et Steph passent leur temps à me taquiner et à forcer mes réflexes défensifs. Comment être morose lorsqu'il me faut réagir à leurs boutades ?

Cette fois, c'est Steph qui attaque le premier.

— Ah les femmes… !

— Une femme ? Une fillette, oui !

— Tu crois ? Si ça se trouve, elle est n'est pas encore réglée…

Je vois rouge, sans mauvais jeu de mots. Ça ne se fait pas de plaisanter là-dessus, c'est même hyper gênant de parler de cela, d'autant qu'ils discutent ainsi de moi comme si je n'étais pas là.

Un éclair de génie traverse mon cerveau et je leur cloue le bec habilement :

— Merci de vous inquiéter pour moi, mais je suis féconde depuis un petit moment déjà.

Steph rit en me félicitant de ma répartie et je sens le regard d'Alex sur moi. J'y trouve un mélange subtil d'amusement et de bienveillance.

Chapitre 7
Elyne et Steph

Quand Léa et Chris nous rejoignent enfin, Léa a l'air contrariée. Laissant les garçons avancer quelques mètres devant nous, je reste avec elle.

— Qu'est-ce qu'il y a, tu t'es disputée avec Chris ?

— Steph a rompu avec Elyne. Pour une fois que j'ai la permission de sortir, j'ai passé ma soirée en amoureux au téléphone à la réconforter... et je le retrouve avec toi ?

— Quoi ? Je ne savais pas, c'est arrivé quand ?

C'est étonnant. Je pensais que dans un cas pareil, Elyne m'aurait appelée, même si elle est plus proche de Léa.

— En début de soirée, juste avant qu'il ne vienne te chercher, j'imagine.

Elle me regarde avec un air désapprobateur, comme si c'était ma faute. C'est vrai que l'absence d'Elyne me mettait mal à l'aise, mais tout de même, je n'ai rien fait de mal ! Sachant comme je me sens mal, Léa devrait se réjouir que je ne sois pas au fond de mon lit à tourner mon prochain suicide dans tous les sens dans ma tête. Évidemment, je ne l'ai pas informée de mes plans.

— Ne me regarde pas comme ça.

— Enfin, tu sais bien que la seule raison pour laquelle Steph a accepté de sortir avec Elyne, c'est parce que tu étais avec Tom.

— Attends, je ne te suis pas, tu crois qu'il a rompu pour moi ? Enfin, c'est ridicule, j'ai toujours été claire avec lui.

— Oui, et tu as toujours justifié cela en disant que tu étais avec Tom. Il faut croire qu'il pense que maintenant que tu es dispo...

— Je ne suis pas dispo ! J'ai perdu mon grand amour il y a une semaine. Comme si j'allais m'intéresser à quelqu'un maintenant ! Et jamais, ai-je eu envie d'ajouter.

— Tu avoueras que traîner seule dans les rues avec deux mecs casse un peu le côté veuve éplorée. En plus, tu ne peux pas supporter Alex. On se demande vraiment ce que tu fiches avec eux !

Cette pique me glace le sang mais n'atteint pas mon cœur, puisque celui-ci est absent. Sous prétexte que je suis effondrée, je ne devrais plus mettre un pied dehors ? Au final, elle n'a pas tort : comment justifier de m'amuser alors que je suis au fond du trou ? Ce n'est pas cohérent.

Est-ce que je m'amuse vraiment d'ailleurs ? Je l'aurais cru tout à l'heure, mais je me sens à nouveau vide et inanimée. Je n'aurais pas dû venir. Mais Alex m'a suppliée à genoux... Ce n'est pas tous les jours qu'un beau gosse fait ça pour moi.

Beau gosse ? Jusqu'ici, c'est son look de voyou qui le définissait à mes yeux, mais ma foi, oui, il est loin d'être moche. Je le regarde au loin, avançant aux côtés de Steph et Chris. Il ne se mêle pas à leur conversation, se contentant d'évoluer en parallèle de ses amis, indifférent.

Nous partons tous ensuite pour le MC. Je ne suis pas mécontente d'y trouver un peu de chaleur, la nuit commence à se rafraîchir.

Je me place au même endroit que l'autre jour. *L'autre jour ?* J'ai décidément perdu toute notion du temps, c'était à peine quelques heures plus tôt.

Cette fois, je ne peux me perdre dans la contemplation de la rue, l'obscurité à l'extérieur et la lumière du bar ne m'offrant que le reflet de notre table. J'échapperai cependant plus à la situation si je l'observe via la baie vitrée.

J'ai le regard dans le vague – tout du moins je le croyais – mais je me surprends à poser les yeux sur le reflet d'Alex. C'est parce que nos regards se croisent que je le réalise. Je baisse rapidement les yeux par réflexe. Je sens le sang me monter aux joues, mais surtout son regard, encore sur moi. Enfin, sur mon reflet. Mais ça compte aussi, n'est-ce pas ?

J'ose à nouveau jeter un œil, me préparant psychologiquement à l'affronter. Je m'attends à rencontrer son regard froid, mais sa tête est tournée dans l'autre sens, en direction d'une belle fille moulée à la perfection dans son jean, qui ne manque pas de lui adresser son plus beau sourire.

La partie en moi que je croyais éteinte se ratatine sur elle-même. Je suis autant déstabilisée par le fait que celle-ci soit encore existante que par la raison de cette sensation. J'avoue que mon orgueil en a pris un coup. Même si le fait que ce gars puisse oser m'observer sans vergogne me dérange au plus haut point, qu'il préfère tourner son attention vers cette fille est carrément vexant.

Lorsque vient l'heure de se séparer, chacun se salue et j'attends l'opportunité de demander à Chris de me redéposer chez moi.

— Viens, il est temps d'y aller.

Je sursaute. Je n'avais pas senti Alex se glisser derrière moi. En raison de sa grande taille, il est obligé de se pencher pour me parler à l'oreille, et son souffle sur mon cou me donne le vertige.

Je m'écarte précipitamment de lui. La surprise se mêle à la colère de tout à l'heure. Je le toise.

— Non, c'est bon, Chris et Léa vont me raccompagner.

— Ça m'étonnerait, ils sont déjà partis.

— Quoi ?!

Je me tourne vers la rue et vois Léa s'asseoir à la place passager du véhicule de Chris. Ils sont garés de l'autre côté de la rue, inutile d'espérer les rattraper.

— Je rentrerai à pied, ce n'est pas loin, dis-je en maugréant.

— Hors de question que tu te balades avec une robe de cette longueur à cette heure !

Je cligne des yeux et plante mon regard dans le sien. Je suis furieuse, il a l'air... amusé. À nouveau, je sens des picotements au-dessus de l'estomac. J'ai envie de trouver la première pique à lui sortir pour me montrer agressive et refuser son offre, ou plutôt son ordre, mais je me résigne. Effectivement, il est préférable d'éviter de rentrer à pied dans les ruelles sombres qui mènent jusqu'à chez moi à cette heure-ci.

Chapitre 8
180 degrés

— Bon alors, vous foutez quoi ?!

Steph brise le silence entre Alex et moi qui nous affrontons du regard. Je détourne la tête la première, mais je sens qu'il continue de me dévisager.

Je lève les yeux au ciel en soupirant et pars m'installer à l'arrière de la voiture. Alex démarre en trombe. Bon sang, il conduit bien trop vite ! Un coup d'œil au compteur confirme mon impression : il roule à 100 km/h en plein centre-ville. Heureusement, le feu passe au rouge, mais Alex ne s'arrête pas, et le grille. Je devrais être terrorisée, mais cette vitesse est grisante. Les lumières de la ville défilent à toute vitesse et plus rien d'autre ne semble exister.

Il se dirige vers le pont qui est à mi-chemin de chez moi et se tourne vers moi.

— Tu sais ce que c'est un 180 ?

— Non.

— Accroche-toi.

Il accélère encore, le sourire aux lèvres, et au beau milieu du pont, tire vivement sur son frein à main. La voiture fait un écart, tourne sur elle-même jusqu'à se retrouver exactement dans le sens inverse, puis il redémarre en faisant crisser ses pneus. Heureusement que le pont était désert ! Il est complètement fou ; s'il avait raté son coup, nous serions actuellement en plein vol plané ou encastrés dans une autre voiture. Mais non, nous sommes bien placés sur la chaussée, pile au bon endroit, comme si nous arrivions simplement de la direction opposée. Je devrais être tétanisée, pourtant je me surprends à rire.

Cependant, la voix de la raison se fait entendre, et c'est lorsque je reconnais mon propre timbre que je réalise que c'est la mienne.

— Tu t'es trompé de route ; chez moi, c'est par là-bas.

— Je raccompagne Steph d'abord.

Ce dernier s'insurge :

— Quoi ? Non mais t'es con ! J'habite près de chez toi, tu vas faire un détour de malade !

Alex lui lance un regard que je ne peux voir, mais qui doit être suffisamment noir puisque Steph ferme immédiatement la bouche et regarde dehors.

Une fois seule dans la voiture avec Alex, je me sens extrêmement mal à l'aise. Comment ai-je pu me retrouver dans une telle situation ? Je suis seule, à la merci de ce voyou. Au moins, si on retrouve mon corps flottant dans une rivière, Steph pourra désigner le coupable. Ça devrait m'aller, finalement, vu mes projets ces derniers temps…

Aucun de nous n'ouvre la bouche durant le trajet. Enfin, il se gare devant chez moi. Alors qu'il se tourne vers moi pour me parler, je m'empresse de sortir de la voiture en balbutiant un vague « merci », le cœur battant de toutes ses forces dans ma poitrine. Je ne suis pas encore arrivée devant la porte de la résidence que déjà j'entends sa voiture démarrer brutalement.

Une fois dans l'ascenseur, je m'adosse contre le miroir. Je frissonne, mais ce n'est pas dû à l'effet de la surface glacée contre ma peau. Des dizaines de sensations différentes m'assaillent. La part de moi qui était anéantie semble avoir repris sa place. Elle est encore en morceaux, dévastée, mais elle ne brille plus de par son absence.

Laissant mes doigts courir sur la gourmette de Tom, je ne sais qu'en penser. J'ai l'impression qu'elle me brûle la peau. Je me suis sentie revivre ce soir et je m'en veux. Je ne veux pas me sentir vivante, c'est encore plus douloureux et, surtout, ça ne correspond pas à l'état dans lequel je devrais être. J'ai perdu mon premier amour, on ne laisse pas cela derrière soi en une semaine.

Je m'effondre sur mon lit, épuisée. Cette nuit, je pleurerai encore, non pas dans le but d'une quelconque machination, mais parce que les sensations que je croyais éteintes sont revenues et me submergent douloureusement.

Chapitre 9
Ni bonjour, ni m...

Je me réveille apaisée. Vidée même. J'ignore si la place dans ma poitrine est vide ou endormie, mais je suis à nouveau anesthésiée, et cela me convient très bien.

La gourmette de Tom est sur ma table de chevet. Je me souviens vaguement l'avoir retirée cette nuit dans un demi-sommeil, elle me paraissait trop lourde à porter. Je la range précieusement dans mon coffret à bijoux.

J'appelle Léa en premier. Elle est de meilleure humeur aujourd'hui, sa soirée s'étant plutôt bien terminée avec Chris. Comme prévu, Elyne est partie en vacances ce matin avec ses parents pour trois semaines. Léa et moi sommes toutes les deux d'accord pour dire que Steph aurait pu attendre son retour pour rompre, plutôt que de lui gâcher ses vacances. Nous nous donnons rendez-vous au MC à quinze heures.

Je la rejoins à l'heure. Bien sûr, elle est avec Chris, qui est devenu son chauffeur attitré, en plus d'être son petit ami. Pourquoi s'embêter à prendre le bus quand on a un petit ami qui a sa propre voiture ? Très rapidement, Steph arrive également. Il est seul et je sens poindre la déception. C'est déstabilisant ; ces derniers temps, je ne comprends pas mes sensations, comme si mon corps m'informait de choses que mon cerveau ignore.

— Tu as récupéré ta voiture ? demande Chris à Steph.

— Non, je la récupère demain. Alex m'a déposé et puis il est parti voir Carrie.

Il appuie bien sur la dernière partie de sa phrase et guette ma réaction. Et ça ne manque pas, je sens la chaleur envahir mes joues qui, comme toujours, traduisent la moindre de mes émotions.

Pourquoi a-t-il jugé bon de me faire savoir où est parti Alex ? J'espère qu'il ne croit pas qu'il s'est passé quoi que ce soit avec lui hier soir ! Il est certainement le genre de type à aller embellir son tableau de chasse en s'inventant des histoires. Je préfère donner le change en prenant un air complètement détaché et en regardant dehors. Les autres discutent du programme de la soirée, et très vite, je sens ma piqûre d'adrénaline habituelle. C'est quand je reconnais Alex qui atteint les portes vitrées de l'entrée du bar que je réalise que c'est son arrivée qui l'a déclenchée. Mon corps et mon esprit s'animent subitement.

Il se contente de taper dans la main de Chris pour le saluer et s'installe, chaise à l'envers. Léa et moi échangeons des regards courroucés d'avoir été ignorées comme des malpropres. Je ne peux m'empêcher de le fusiller du regard le plus intensément possible. Son visage est impassible lorsqu'il lève les yeux vers moi, et il soutient mon regard avec un air de défi. J'ai envie de me dégonfler et préférerais mille fois regarder mes pieds, mais avec lui, mes émotions sont démultipliées et la colère m'habite à tel point que s'ils le pouvaient, je pense que l'on pourrait voir mes yeux littéralement flamboyer.

— Tu pourrais au moins avoir la délicatesse de nous dire bonjour, je lâche entre mes dents.

Il répond d'un simple haussement d'épaules avant de se tourner vers Steph. Je me lève brusquement. Je ne m'en aperçois que lorsque j'entends le bruit vif de ma chaise qui glisse sur le sol et vois les regards surpris de mes camarades se poser sur moi. Je ne sais même pas ce que je fais debout, j'ai juste envie de partir d'ici et de courir à toute vitesse dans les rues jusque chez moi. Me faire snober ainsi n'est pas une raison suffisante pour réagir comme cela, mais je suis en colère. En colère contre lui, en colère contre moi-même... Je ne comprends plus rien aux sentiments qui m'animent. Encore une fois, j'ai l'impression que mon corps me dicte mes émotions alors que je les pensais éteintes.

J'avance d'un pas et sens une main me retenir par le poignet. Elle me tient fermement mais avec douceur, bien que je ne puisse pas bouger ou me défaire de son emprise ; je n'ai pas mal ni ne me sens oppressée. Au bout de cette main chaude, je retrouve le regard bleu d'Alex.

— Où est-ce que tu vas ?

Il m'a dit cela froidement, avec tellement de distance qu'on se demande bien pourquoi il pose la question, puisque de toute évidence, la réponse ne l'intéresse pas.

Je n'essaie pas de récupérer ma main, ce serait peine perdue, il me tient bien trop fermement. Et surtout – cela me fait mal de devoir l'admettre –, je n'en ai pas envie. La chaleur qu'il dégage a quelque chose de rassurant. D'apaisant, même. Je pourrais rester ainsi uniquement pour maintenir ce contact pendant bien plus longtemps que je ne voudrais jamais l'avouer.

Mon orgueil reprend malgré tout le dessus :

— Aux toilettes ! J'ai le droit ou je dois te demander la permission ?!

Ma voix ne traduit pas mon émoi, heureusement pour moi, seul l'agacement y est audible.

Brusquement, il me lâche le poignet, comme s'il réalisait seulement maintenant qu'il le tenait.

— Non, bien-sûr, vas-y.

Je reste plantée là bêtement quelques secondes, puis me précipite aux toilettes. Après m'être rafraîchie avec un peu d'eau, je me regarde dans le miroir. Mes yeux sont brillants et mes joues roses ; on est bien loin du visage de morte-vivante que j'arborais ces derniers temps. Est-ce si mal, finalement ? Je retire l'éternel élastique de secours de mon poignet, relève mes cheveux et les attache.

Lorsque je reviens, la bande est en train de se préparer à partir.

— Attendez, je n'ai pas payé.

— C'est bon, je l'ai fait.

Encore une fois, c'est Alex qui parle, mais cette fois, il évite de me regarder. Il passe sa veste militaire en fixant le sol, comme si le film le plus intéressant de la dernière décennie y était diffusé, puis part sans dire un mot.

Je le regarde partir, médusée. Mais quelle mouche l'a piqué ?

À l'arrière de la voiture de Chris, Steph s'installe près de moi — un peu trop près à mon goût d'ailleurs. Ce n'est pourtant pas la place qui manque. Il essaie de me faire la conversation pendant que je me contente de hocher la tête, trop absorbée par la scène qui s'est déroulée il y a une dizaine de minutes maintenant. Pourquoi était-il si froid ? Et pourquoi me met-il à ce point en colère ? Il s'était peut-être disputé avec Carrie ? À cette perspective, je me sens rassérénée. Les rues défilent devant mes yeux et je réalise que nous ne prenons pas le chemin du retour.

— Où est-ce qu'on va ?

Je crois que j'ai dû couper la parole à Steph, en train de me parler de ses projets de sortie pour demain.

— Chez Alex, répond Steph, d'un coup tendu et distant.

Je ne peux m'empêcher de sourire, amusée aussi bien par la réaction de Steph qu'à l'idée de déjà revoir Alex.

Chapitre 10
Doux regards

Une quinzaine de minutes plus tard, nous nous garons à côté de la voiture d'Alex. Forcément, il est déjà arrivé, et vu la vitesse à laquelle il conduit, ça doit déjà faire un moment. Nous entrons dans son appartement sans frapper. C'est Steph qui entre le premier, je suppose qu'il a tellement l'habitude de venir ici qu'il le fait sans même y penser. De toute façon, nous sommes attendus.

L'endroit est étonnamment propre et bien rangé. Mais il est également impersonnel et sans chaleur : les murs sont blancs, sans décoration ni rideaux aux fenêtres, les meubles sont fonctionnels mais minimalistes, ce qui fait que la pièce semble encore plus grande puisque chaque meuble est fortement éloigné de l'autre.

Il y a de la lumière à l'étage. Alex en surgit, sortant visiblement de la douche. Il descend les escaliers tout en passant un T-shirt. J'ai à peine le temps d'apercevoir son torse encore humide. Ce que j'ai pris pour de la maigreur est en fait une douce musculature qui ne laisse pas la place au moindre gramme de gras.

Il regarde mes yeux arrondis d'un air amusé. Merde. Grillée.

Chacun s'installe comme il le peut, l'ameublement n'ayant pas été pensé pour accueillir autant d'invités. Je m'assieds dans le canapé, Léa à mes côtés sur les genoux de Chris. Alex prend quant à lui la seule chaise de l'appartement ; Steph doit donc s'installer à terre sur un coussin.

L'ambiance est un peu froide, pourtant je me sens à l'aise et suis la première à plaisanter.

— Dis donc, t'es un as de la déco, toi !

— Ouais, t'as vu ça, va falloir que je change de boulot.

Il semble toujours aussi distant, pourtant l'amusement gagne ses yeux.

— Pourquoi, tu fais quoi ?

— Je dirige les équipes à CNV.

— Genre « responsable » ? Tu supervises les équipes de la plus grosse boîte de la région ?

— Ouais.

Il hausse les épaules tout en reposant son verre, pas plus fier de lui que ça. Ce garçon est un mystère. On dirait que tout glisse sur lui.

Je fais la moue. Lorsque je lève les yeux, je me perds dans ceux d'Alex. Il me couve du regard avec bienveillance et cela me réchauffe intérieurement comme si j'avais avalé une gorgée de chocolat chaud. Je ne comprends décidément rien au personnage. Jusqu'ici, les rares fois où j'ai vu un peu de douceur en lui, c'était envers moi ; en dehors de cela, c'est un vrai petit con que rien n'atteint.

Je fronce les sourcils. Il faut que j'échappe à son regard. À la recherche de quelque chose pour attirer mon attention, je me tourne vers Léa. Chris a la main sur sa cuisse, l'autre passe dans son dos, elle s'y promène de façon presque indécente. Je grimace et me retrouve à nouveau les yeux tournés vers Alex. Il semble avoir compris la raison de mon malaise et rit dans sa barbe. Je pousse un soupir de frustration mais ne peux m'empêcher de rire à mon tour.

Nos trois camarades nous regardent avec un air navré, comme si nous étions devenus fous.

La soirée continue avec plus de gaieté, même si je ne m'abstiens pas de faire des remarques acerbes à la moindre occasion. Alex, plutôt renfrogné lorsque celles-ci émanent d'un autre membre du groupe, réagit à chaque fois avec le sourire lorsque les sarcasmes sont de mon fait, ce qui me donne envie d'en rajouter. Steph essaie de rentrer dans cette dynamique qui s'est installée entre nous, mais ses plaisanteries tombent systématiquement à l'eau.

Léa se lève pour aller fumer une cigarette, immédiatement suivie de Chris. Je m'empresse de la rejoindre en voyant que Steph compte en profiter pour prendre sa place et s'installer auprès de moi dans le canapé.

Elle prend sa veste en jean, chose que je ne peux pas faire puisque l'idiote que je suis est sortie en pleine après-midi sans prévoir que la soirée se prolongerait. En quelques instants, je suis littéralement gelée, je danse sur place et croise les bras pour essayer de me réchauffer, quand je sens un contact sur mes épaules.

— Tiens, ça t'évitera d'attraper la crève en plein été.

Alex vient de déposer sa veste sur mes épaules. Je la retire et la lui tends sèchement.

— Non, c'est bon, garde ta loque.

Quelle idiote ! C'est adorable — et surtout, j'ai réellement froid. Pourquoi est-ce que je ne peux m'empêcher de lui faire des répliques cinglantes ? C'est comme si j'avais besoin de le provoquer, de lui faire payer ce qu'il provoque en moi. Je suis ridicule, et c'est à mes dépens ; je vais vraiment attraper froid.

Comme s'il lisait en moi, il me la tend à nouveau en haussant les sourcils.

— Dernière chance.

Je lève les yeux au ciel.

— OK...

— Tu vois quand tu veux..., me glisse-t-il discrètement à l'oreille tout en m'aidant à enfiler sa veste.

Son souffle est si chaud que j'ai l'impression de le sentir jusque dans ma colonne vertébrale. Je n'ai pas le temps de répondre que déjà, Alex est retourné à l'intérieur. Est-ce qu'il est sorti uniquement pour m'apporter sa veste ?

Entre deux bouffées de cigarettes, Léa me prévient :

— Méfie-toi, je ne l'aime pas, ce type. Je veux dire : en tant que copain, il est sympa, mais comme petit copain, il n'est pas fréquentable.

Je hausse les sourcils.

— C'est bon, t'inquiète, on n'est ni l'un ni l'autre intéressés.

— Ouais, c'est ça, je te connais, n'essaie pas de me faire croire ça. Pas vrai, Chris ?

Depuis tout à l'heure, elle est enveloppée dans les bras de Chris, qui se tient derrière elle.

— Ah non, moi, je ne me mouille pas, je vous aime bien tous les deux.

Je les laisse dehors en marmonnant. Lorsque j'entre, Steph et Alex interrompent leur conversation. La tension entre eux est palpable, il semblerait que j'aie plutôt interrompu une dispute.

Chris et Léa prennent bientôt congé. Steph me lance un regard plein d'espoir.

— Hum, je commence à être fatigué, pas toi ?

— Non, je pète la forme.

C'est vrai, je ne me suis pas sentie aussi bien depuis un moment. Je tourne les yeux vers Alex, il me regarde avec douceur, et je ne peux m'empêcher de lui sourire.

— Pas de problème, vieux, on va te raccompagner.

Steph le regarde, interloqué, mais Alex ne cille pas et continue de m'observer tout en se levant.

— Vous allez pas rester à deux comme des cons.

— Merci, lui dis-je, agacée. Mais je suis une grande fille et je peux me garder toute seule.

Je sais que ce n'est pas raisonnable de rester seule avec Alex. Mais je me sens bien et je veux me laisser porter par les évènements. Mon cerveau ne fonctionne plus de toute manière, c'est comme si mon instinct prévalait sur tout mon être en ce moment. Je ne sais pas ce qui va se passer. En fait, si… La tension sexuelle qui s'est installée entre nous est palpable, mais je ne suis déjà plus capable de réfléchir.

Chapitre 11
Promenons-nous dans les bois

Le silence est pesant dans la voiture lorsque nous raccompagnons Steph. Arrivés devant chez lui, il sort promptement de la voiture. J'ai juste le temps de distinguer sur son visage une pointe d'irritation.

— Bonne nuit, lui souhaitai-je.

— Oui, bonne nuit, amusez-vous bien, répond-il d'un ton résigné avant de claquer la porte et de regagner la maison de ses parents.

Je devrais être mal à l'aise mais je suis détendue, étonnamment en confiance. Alex emprunte des petites routes dont j'ignorais jusqu'à présent l'existence.

— Où allons-nous ?

Il sourit, les secondes s'allongent quand enfin il me répond.

— Ici.

Nous sommes en plein bois, pourtant il continue d'avancer tout doucement avec sa voiture entre les arbres. Lorsque nous atteignons une clairière, il s'arrête et serre son frein à main. Il laisse le moteur tourner et me fait signe de sortir. J'obtempère.

Si je ne portais pas encore sa veste, je serais littéralement glacée. Il va s'installer sur le capot de sa voiture et tapote la place à côté de lui pour m'inviter à m'y installer. Je me hisse sur le capot, sa chaleur réchauffe mes jambes et me donne l'impression d'être dans une bulle de douceur au cœur de ce bois glacial.

— Regarde, me chuchote-t-il à l'oreille, son doigt pointé vers le ciel.

Je lève les yeux, le spectacle est tout simplement magique. Loin de la ville, les étoiles brillent intensément, elles sont bien plus nombreuses que ce que j'ai l'habitude de voir. Je me perds dans leur contemplation et vois passer une étoile filante.

— J'ai vu une étoile filante !

Il rit.

— On devrait en voir plusieurs, il y en a un paquet à cette période de l'année. Tu as fait un vœu, j'espère.

— Non.

Ma bouche se tord de déception.

Il pointe le doigt vers un amas d'étoiles.

— Tiens, tu vois là, c'est la Grande Ourse. Et là, la petite. Et là, c'est la constellation du Sagittaire.

— Tu connais vraiment toutes ces constellations ?

Il éclate de rire.

— Non, pas du tout, mais je me disais que ça ferait classe de le savoir.

Je lui donne un coup de poing dans l'épaule en fronçant les sourcils, puis je ris à mon tour.

— Ça, par contre, c'est l'étoile du Nord, j'en suis sûr, enchaîne-t-il.

— Sauf qu'en vrai, ce n'est pas une étoile, c'est Venus.

— Non, ça s'appelle l'étoile du Nord, donc c'est une étoile.

— Oui, sauf que c'est Venus, donc c'est une planète, et tout ce que tu diras n'y changera rien.

Il saute du capot et se tourne vers moi.

— OK, tu veux que je te prouve que c'est une étoile ?

Je croise les bras en le toisant.

— Vas-y, essaie toujours !

Son bras m'attrape brusquement derrière les hanches, me faisant glisser pour m'attirer tout contre lui et il plante un baiser sur mes lèvres. Il recule son visage rapidement tout en posant son autre main sur ma joue.

— Tu sais que ça ne prouve rien ça, dis-je en haussant un sourcil.

Je m'étonne d'avoir autant d'aplomb alors qu'en réalité, je suis on ne peut plus décontenancée.

— Je sais, mais j'en avais envie.

Il m'offre ce sourire qui me fait rassure tant. Ce baiser était trop fugace, l'information était à peine montée à mon cerveau que déjà il avait cessé. J'en veux plus.

Chasing cars passe à la radio. Du coin de l'œil, je vois une nouvelle étoile filante. Tout en approchant ma bouche de la sienne, je fais le vœu que cette fois dans ma vie, tout se passe bien…

Chapitre 12
Irrésistible

Ce second baiser est plus intense. Cette fois, je ne saurais dire qui de nous deux a embrassé l'autre le premier. La partie de mon cœur auparavant lourde et en lambeaux semble littéralement s'envoler comme une nuée de papillons et commence à battre fort dans ma poitrine. Alex resserre son étreinte et me fait remonter sur le capot sans cesser de m'embrasser, sa langue caressant doucement la mienne.

Ce baiser semble durer une éternité, et pourtant, j'ai l'impression que je n'en aurai jamais assez. Nous basculons tout doucement sur le capot de la voiture. Sa main court sur ma cuisse, qu'il relève, rendant le contact entre nos corps encore plus proche, tandis que son autre main glisse dans mes cheveux, me protégeant du contact avec le métal rigide de la voiture.

Cela faisait si longtemps que je n'avais pas connu un baiser si passionné. En ai-je jamais connu un seul d'ailleurs ? Ce n'était pas aussi intense avec Tom ; avec lui, c'était... technique. Chacun faisait ce qu'il avait à faire comme il le fallait. Là, j'ai l'impression de m'embraser. Je ne sens plus le froid et ce n'est plus mon cœur qui est absent, c'est mon cerveau. J'ai l'impression de n'être plus qu'un corps haletant.

Ses lèvres glissent vers mon cou, mordillant mon oreille au passage. Cela réveille de telles sensations entre mes jambes que je lui suis déjà tout acquise. Alex défait les boutons de mon chemisier un par un, jusqu'à l'ouvrir complètement. Sa bouche parsème mon décolleté ainsi offert d'un chapelet de doux baisers, puis revient vers mes lèvres pour les prendre avec gourmandise.

Je n'arrive pas à croire que j'en arrive là avec un homme que je détestais quelques heures plus tôt, et dans les bois, qui plus est !

Sa main est à présent sur mon sein. Du bout des doigts, il abaisse la bretelle de mon soutien-gorge pour le faire sortir de sa gangue protectrice. Son pouce effleure mon mamelon, lançant des pics électriques directement plus bas, et mon souffle se coupe. Je le sens sourire en constatant dans quel état il me met. *A priori* il ne doit pas m'être insensible non plus car je sens sa réaction contre ma jambe à travers l'étoffe de son pantalon.

Sa main monte à présent sous ma jupe et tire doucement sur ma culotte. Je suis un tel concentré d'hormones à cet instant que je suis incapable de l'en empêcher. Je me suis toujours promis de ne jamais coucher avec un garçon le premier soir, surtout si je n'avais pas de sentiments, mais mes résolutions volent en éclats à la première caresse ! J'ai envie qu'il me prenne sur ce capot, tout mon corps se tend sous ses caresses.

Quand il retire ma culotte et la pose sur le capot, je ne peux réprimer un petit gémissement.

— Viens là, me susurre-t-il à l'oreille, en la mordillant à nouveau.

Je n'en peux plus, jamais je n'ai été dans un état pareil. Il faut qu'il en finisse, je ne supporterai pas une seconde de plus d'être aussi tendue.

Il bascule mon bassin vers lui et glisse un doigt en moi. Ses mains sont si chaudes. Son doigt, puis un deuxième, vont et viennent de plus en plus brutalement, me soulevant littéralement à chaque allée et venue. Il s'écarte pour mieux m'admirer, la poitrine offerte et le corps secoué par chaque coup qu'il porte avec ses doigts. Ça n'en est que plus cru et plus excitant, nous nous dévorons l'un l'autre d'un regard brûlant et il continue ses attaques de plus en plus fort. Je bascule la tête en arrière lorsque la jouissance arrive.

J'ai déjà eu des orgasmes auparavant, mais rien de suffisamment intense pour me faire gémir ainsi. Il continue ses mouvements en m'observant si intensément que je crie plus fort avant de me laisser aller dans son cou, essoufflée et épuisée. Il m'embrasse à nouveau. Je suis tout contre lui, chancelante, à moitié nue contre son corps, et il se contente de m'embrasser doucement comme s'il n'attendait plus rien d'autre de moi qu'un peu de tendresse.

Chapitre 13
Tergiversations

Alex me prend la main et me dirige vers la portière du côté passager.

— Qu'est-ce qu'on fait ?

— Je te ramène chez toi.

Oh. Je n'ai pas envie de rentrer. En même temps, l'euphorie retombée, je me sens mal à l'aise. Je me suis laissée dépasser par les évènements, mais c'était bon. C'était mal... Mais ce n'était pas si grave finalement, si ?

La chaleur diffuse de la voiture me fait réaliser à quel point j'avais froid. Et que mon chemisier est encore grand ouvert. Je m'empresse de le reboutonner, et du coin de l'œil je vois le regard amusé d'Alex sur moi. Bien sûr, je ne peux m'empêcher de rougir.

J'aimerais trouver quelque chose à dire pour briser le silence, mais rien ne me vient. J'observe Alex à la dérobée. Il est plongé dans ses pensées.

— Et Carrie ?

Voilà que la première chose que je trouve à dire franchit mes lèvres sans passer préalablement par mon cerveau. S'il y a bien un point que je ne souhaite pas aborder, c'est celui ci. Pourtant, s'il y a bien un point à aborder à présent, c'est celui de sa magnifique petite amie.

— C'est fini.

La réponse est courte et claire, je m'en contenterai pour apaiser ma culpabilité : nous n'avons donc rien fait de mal. Cela a certes été plus loin que je ne le voulais, mais... Non c'est faux, je suis ravie de la tournure qu'ont pris les évènements. J'en avais envie, et même si Alex n'est pas mon type, il est le seul à me faire me sentir loin du fantôme que je suis devenue. Il me sauve de moi-même et de mes grotesques projets de suicide. Il m'a montré que la vie continuait.

J'esquisse un léger sourire alors qu'il se gare devant chez moi.

Je mets quelques secondes à réaliser que nous ne sommes pas du tout sur la même longueur d'onde. Il regarde droit devant lui et est à nouveau froid et distant.

— Au revoir.

Je cligne des yeux pour m'assurer que je ne rêve pas.

— Oui, au revoir.

Ma voix n'est pas aussi ferme que je l'aurais voulu mais suffisamment pour donner l'impression que je ne me démonte pas. Je me lève précipitamment. Au moment où je franchis le seuil de sa voiture, il me retient par la main. Son regard s'est radouci.

— À demain.

Je hoche la tête, incapable de prononcer le moindre mot, complètement perdue par ses variations d'humeur. Il passe de l'amant tendre au mec totalement fermé, puis à celui plein de promesses en quelques secondes. C'est franchement déstabilisant.

Dans le miroir de l'ascenseur, j'ai du mal à me reconnaître. Mon maquillage a coulé sous mes yeux, mes cheveux semblent être passés dans une tornade, et pourtant je ne fais pas peine à voir. Je n'ai jamais été aussi vivante.

Chapitre 14
Ascenseur ou escaliers ?

— Quoi ?! Nan, mais t'es tarée !!

Léa hurle tant dans le téléphone que je suis obligée d'éloigner le combiné de mon oreille. Je savais qu'elle désapprouverait, pas que je déclencherais ses foudres. Je regrette déjà de lui avoir tout raconté.

— Tu te rends compte qu'il a une copine ? Et tu l'as laissé te faire ça comme ça dans les bois sur le capot de sa voiture ?!

— Oui, je sais, je n'en reviens pas moi-même, mais bon c'est comme ça, de toute façon, c'est fait. Et je tiens à préciser qu'il m'a dit qu'il avait rompu avec Carrie.

— Quand bien même, ce mec est à éviter, je te l'ai déjà dit ! Qu'est-ce que tu vas aller faire avec un mec comme ça ?

— J'en sais rien, je n'arrive pas à lui résister. Tu as vu comment il me regardait hier ? Bon sang, il est tellement... Écoute, c'est quand même mieux que de me morfondre en pleurant sur mon sort, tu ne crois pas ?

Après un silence, Léa abdique.

— Ouais, je n'en suis pas si sûre. Fais comme tu veux, mais ne viens pas te plaindre après...

Bon, on ne peut pas dire que ma meilleure amie soit ravie pour moi, mais je me passerai de toute façon de son approbation.

Nous prévoyons de nous voir tous l'après-midi chez moi. Alex m'a dit « À demain », mais je n'ai pas plus de détails. Sera-t-il là ? C'est la partie dont j'ai horreur dans une nouvelle relation. Comment nous dire bonjour ? Que vont dire les autres ? Les choses semblent encore moins évidentes que la veille, à présent.

Je ne sais que penser de la nuit dernière. On est bien loin de l'image que j'ai de moi-même. Jamais je n'aurais cru me retrouver dans cette situation, en pleine nature qui plus est. Je sais que je devrais en avoir honte, je lui ai donné un tel pouvoir sur moi, d'autant plus que je le connais à peine ! Même avec Tom je n'aurais osé faire une telle chose. En aurais-je eu envie d'ailleurs ?! Jamais il ne m'a mise dans un tel état juste en m'effleurant. Juste en me regardant même… Je n'arrive pas à culpabiliser. À vrai dire, dès que je m'efforce de sonder mes sentiments, je retrouve le néant dans lequel Tom m'a plongée. Suis-je à ce point détruite qu'à présent je suis incapable de ressentir quoi que ce soit ?

L'absence de sentiments ne m'empêche pas de passer le temps qui me sépare de l'arrivée de mes amis à tourner en rond. C'est à la fois angoissant et un vrai soulagement que d'entendre la sonnette de l'interphone. Je sens poindre à nouveau une touche d'adrénaline.

Je regarde par la fenêtre en attendant que mes amis arrivent à l'étage. Sa voiture est là. Mon cœur bat à présent de toutes ses forces dans ma poitrine.

Ils passent la porte chacun leur tour et se dirigent vers le salon, au bout du couloir. En dernier arrive Alex. Je tends les lèvres, heureuse que seule Léa soit encore dans le couloir pour nous voir, mais il se contente de me faire lui aussi la bise. Je hausse les sourcils d'un air interrogateur, il me snobe en continuant son chemin vers le salon comme si de rien n'était et va s'installer nonchalamment dans le coin de la pièce le plus éloigné de moi.

Il a réussi à me blesser mais surtout à me mettre en colère. Je ne saurais dire quelle émotion remporte la victoire. Il m'ignore si parfaitement que j'en viens à me demander si je n'ai pas rêvé ce qui s'est passé la nuit dernière. C'est peut-être le cas ? Il m'est déjà arrivé de faire un rêve si réaliste que j'ai mis plusieurs jours à me rendre compte que j'avais tout imaginé. Bon, certes, la plupart du temps, c'était au sujet de conversations anodines. Mais là... Non, je sens encore ses doigts sur ma peau, je n'ai pas pu rêver ça.

Pendant que chacun plaisante, je le dévisage sévèrement. Il est doué, il faut le dire, même moi je ne pourrais me douter de ce qui s'est passé. Léa doit me prendre pour une folle. Il va jusqu'à me regarder avec la même désinvolture qu'il regarde Léa ou Chris. Alors qu'hier soir, entre ses bras, je me sentais si belle et sûre de moi, à présent j'ai la sensation d'être à la fois une idiote et une moins que rien. Il a donc honte de moi à ce point pour ne pas assumer notre relation ? En même temps que je me fais cette réflexion, je réalise à quel point je suis stupide : quelques baisers et caresses et j'appelle déjà ça une « relation ». Finalement, il ne m'a rien promis, nous n'avons parlé de rien. Je décide de sauver ce qui me reste d'honneur en faisant moi aussi comme si de rien n'était.

Je tâche de reprendre le fil de la conversation. Chris semble avoir encore fait une plaisanterie qui amuse tout le monde, je ris donc également. Je parviens à me mêler à la discussion et ne manque pas de lancer des piques à Alex. J'ai envie de lui sauter dessus, mais cette fois, de rage et non de désir.

L'après-midi touche à sa fin, nous décidons donc tous de sortir au MC. Je sors la dernière et ferme la porte à clé derrière moi. Au moment de pénétrer dans l'ascenseur, je m'arrête net. Il est trop petit pour nous contenir tous, mais surtout, je n'ai aucune envie de cette promiscuité avec Alex. Je détourne le regard pour éviter le sien.

— C'est bon, je descends à pied.

Je reprends mon chemin dans le couloir en direction des escaliers. J'ouvre la lourde porte en m'appuyant de tout mon poids. Tout à coup, la pression contre mes mains s'allège. Je veux me tourner pour en comprendre la raison, mais j'ai à peine le temps d'entrevoir Alex que celui-ci me presse contre la porte et s'empare de mes lèvres. Furtivement d'abord, puis il approfondit son baiser. Nos lèvres s'entrouvrent et nos langues se frôlent, se cherchant avec avidité.

Toute ma colère s'évanouit, je devrais le repousser, voire même le gifler, mais je fonds littéralement dans ses bras et lui rends son baiser avec passion, me collant contre lui, mes mains fourrageant dans ses cheveux.

Il s'écarte tout à coup de moi et reprend tranquillement son chemin, descendant prestement les marches, comme si ce baiser fougueux n'avait existé que dans mon imagination fertile. Pourtant je suis haletante, mes lèvres sont gonflées et j'ai encore son goût dans ma bouche.

— Ça te prend souvent ?

Je crie presque, déjà essoufflée avant d'entamer la descente.

— Non, mais j'en avais envie.

Je peine à le suivre dans les marches. Il a déjà atteint la porte du rez-de-chaussée. J'entends les voix de Chris et

Steph dans le grand hall d'entrée, je ne pourrai donc pas lui tirer davantage d'explications.

Je soupire. J'en ai assez de le voir souffler le froid et le chaud. Il me prend pour un bout de viande à sa disposition ou quoi ? Dès que les autres sont là, c'est un autre homme.

Je saisis l'occasion lorsque chacun regagne sa voiture pour m'installer à côté d'Alex. J'espère ainsi avoir la possibilité de lui parler et de pouvoir éclaircir la situation. C'est sans compter sur la présence de Steph, qui s'installe à l'arrière.

— Tu n'as pas ta voiture maintenant ?

J'ai parlé plus sèchement que je ne l'aurais voulu, mais là, il s'impose un peu trop. Il n'a cependant pas l'air de s'en apercevoir, ou en tout cas il s'en moque complètement. Il hausse simplement les épaules.

— Si, mais c'est bête d'y aller à trois voitures.

Chapitre 15
La cigarette de trop

Je regarde les habitations défiler par la fenêtre en serrant les dents. Je croyais le message clair lorsqu'Alex est arrivé et qu'il ne m'a pas embrassée. Il ne veut pas de « relation ». Ou alors pas de relation officielle ? En même temps, il aurait pu m'embrasser devant Léa, il doit bien se douter que je lui en ai parlé. Peut-être que dans le doute, il a préféré s'abstenir et faire profil bas.

Ou alors il a honte d'être avec une fille comme moi et regrette ce qui s'est passé hier soir ? C'est ridicule, s'il n'attendait rien de plus, il ne m'aurait pas embrassée comme ça il y a quelques minutes...

J'étais furieuse et toute ma colère a volé en éclats à l'instant où ses lèvres ont touché les miennes. Mon cœur se réchauffe au souvenir de ce que ce baiser a réveillé en moi, mais je suis aussitôt refroidie en voyant à quel point il est indifférent à cet instant même. Je tourne discrètement les yeux vers lui. Il conduit tranquillement, son visage est impassible, comme toujours. Si Steph n'était pas là, je poserais ma main sur sa jambe, autant pour voir sa réaction que parce que j'en meurs d'envie.

À cette pensée, je me rends compte que ma main s'est soulevée et la passe dans mes cheveux. Le geste n'est pas très naturel, mais je ne pense pas que qui que ce soit dans la voiture pourrait envisager ce que j'allais en faire.

C'est ridicule. *Je* suis ridicule. Comme si je pouvais espérer quoi que ce soit de lui ! Et surtout comme si quelqu'un comme lui pouvait sincèrement s'intéresser à une gamine de mon genre...

Une fois devant le MC, Alex gare la voiture. Steph en sort le premier, j'attends quelques secondes en espérant qu'Alex va parler. Je n'ose pas le regarder, je me contente de fixer mes genoux en serrant les poings. Du coin de l'œil, je jurerais voir sa bouche s'ouvrir pour me parler, mais aucun son n'en sort. Je sors soudainement de la voiture et claque la porte de toutes mes forces. Bon sang, ce gars me fait décidément passer par toutes les émotions !

Léa émerge de la voiture de Chris. Je m'empresse de la rejoindre et sors une cigarette. Je cherche rageusement dans mon sac à main un briquet mais impossible d'en trouver un. J'en pleurerais presque de frustration.

La main de Steph surgit comme par magie, tendant un briquet allumé. J'aurais préféré qu'il se contente de me le prêter, mais le principal étant d'allumer ma cigarette, je me penche vers lui. Il met ses mains en coupe pour éviter que le vent n'éteigne la flamme, et je tire quelques bouffées pour l'allumer correctement.

Je me souviens soudain que Steph ne fume pas.

— Tu as du feu toi maintenant ?

— C'est toujours utile pour les jolies filles, me dit-il avec son plus beau sourire.

— Tu sais ce qu'on dit ? Qui t'allume te baise.

C'est la voix d'Alex, dure et sèche. Je suis outrée, c'est vulgaire et ça me met surtout extrêmement mal à l'aise vis-à-vis de Steph, qui doit être aussi choqué que moi puisque je l'entends étouffer une quinte de toux.

Je fusille Alex du regard. De la colère – je dirais même de la fureur – passe dans ses yeux, mais cette expression s'évanouit aussitôt, remplacée par son habituel regard dénué d'émotion.

— Vraiment ? Quelle poésie, dis-moi !

J'aurais préféré être plus imaginative, mais au moins ma voix est aussi tranchante que je le souhaitais. Il se contente de hausser les épaules et se dirige vers le café, suivi par le reste de la bande. Je prends une longue inspiration, savourant l'apaisement apporté par la fumée passant dans ma gorge, puis jette ma cigarette à terre et les rejoins.

Le bar est bondé à cette heure, mais nous trouvons une table au fond du café. Je commande un coca, puis me plonge dans mes pensées. Alex est resté au bar, sur lequel il s'est accoudé. Il joue avec son verre rempli d'un liquide transparent qui n'est certainement pas de l'eau. Un deuxième verre vide est déjà à côté du sien.

Je n'arrive pas à calmer le flot d'émotions qui me secouent l'estomac, je passe sans cesse de la colère à l'espoir, à la fois triste et inquiète de voir cette relation se terminer avant même d'avoir pu commencer. J'en ai la nausée, au sens propre : je sens la bile monter et j'ai juste le temps de me précipiter aux toilettes pour y vomir le peu que contient mon estomac. Tandis que je me rince la bouche au robinet du lavabo, le miroir me renvoie une image catastrophique : je ne suis pas pâle, je suis grise. J'aimerais mettre mon état sur le compte du fait que je n'ai rien réussi à avaler depuis hier, mais c'est sans nul doute l'écœurement dû au peu de cas qu'Alex fait de moi qui en est la cause.

Lorsque je sors, je constate qu'Alex en est à son quatrième verre et qu'il est en pleine discussion avec une blonde pulpeuse qui promène ses doigts vernis sur son avant-bras. À mon grand étonnement, je trouve ça...

logique. C'est tout à fait le genre de fille auprès de qui il a sa place. Résignée, je fais signe à Léa que je rentre chez moi. Elle acquiesce et reprend sa conversation apparemment très amusante avec Chris.

Chapitre 16
Un peu de fraîcheur

Je suis littéralement vidée en rentrant chez moi. Je suis si confuse que je ne suis plus capable de savoir ce que je ressens. Mon cerveau a de nouveau cessé de fonctionner, et cela me convient parfaitement !

Ma tante m'a laissé une assiette sur la table. J'ai un petit pincement au cœur en réalisant que je suis sortie sans même l'en informer. Elle est vraiment d'une patience d'ange avec moi ces derniers temps. Elle, qui m'a accueillie depuis mes douze ans lorsque j'ai claqué la porte de chez ma mère. Ma mère qui fut, quant à elle, bien contente de pouvoir ainsi se consacrer au con qui me sert de beau-père !

Je mange sans appétit quelques bouchées, puis vide mon assiette dans la poubelle. Après avoir passé une chemise de nuit, je file me coucher sans demander mon reste.

Il est plus de dix heures du matin lorsque je me réveille, en sueur. J'ai trop chaud, mes cheveux collent sur ma nuque. Des bribes de rêve me reviennent, elles essaient de s'effacer tandis que je tâche de les rassembler. Tom glissait sa main sur ma cuisse, soulevant doucement ma robe, m'embrassant lentement. Tout à coup, son baiser se faisait plus pressant, comme si nos lèvres avaient besoin l'une de l'autre, se trouvaient enfin. Mon corps s'embrasait sous ses caresses, il me chuchotait à quel point il avait besoin de moi... Lorsqu'il s'éloignait de moi, haletant, ce n'étaient plus les yeux bleu-gris de Tom, mais le regard bleu acier d'Alex, fiévreux et brûlant, qui était posé sur moi...

Je prends une longue inspiration pour essayer de calmer l'explosion qui a eu lieu au-dessus de mon estomac. Croyant que c'était Tom, j'avais autorisé cette zone à reprendre vie. Et elle s'était littéralement enflammée. J'ai envie de hurler tant les sentiments qui m'ont envahie alors que j'avais baissé ma garde étaient intenses.

Assise sur mon lit, je secoue la tête pour effacer les dernières images de mon esprit et file sous la douche. La plus fraîche possible. Malgré la chaleur de cet été caniculaire, je sors de la salle de bain en grelottant, mes cheveux glacés dégoulinant dans mon dos. Nous avons prévu de nous retrouver au lac avec Léa, là-bas la chaleur est moins écrasante, atténuée par le vent, soufflant un air de liberté. Mon short en jean et un simple débardeur feront l'affaire.

Chris nous dépose au lac en milieu d'après-midi, puis part rejoindre Steph en ville. Je suis contente de pouvoir passer du temps seule avec Léa, cela faisait longtemps que ça n'était plus arrivé. Même si nous passons un long moment au téléphone tous les matins, ce n'est pas pareil.

Nous nous installons à l'autre bout du lac, où du sable a été déposé afin de lui conférer des allures de plage. Une plage de sable fin au milieu de la forêt, à un kilomètre de la ville... L'endroit est ubuesque et pourtant magnifique. Je m'assieds et m'amuse machinalement à jeter des petits cailloux dans l'eau, tandis que Léa s'allonge à mes côtés.

— Tu es amoureuse de lui ?

Ce qu'il y a de bien dans notre amitié, c'est que nous ne passons pas par quatre chemins pour nous parler.

— Non, certainement pas ! C'est juste... Je ne sais pas, quand il me touche, j'ai l'impression d'être en transe. Quand il m'a embrassée hier...

— Quoi ?! Tu l'as à nouveau embrassé hier ?

J'avais volontairement évité le sujet avec elle au téléphone, mais il faut bien que je lui en parle à un moment donné, il faut que tout cela sorte de ma tête si je veux faire le point.

— Oui, quand j'ai pris les escaliers quand on est tous partis de chez moi, il m'a plaquée contre la porte, c'était si romanesque !

Léa fronce les sourcils.

— Écoute, je suis surprise. Franchement, il ne t'a pas jeté le moindre regard hier. Si je n'avais pas autant confiance en toi, je croirais que tu as tout inventé.

Je laisse échapper un soupir.

— Oui, je sais, je ne comprends pas non plus, il m'a parfaitement ignorée avant et après ce moment dans les escaliers. Tu dois me prendre pour une folle.

— Non, je me doute bien que tu as dit la vérité. Mais il est trop bizarre ce mec, il te chauffe en privé et après il fait comme si tu n'existais pas devant tout le monde. Je ne sais pas à quoi il joue, mais en tout cas, il n'assume pas ! Et puis, je me demande vraiment ce que tu lui trouves !

— Tu rigoles ? Tu ne vas pas me dire que tu le trouves moche ?

— Non, il est canon, c'est vrai, enfin un peu trop gringalet à mon goût, moi j'ai besoin de me sentir protégée dans les bras d'un mec. Mais j'avoue qu'il a des yeux... *waouh !* Mais quand bien même, il a un look « sorti de prison », avec ses tatouages, ses fringues et ses airs de « Je suis indifférent à tout, mais si tu me cherches je te pète les dents ». J'aime vraiment pas voir ce genre de mec avec toi.

J'éclate de rire. Elle a plutôt bien défini le personnage, même si je me garderai bien de lui détailler la musculature cachée par ses vêtements… À cette pensée, le souvenir de ma main sur son torse me revient, et je frissonne.

— Ouais, mais tu l'as dit, il est canon. Ça me fait bizarre qu'un mec comme ça me regarde.

— Pourquoi ?

— Tu sais bien. Ça n'arrivait jamais ce genre de choses avant.

— Ouais, sauf que maintenant, tu as changé et tu as ton petit succès. D'ailleurs, Brice est intéressé, pour ta gouverne.

Je ne peux pas m'empêcher de réagir d'une voix suraiguë.

— Ton frère ?! Mais enfin, on se déteste !

— Ouais, mais apparemment, ce n'est pas vos affinités qui l'intéressent !

Brice et moi nous détestons depuis que nous nous connaissons. C'est le parfait petit con. Cadet et seul fils de la famille, il a, de ce fait, tous les droits, tandis que Léa, à dix-huit ans, n'a quasiment jamais la permission de sortir le soir, passé dix-neuf heures. Je suis consciente que les regards sur moi ont changé, mais l'univers doit tourner à l'envers si Brice s'intéresse à moi !

Je ferme les yeux, levant le visage vers le ciel pour profiter des rayons du soleil. Avec la brise, la chaleur est agréable au lieu d'être étouffante. C'est apaisant. On peut entendre le vent qui passe à travers les branches des arbres qui nous entourent ; qui pourrait croire que nous sommes si proches de la ville ? Au loin, des enfants pataugent dans l'eau et une bande de jeunes jouent au foot. Leur ballon résonne à chaque coup de pied et finit par atterrir près de nous.

— Bonjour mesdemoiselles.

J'ouvre un œil, trop éblouie par le soleil. Un jeune homme d'à peu près notre âge se tient debout devant nous, mais il m'est impossible de distinguer son visage avec ce soleil. Il est torse nu et porte un long bermuda rouge. Bronzé et musclé, il doit passer le plus clair de son temps ici à jouer au foot.

Je lui rends son bonjour en fronçant les sourcils à cause du soleil, tout en tâchant de sourire pour ne pas donner l'impression d'être désagréable. Léa, elle, ne dit rien, ce qui ne m'étonne pas, je connais parfaitement son avis sur les jeunes du quartier sud – dont il fait partie à n'en pas douter – qui ont, il faut l'avouer, une mauvaise réputation.

Il s'agenouille, me permettant à présent de distinguer son visage. Il a des beaux yeux verts, rieurs, s'accordant à merveille avec son teint hâlé, ainsi qu'un sourire ravageur ! À ma grande surprise, c'est à moi qu'il s'adresse. Heureusement, ma peau chauffée par le soleil ne peut certainement pas me trahir en rougissant davantage.

— Vous êtes seules ici ?

Léa annonce la couleur tout de suite.

— Non, mon copain et son meilleur ami doivent nous rejoindre.

Ah, je ne savais pas que Steph reviendrait nous chercher avec Chris.

— Et toi ? Tu as un copain ?

Au moins, il est direct. Je ne peux m'empêcher de sourire.

— Non, je ne crois pas.

— Tu ne *crois* pas ?

— C'est compliqué. Mais non, je pense qu'on peut dire qu'officiellement, je n'ai pas de copain.

Il m'adresse un large sourire.

— Eh bien, c'est une bonne nouvelle ça ! Je suis étonné qu'une aussi jolie fille soit célibataire, mais je m'en félicite.

Je me mords la lèvre. Je n'ai pas l'habitude de tels compliments, et même si je sais que c'est une simple technique de drague, j'avoue que cela fait vraiment plaisir à entendre. Après tout, si je rentre dans son jeu et le laisse flatter quelque peu mon ego, ce ne sera pas bien dramatique.

— Tu veux venir faire une promenade autour du lac ?

Je lui lance un air suspicieux. Il lève un sourcil, visiblement amusé par ma réaction.

— Tu ne risques rien avec le monde qu'il y a, tu sais.

Léa écarquille les yeux comme si elle venait de voir un ourson volant. Je me contente de la regarder et de hausser les épaules en attrapant la main qu'il me tend.

Je me frotte les fesses pour enlever le sable de mon short et nous nous éloignons d'une Léa médusée. Au fur et à mesure de notre promenade, Matt me raconte qu'il vit dans le quartier sud mais déteste cela, qu'il compte sortir de là le plus vite possible pour devenir mécanicien mais qu'il doit d'abord passer son bac cette année, et surtout, il me complimente le plus régulièrement possible. La promenade est plus agréable que je ne l'aurais pensé, je dois bien l'avouer.

Tout en discutant avec Matt, je m'assure régulièrement que Léa ne se fait pas embêter par je ne sais trop qui. Cette fois, quand je l'observe au loin, une longue silhouette se détache, debout à côté d'elle. Une silhouette que je reconnaîtrais entre mille.

Léa pointe son bras dans notre direction, et je vois Alex avancer à grands pas vers nous. Il ne court pas mais ne pourrait guère avancer plus vite. Son treillis et ses boots militaires ne pourraient pas être davantage dépareillés avec le décor. La montée d'adrénaline familière se fait sentir près de mon cœur, réveillant tout mon être.

Matt me parle, mais je ne l'écoute déjà plus, j'ai l'impression de marcher au ralenti. Alex arrive à notre hauteur et stoppe net devant nous. J'ai bien cru qu'il n'allait jamais s'arrêter et qu'il allait finir par nous rentrer dedans. À sa démarche, j'aurais juré qu'il était dans une rage folle, mais encore une fois, il arbore un regard froid et distant.

— Qu'est-ce que tu fais avec ce gars ?

Sa voix, en revanche, trahit une colère sans nom. Je cille. Est-ce qu'il est vraiment en train de me demander de me justifier ?

Je prends mon plus beau sourire enjoué pour lui répondre :

— Tu vois bien, on se promène.

De façon très fugace, un éclair traverse ses beaux yeux bleus. J'ai l'impression qu'il mène une lutte intérieure, mais il affiche son masque d'indifférence habituel sur son visage et il m'est impossible de deviner quelle émotion cet éclair a trahie.

Le regard de Matt va et vient entre nous. Je le sens se ratatiner sur lui-même, comme s'il sentait qu'il est de trop et que son corps voulait prendre le moins de place possible. Même s'il est de belle carrure, son instinct et les muscles d'Alex, tendus au possible, ont dû l'alerter sur le fait qu'il ne serait pas forcément de taille.

— Euh, salut. C'est un copain à toi ? demande-t-il en se tournant vers moi.

— Non, non, pas vraiment, je balbutie, totalement désarçonnée.

C'est vrai, quoi qu'il arrive, ce n'est pas un copain, je ne l'apprécie pas du tout en tant que tel et n'ai aucune envie qu'il soit un ami. Je n'ai envie de lui que comme *petit* ami, et même ça, je n'en suis pas certaine.

— Viens, on s'en va, dit-il en serrant les mâchoires.

Je m'écarte. Je ne veux pas partir, j'étais bien avec Matt, il est mignon et amusant, il me dit des choses gentilles. Il m'a clairement fait du rentre-dedans devant ma meilleure amie et non en cachette en me faisant passer pour une folle qui a trop d'imagination. Pourtant, j'ai l'impression d'être un vieux bout de métal et qu'Alex est un aimant. Je m'aperçois que, naturellement, mon corps s'est orienté vers lui.

— J'ai été ravie de faire cette balade avec toi, Matt. J'espère qu'on aura l'occasion de se revoir.

— Euh OK, tu sais où me trouver de toute façon.

Il m'adresse un clin d'œil et souffle un baiser dans sa main tout en s'éloignant.

— Ouais, c'est ça, casse-toi, grommelle Alex.

Je me tourne vers lui, estomaquée. Je n'ai pas le temps d'ouvrir la bouche qu'il s'approche de moi, menaçant.

— Qu'est-ce qui t'a pris de traîner avec cette merde ?!

Cette fois, le masque s'est ébréché. Ses yeux sont voilés par la rage et il me regarde avec dégoût.

— Qu-quoi ?!

— Cette... racaille, là...

Il lève la main en direction de Matt, qui a déjà rejoint sa bande de footballeurs. Sa voix s'éteint quand il ajoute :

— Tu n'as rien à faire avec ce genre de minable.

J'ai envie de rire, il dit de Matt exactement ce que je pensais de lui la première fois que je l'ai vu. C'est d'une ironie ! Je le regarde de la tête aux pieds. Il est furieux, ses poings sont si serrés que ses jointures sont blanches et qu'ils tremblent, comme s'il essayait de contenir toute sa rage à l'intérieur de ses mains. Je retrouve l'Alex plein de fougue et non le jeune homme qui s'éteint dès que quelqu'un d'autre peut nous entendre.

— Tu n'as pas à me dire avec qui traîner. Il a été adorable avec moi, en public qui plus est !

Sa voix prend des accents plus posés, mais c'est le calme qui cache la tempête.

— Tu n'as pas à traîner avec ce mec de toute façon.

— Et pourquoi ? Hein ? Pourquoi, dis-moi ?

Cette fois c'est moi qui suis en colère.

— Ce n'est pas comme si j'avais un petit copain, n'est-ce pas ? continué-je. Aux dernières nouvelles je suis célibataire, non ?

— Si !

Il écarte les bras en croix.

Je reste bloquée, bouche bée. Le peu d'espoir que j'avais pu mettre dans notre « histoire » vient d'être soufflé comme la flamme chancelante d'une allumette qu'on tentait péniblement de craquer.

Je déglutis et hurle :

— Bien, on est d'accord alors !

Je le dépasse, le laissant planté là, sur le chemin. Quand je pense avoir laissé suffisamment de distance entre nous, j'autorise mes larmes à couler. Tout à coup, je suis arrêtée net, Alex me retient par le bras. Je ne veux pas me retourner, je ne veux pas qu'il croie que je pleure pour lui alors que c'est juste la colère qui me met dans cet état. Enfin... je crois. Mais sa poigne est ferme, je ne peux pas lutter contre le mouvement qu'il fait prendre à mon corps pour me placer face à lui.

Pour éviter son regard, je prête à mes pieds beaucoup plus d'attention qu'ils n'en méritent. Il ne me lâche pas, sa main serre si fort mon poignet que cela en devient douloureux, et pourtant, encore une fois, le contact est si apaisant que je ne veux pas que cela s'arrête.

— OK.

Sa voix est calme tout à coup, sonnant un air de défaite. Je ne peux empêcher mes yeux encore mouillés de larmes de se poser sur les siens.

— OK quoi ?

— Je viens te chercher demain aprèm chez toi.

Mon corps réagit avant que l'information n'atteigne mon cerveau : j'arrache mon bras à son étreinte – non sans regret – en criant.

— Bien !

— Bien ! répond-il sur le même ton.

Et il file sans autre explication. Je le regarde partir, ébahie. Est-ce qu'il viendrait de me donner un rendez-vous ?

Chapitre 17
Sortie en amoureux

Lorsqu'Alex sonne, je lui annonce à l'interphone que je descends. Je préfère éviter d'être seule avec lui chez moi. Non que j'aie peur qu'il me fasse du mal, j'ai plutôt peur de mes propres réactions et ai bien trop de respect pour ma tante pour qu'il se passe quoi que ce soit sous son toit.

Nous sommes si gênés que chacun regarde ses pieds et nous contentons de nous saluer d'un signe de la main pour moi et d'un hochement de tête pour lui.

Je suis la première à briser ce silence gêné.

— On fait quoi ?

— On pourrait se balader en ville ?

— Ouais, OK.

En ville, j'ai l'impression que tout le monde nous regarde. Moi, la fille en robe pastel et lui, avec son look de *bad boy*. J'ai beau être grande, il est immense à côté de moi ; je me souviens que la nuit dans la forêt j'avais mal au cou à force de chercher si haut ses baisers.

Finalement, je suis mal à l'aise en public à ses côtés. On croise plusieurs fois de jolies filles qui lui lancent des œillades. Nous sommes tellement mal assortis qu'aucune d'entre elles ne doit se douter qu'il est avec moi. Est-ce qu'il est avec moi d'ailleurs ? Plus loin, deux filles gloussent entre elles en le regardant. Je me sens insignifiante comme jamais. Jusqu'à ce que je sente ses doigts s'emparer des miens... L'une des filles fait signe à sa copine, et même si elles ne cessent pas de ricaner pour autant, elles se font discrètes et moins séductrices. Sa main dans la mienne est chaude et douce. J'exerce une petite pression sur ses doigts pour lui montrer que j'apprécie son geste, à laquelle il répond en me lançant un petit sourire contrit.

— Alex, mec ! Ça fait un bail ! Comment ça va ?

Je sens les doigts d'Alex m'échapper lorsqu'un garçon blond, grand et costaud, avoisinant notre âge, se dirige vers nous. D'instinct, je retire ma main pour le préserver, et pour m'épargner le sentiment de rejet que j'aurais eu en le laissant le faire en premier.

— Basile, salut.

Basile me détaille des pieds à la tête avec le regard brillant ; on dirait que je suis un sandwich et qu'il va me manger.

— Et toi, tu es... ?

Je bredouille quelques mots inaudibles.

— C'est Cat, une copine.

Bien sûr, *une* copine. L'air affamé de Basile est remplacé par un air lubrique.

— MA copine, ajoute-t-il en m'attrapant par la taille et en me tirant vers lui.

J'en perds l'équilibre et me retrouve collée contre lui, les yeux écarquillés. *Waouh*, on passe d'un extrême à l'autre, là.

Basile lève les sourcils avec un air plus que surpris, c'en est presque insultant. Il se pare rapidement d'un sourire de façade.

— Eh bien, ravi de te connaître.

Il se tourne ensuite vers Alex.

— Vous venez prendre un verre à mon appart ?

Alex marque un temps d'arrêt, les sourcils froncés.

— Non, on voulait faire un truc.

— Oh allez, ça doit bien faire quinze jours que tu dois passer. Et puis, je veux faire la connaissance de ta nouvelle copine, je te croyais encore avec Carrie.

Il m'entraîne par le bras et Alex ne peut faire autrement que de nous emboîter le pas.

Une fois assis sur le canapé du petit appart de Basile, j'ai l'impression de passer une sorte d'entretien d'embauche : il ne cesse de me questionner. La plupart du temps, je suis étonnée d'entendre Alex répondre à ma place. Il en sait bien plus de moi que moi de lui. Il est assis à côté de moi, le bras autour de ma taille, comme s'il avait peur que je ne m'échappe. Je me sens bien comme jamais, mis à part l'interrogatoire de Basile qui me tape de plus en plus sur les nerfs. Bon sang, ce type ne se tait jamais ?

— Au fait, ça fait combien de temps que vous êtes ensemble ?

Nous répondons en même temps, mais nous ne tenons pas le même discours.

— Deux heures.

— Trois jours.

Alex fronce les sourcils en entendant que sa réponse diffère de la mienne. Basile, lui, rit grassement.

— Eh bien, il faudrait vous mettre d'accord tous les deux.

Je rougis en me détournant d'Alex. De toute évidence, nous n'avons pas la même perception d'une relation. Je doute qu'on puisse considérer que nous étions en couple hier soir.

Lorsque Basile s'absente quelques instants pour répondre au téléphone, Alex attrape fermement mes genoux de sa main libre et me fait glisser sur ses cuisses.

J'étouffe un petit cri de surprise, je n'ai pas le temps de parler que sa bouche est déjà sur la mienne. La fermeté laisse bientôt place à un baiser d'une douceur dont je ne l'aurais jamais cru capable de faire preuve.

Pour la première fois, je sens naître une ébauche de sentiment au-dessus de mon estomac. Je lui effleure doucement la langue avec la mienne, tandis qu'il caresse ma joue de son pouce. Je cesse de l'embrasser pour mieux l'observer, il parvient à me regarder avec des yeux à la fois brûlants de désir et empreints de tendresse. J'appuie mon front contre le sien. Ce revirement est étonnant : lui, qui n'a jamais montré le moindre intérêt pour moi en public, est aujourd'hui mon petit ami. C'est comme si Basile avait officialisé notre relation.

Il y a deux univers : celui de d'habitude, *d'avant*, avec notre bande, où nous ne sommes même pas amis – on doit même croire que nous nous détestons –, et ce nouveau monde, où Alex se promène dans les rues main dans la main avec moi, où il y a Basile, et surtout où nous sommes en couple. Je me demande comment la Terre va tourner quand ces deux univers entreront en collision.

Nous sommes brutalement sortis de notre bulle par les raclements de gorge de Basile. Je veux me rasseoir à ma place, mais la prise ferme des mains d'Alex sur mes hanches m'en empêche. Il a clairement décidé que je ne bougerai pas d'un iota.

J'essaie d'afficher un sourire détendu mais j'avoue ne pas avoir l'habitude de telles démonstrations d'affection en public, surtout avec Alex. Il me faut admettre que pourtant, c'est loin d'être désagréable, je pourrais vite y prendre goût.

— Bon, les gars, j'ai plus rien à boire, on va au MC ?

Alex acquiesce. Il m'attrape par les hanches pour m'aider à me mettre debout, puis se lève à son tour. Au passage, il me dépose un baiser du bout des lèvres, juste derrière l'oreille, puis m'entraîne vers la sortie en me tenant par la main.

Chapitre 18
Je vais bien, tout va bien

Le bar est bondé, comme d'habitude à cette heure. Nous nous installons à une petite table près de l'entrée. Je prends place la première, Basile s'installe à la place à côté de la mienne, obligeant de ce fait Alex à se placer en face de moi. J'ai déjà pris l'habitude d'être à proximité immédiate de lui et le savoir si loin m'incommode. Mais je suis surtout mal à l'aise d'avoir Basile à côté de moi alors que d'une certaine manière, c'est la place destinée à Alex.

Nous parlons de choses et d'autres, Alex grommelle plus qu'il ne parle, Basile fait la conversation à lui tout seul. Il est sympa, mais ça en devient presque oppressant. Alex ne semble plus l'écouter, il me dévore littéralement des yeux. Je songe en rougissant à la manière dont cette soirée va se terminer.

Les évènements prennent tout à coup une tournure inattendue. C'est comme si tout se déroulait au ralenti. J'entends un vague « Ah, tu es là », que mon cerveau n'associera à la scène que quelques secondes plus tard, puis je vois du coin de l'œil une silhouette familière se diriger vers notre table. Elle se penche avec fluidité sur Alex, pose ses bras fins et délicats autour de son cou et dépose un baiser sur ses lèvres. Ces cheveux, cette teinte particulière de châtain éclairci par le soleil me rappellent quelque chose...

Ses bras toujours autour du cou d'Alex, *mon* Alex, elle se tourne vers nous et je reconnais le beau visage aux yeux bleus et au teint hâlé de Carrie qui nous fait face, avec son plus beau sourire.

Je reste interdite, le souffle coupé, les yeux grands ouverts, incapable de les fermer. J'avais entendu parler de la sidération, la vraie, mais je ne pensais pas qu'elle pouvait s'imposer avec tant de force. Je devrais crier, le gifler, faire une scène ou tout au moins partir drapée dans ma dignité, mais je suis transformée en statue. Tout glisse sur moi, fort heureusement cela veut également dire que je ne peux ni pleurer ni rougir. De toute façon je ne suis techniquement pas capable de rougir, mon visage doit s'être vidé de tout son sang.

Carrie me parle mais le son met quelques secondes à être interprété par mon cerveau. Elle pique une chips dans la petite assiette sur notre table, toujours au cou d'Alex, maintenant assise sur ses genoux, comme moi il y a moins d'une heure chez Basile. Tout en grignotant sa chips, elle ne se départit pas de son plus beau sourire et dit simplement :

— C'est cool de vous trouver là. Je passais et je vous ai vus par la vitre. Ça fait trois jours que je ne t'ai pas vu, chéri, tu pourrais prendre ton téléphone de temps en temps.

Elle se penche à nouveau pour l'embrasser goulûment. Alex ne la repousse pas, même s'il ne l'attire pas non plus tout contre lui comme il l'a fait avec moi tout à l'heure.

Basile me regarde en gloussant, puis me chante à l'oreille « Je vais bien, tout va bien... » Je réagis enfin pour m'écarter de lui, la situation l'amuse alors que mon cœur et ma dignité ont été piétinés devant lui. Il n'a aucun tact.

Carrie glisse un mot à l'oreille d'Alex et ils se lèvent. Lorsqu'ils s'éloignent, Basile s'installe en face de moi.

— Je suis désolé, quand il a dit qu'il était avec toi, j'avais compris qu'il n'était plus avec Carrie !

J'observe mes propres doigts jouer avec les nervures de la table tout en haussant les épaules, espérant réussir à me donner un air détaché.

— Moi aussi, je croyais qu'il avait rompu avec elle. C'est ce qu'il m'a dit en tout cas.

Les larmes commencent à monter. « C'est fini » m'avait-il dit.

— Eh bien, apparemment elle n'est pas au courant. Allez, un de perdu, dix de retrouvés !

Il sourit à pleines dents, fier de sortir ce dicton ridicule. Je m'en fiche d'en trouver dix, c'est Alex – qui doit sans doute être dans les bras de Carrie à cet instant, en train de la sauter dans les toilettes – que je veux. Celui qui me rend aussi vivante.

Je les cherche sans les trouver depuis cinq bonnes minutes, et finis par les voir, au bar. Il lui parle avec un drôle d'air, elle pose la main sur sa taille, puis l'embrasse. Je devrais rentrer chez moi et laisser toute cette histoire derrière moi, avoir encore un minimum de fierté. Mais partir signifie leur laisser de l'intimité, et je veux que cela n'arrive jamais — ou du moins le plus tard possible. Je préfère m'infliger cette scène que de laisser mon imagination m'imposer des images beaucoup plus crues d'eux, dans toutes les positions, une fois qu'ils seront seuls.

Basile me parle, je hoche la tête machinalement sans avoir la moindre idée de ce qu'il me raconte. Je passerai la soirée en mode automatique, me contentant de regarder fixement Alex, dont le regard n'ose croiser le mien. Je crois que s'il le faisait, mon impassibilité se transformerait en fureur, ce serait l'étincelle qui déclencherait le bûcher qui le consumerait.

J'aimerais qu'il me regarde.

Les lumières tamisées du MC s'allument vivement, indiquant qu'il est l'heure pour le bar de fermer. La soirée a passé sans que je ne réagisse à quoi que ce soit, je n'ai pas le moindre souvenir de ce qui s'est dit. Basile a encore beaucoup parlé et je me suis contentée de rester plantée là.

Je ferme les yeux à demi, l'éblouissement me donne mal au crâne. C'est un réel soulagement, je vais enfin pouvoir échapper à Carrie, dont le corps est enroulé autour de celui d'Alex, telle une liane autour d'un jeune arbre. L'inévitable arrivera de toute façon, et cela ne m'atteint même plus, la colère a consumé ce qu'il me restait de sensations.

Je me lève, un œil sur l'addition. Hors de question que je paie quoi que ce soit pour cette soirée en enfer. Alex doit avoir remarqué mon regard posé sur la note, car je l'entends dire :

— C'est bon, je paie.

Sans le regarder, je réponds froidement entre mes dents.

— Oui, tu me dois au moins ça.

Sa main se fige juste une seconde tandis qu'elle dépose un billet sur la table ; si je n'avais pas eu les yeux posés dessus je ne m'en serais même pas aperçue.

Je soupire et me dirige vers la sortie. Carrie est déjà à ma hauteur.

— On te ramène ?

— Non, c'est bon, je ne vis pas loin, je vais rentrer à pied.

— Mais si, c'est dangereux ici la nuit.

Je pince les lèvres et hoche la tête, elle a raison. Pourquoi est-elle aussi gentille ? J'en viens à culpabiliser de lui avoir volé son copain... Enfin, c'est ce que j'ai cru le temps d'une journée, mais ça n'a jamais vraiment eu lieu en fait. Je me retrouve assise à l'arrière de la voiture, aux côtés de Basile. La situation est humiliante, on dirait une enfant assise derrière papa et maman.

Lorsque je rentre chez moi, toutes les émotions que j'avais occultées ces derniers jours me rattrapent. Mon esprit est comme ballotté par des vagues successives. La tristesse, puis la lassitude, la colère, l'incompréhension, le dégoût et finalement la honte. La honte d'avoir cru en moi, d'avoir espéré quoi que ce soit de lui et de m'être ainsi ridiculisée. Les larmes me brûlent les joues tandis que j'enfouis ma tête dans l'oreiller.

Je sombre peu à peu dans les ténèbres, emplies de moqueries et de désespoir, des corps d'Alex et Carrie s'entremêlant, magnifiques.

Chapitre 19
Punition

Je me réveille avec la nausée, suffocante. Des mèches folles sont collées par la sueur et les larmes sur mon front et mes joues. Il fait encore nuit, mais la chaleur est insupportable. J'ouvre la fenêtre, puis vais me passer de l'eau fraîche sur le visage et les poignets pour me rafraîchir et effacer les traces laissées par les larmes. Mon maquillage, que je n'ai pas ôté avant d'aller me coucher, a coulé et forme un halo noir autour de mes yeux, me donnant une mine de déterrée.

Lorsque je regagne ma chambre, l'atmosphère s'est rafraîchie. Avant de fermer la fenêtre, je profite de l'apaisement qu'offre la vue. Ma chambre donne sur de petits jardins intérieurs privatifs. La journée, on entend les bruits de la ville, mais à cette heure, on pourrait oublier où l'on est. Le ciel s'est éclairci depuis mon éveil, il fera bientôt jour. On voit cependant encore les étoiles. L'étoile du Nord brille de ses derniers éclats avant que le jour ne se lève, et une chauve-souris fait ses derniers envols avant d'aller se cacher.

Ce paysage me rend nostalgique des quelques semaines que j'ai passées avec Tom. Nous avions regardé le feu d'artifice de cette même fenêtre la nuit où je me suis donnée à lui pour la première fois. À l'époque, j'étais prude, je ne batifolais pas dans les bois avec une petite frappe que je connais à peine. Je ferme la fenêtre en frissonnant puis retourne me coucher.

Je me réveille quelques heures plus tard et tente de joindre Léa dans la foulée. C'est sa mère qui me répond, sèchement :

— Quoi ?

— Euh, bonjour, pourrais-je parler à Léa, s'il vous plaît ?

— Non, elle est punie pour toute la semaine !

Elle raccroche brutalement avant que je n'aie pu demander quoi que ce soit.

Le téléphone sonne quelques minutes plus tard.

— Allo ?

Léa me répond en chuchotant.

— Mon père nous a vus nous embrasser avec Chris devant la maison hier soir. Il a pété un câble et je suis punie pour la semaine.

— Quoi ?! Mais il doit bien se douter que vous ne vous contentez pas de vous faire les yeux doux !

— Oui, mais pas de démonstration en public, et il a pris l'excuse qu'on avait vingt minutes de retard... S'il savait pourquoi, je serai punie un bon mois, voire pour toujours. Merde ! Les revoilà ! Je te rappellerai demain quand ils partiront au foot pour Brice.

— Non, tu ne pourras pas. Je vais en profiter pour faire acte de présence chez ma mère aujourd'hui et demain.

— Oh, c'est pire que moi là, bon courage !

Et dire que son frère qui a deux ans de moins est presque félicité s'il ramène une fille ! Pauvre Léa ! Et très égoïstement, pauvre de moi ! Avec Elyne en vacances, Chris qu'on ne voit que si Léa est dans les parages et ma rupture – qui pourrait s'appeler comme ça si l'on pouvait considérer que j'ai réellement été en couple – avec Alex, autant dire que je suis punie également.

Un profond soupir m'échappe. Aujourd'hui sera donc l'une de ces journées que l'on veut éviter comme la peste. J'en ai vécu un peu trop à mon goût ces derniers temps. Mais celle-ci sera la pire de toutes : je dois faire acte de bravoure et de sollicitude et passer deux jours chez ma mère. Ne serait-ce que passer une seule journée chez elle, c'est comme aller mettre la main dans un panier de crabes, sauf qu'il y a un seul crabe, géant, et c'est elle. Je fais toujours en sorte que ces moments soient les plus rares possible. Nous ne nous entendons absolument pas et chaque rencontre se solde inéluctablement en dispute.

Ma tante me dépose sur le coup de onze heures. Ma mère ouvre la porte, et le seul plaisir qui existe dans cette maison arrive à quatre pattes en aboyant pour me faire la fête, en sautillant tout autour de moi.

— Fanel ! Moi aussi je suis contente de te voir mon chien !

Je caresse le dessus de sa tête et Fanel se calme immédiatement en se frottant contre ma main. Ma mère se tient les bras croisés dans l'embrasure de la porte. Je n'ai pas encore passé celle-ci que déjà fusent les remarques désagréables.

— Tiens, tu as encore grossi.

Je lève les yeux au ciel.

— Bonjour, maman.

— Tu devrais faire attention à ce que tu manges, tu sais.

— Maman, j'ai perdu vingt kilos en un an, j'en fais cinquante-sept pour un mètre soixante-dix, je pense pouvoir m'arrêter là.

— Eh bien, fais du sport alors.

Le pire dans tout ça, c'est que mon *adorable* mère est mal placée pour me faire la morale avec ses quinze kilos en trop.

— Tu peux parler.

— C'est parce que je t'ai eue. Avant d'être enceinte de toi, j'étais mince comme un fil, ton oncle pouvait faire le tour de ma taille...

—... avec ses mains. Oui je sais, tout est ma faute.

J'entends ce discours depuis ma plus tendre enfance, et chaque fois je me demande comment c'est humainement possible. J'ai moi-même essayé d'entourer de mes mains la taille de la nièce de Léa – âgée de cinq ans ! — et je n'y suis jamais arrivée. Il faut croire que l'âge a altéré sa mémoire.

Son mari nous rejoint. Je le détestais avant même qu'il ne rencontre ma mère, lorsqu'il était mon professeur de musique. Il est pédant, se donne de grands airs en utilisant un vocabulaire qu'il ne maîtrise même pas et est tout le temps complètement à côté de la plaque. Le sort, le destin ou une mauvaise étoile, sans doute réunis, a décidé d'en faire mon beau-père. *L'amour a ses raisons que la raison ne connaît pas...* Et ma raison m'ordonne de me tenir le plus loin d'eux possible pour ne pas égarer ce qu'il en reste.

— Cat, bienvenue à la maison !

— Merci.

— Va donc poser ton sac dans ta chambre.

Je monte les marches qui me séparent de ce que seuls les mots peuvent définir comme étant ma chambre. J'y ai dormi une fois sur les quatre années qui se sont écoulées depuis qu'ils ont acheté cette maison perdue en pleine campagne.

Ma tante me demande depuis le début de l'été de faire un dernier effort avant de partir pour la fac, et c'est le moment le plus approprié. Certes, les circonstances ne sont pas des plus agréables étant donné ce qui s'est passé hier. J'aurais préféré arriver avec un moral d'acier pour résister sans trop de difficultés aux multiples coups de pince que je vais recevoir durant les prochaines vingt-quatre heures. Mais au moins ce sera fait, et ma tante sera satisfaite et arrêtera de m'en parler.

Je pénètre dans cette chambre sans vie. Dire que dans un monde parfait, je pourrais être avec mes amis en train de m'amuser et que durant deux jours je vais devoir supporter d'être ici. Léa étant punie, la situation avec Alex étant ce qu'elle est – réduite à néant par un unique battement de cils de Carrie –, je suis condamnée à vivre en recluse de toute façon. Alors autant être ici et faire d'une pierre deux coups.

Je pose mon sac sur le lit. Je devrais avoir des scrupules à n'y avoir passé qu'une nuit. Néanmoins, ma mère ne m'a installé une chambre que pour se donner bonne conscience. Elle comme moi sommes ravies de ne pas avoir à cohabiter. Moi, parce que vivre avec elle est une torture. Elle, parce qu'elle peut ainsi se consacrer corps et âme à son mari.

J'ouvre le grand placard. Il impressionne par son contenu : un vide absolu. Je m'assieds sur le lit en soupirant. Je n'ai aucune envie de vider mon sac pour les deux vêtements de rechange qui y sont rangés, alors que je partirai demain aux aurores. Toutefois, rester ici me fait gagner quelques précieuses minutes sans avoir à subir d'attaques.

Lorsque je redescends, l'image devant moi me donne la nausée. Ma mère est installée sur le sol, tandis que lui est assis dans le canapé. Elle a les mains posées sur sa jambe et le regarde comme s'il était de sang divin. Elle le vénère au point de tout accepter de lui, même de se couper de toute sa famille.

La scène du dernier Noël passé ensemble me revient subitement en mémoire. J'avais onze ans. Depuis toute petite, j'avais pour coutume de me maquiller et de me parfumer la veille de Noël. Cette année-là, ma mère n'était pas encore mariée avec lui, mais elle l'avait déjà installé chez nous. La cohabitation était difficile, mais en ce soir de fête, j'avais décidé de faire des efforts. Lorsque je suis sortie de la salle de bains, maquillée et dans ma plus jolie robe de petite fille, un grand sourire aux lèvres, celui de ma mère fut immédiatement remplacé en me voyant par une grimace de colère.

— Qu'est-ce que tu fais, maquillée comme ça ?!

Je ne savais que répondre, elle était dans un état de colère dont je ne comprenais pas l'origine.

— Mais j'ai fait comme d'habitude, maman, c'est Noël !

— Mais enfin, tu sais bien que tout ça donne de terribles migraines à Joël !

— Mais maman, c'est juste un peu de maquillage !

Elle s'est alors approchée de moi.

— Ah ! Je m'en doutais ! Tu as mis du parfum !

— Juste une goutte, c'est tout !

Jamais je n'avais vu ma mère comme ça. Elle m'a ensuite attrapée et mise de force dans la douche, tout habillée. L'eau n'avait pas encore eu le temps de monter en température et était glacée. Seules les larmes qui coulaient sur mes joues se distinguaient par leur chaleur.

Une fois sortie de la douche, grelottante, ma colère avait explosé.

— Tout ça... Tout ça pour un con ! C'est un sale con !

— Quoi ? Qu'est-ce que tu as dit ? Viens lui dire en face !

Elle m'avait alors brutalement attrapée par le bras et traînée jusqu'à lui, encore trempée, laissant des mares d'eau partout sur le parquet de chêne. J'essayais de me débattre, mais sa fureur lui conférait une force que je ne lui connaissais pas. Elle me faisait mal à chaque mouvement que je faisais pour essayer de me dégager.

— Vas-y, dis-lui !

Rassemblant tout mon courage d'enfant, j'avais alors répondu en le regardant droit dans les yeux.

— T'es qu'un sale con.

Alors, tandis que ma mère me tenait pour m'empêcher de lui échapper, il m'avait donné une gifle d'une telle force que le souvenir de la brûlure est encore tangible sur ma peau. Ce jour-là, le lien ténu qui m'unissait encore à ma mère fut brisé à jamais. Comme si elle avait coupé d'un simple coup de ciseaux le fil qui nous liait, cessant dans mes yeux de petite fille d'être la mère aimante que mon imaginaire avait créée. Mes yeux s'étaient ouverts et j'avais cessé par la même occasion d'être une enfant. Le lendemain je prenais mes affaires et partais m'installer chez ma tante, avec la bénédiction éhontée de ma mère...

À ce souvenir les mêmes sensations d'injustice et de trahison m'emplissent et mon estomac se tord. Je serre les mâchoires en essayant de prendre sur moi.

Lors du repas, ma mère ne tarde pas à attaquer de nouveau :

— Alors tu es toujours avec ce... Ludo ?

— C'est Tom.

Prononcer son prénom me fait toujours l'effet d'un coup d'électricité dans la colonne vertébrale.

— Oh, c'est pareil. Alors ?

Mon expression doit me trahir, car j'envisage de lui mentir, mais déjà ses yeux s'allument de satisfaction.

— Je m'en doutais. Ce genre de garçons prend ce qu'il veut et puis s'en va. Et j'imagine que tu lui as donné ce qu'il voulait, n'est-ce pas ?

Elle appuie là où ça fait mal. Une bouffée de panique me saisit : et si elle avait raison ? Encore une fois, ma mère fait la conversation avec mes émotions, puisqu'elle n'attend pas de réponse de ma part pour tirer des conclusions en se contentant d'observer mes réactions.

— Ah ! Je m'en doutais ! Franchement, tu n'es qu'une *Marie-couche-toi-là.*

Je pose ma fourchette, encore inutilisée, avec fracas, et lui réponds d'une voix glaciale.

— Oui, maman, tu as raison, je lui ai donné exactement ce qu'il voulait, et dans toutes les positions possibles. Ce n'est pas tout, j'ai même fait des folies de mon corps dans les bois avec un parfait inconnu. Et maintenant, tu m'excuseras, mais sur ces bonnes paroles, je me casse !

Je laisse là ma mère et l'amour de sa vie, bouche bée, leurs couverts encore dans les mains, et file vers le téléphone. Ma tante décroche au bout d'une sonnerie.

— S'il te plaît, reviens me chercher, vraiment.

Je l'entends soupirer dans le combiné. Elle va sans doute refuser et insister pour que je reste, me dire qu'il faut que je maintienne le lien mère-fille un minimum. Mais ma voix se veut sans appel et elle l'a compris.

— J'arrive.

Je monte rapidement les marches pour récupérer le sac encore fermé sur le lit de cette chambre qui n'en est pas une. J'ai bien fait de ne pas sortir mes affaires, mon instinct de survie avait raison. Je sors sans un mot. Ils sont encore à table, comme si de rien n'était. Parfois, je me demande si ma mère ne fait pas exprès de me pousser dans mes derniers retranchements pour avoir la paix et faire pleurer dans les chaumières en disant que son horrible fille est une harpie dégénérée. Cela ne me touche même plus. Plus depuis cet horrible Noël qui s'est terminé par une petite fille, glacée jusqu'aux os, en train de pleurer dans son lit.

Ma tante ne tarde pas à arriver. Elle se doutait sans doute qu'elle serait vite demandée et a dû tâcher de rester disponible.

— Elle ne changera jamais. J'aurais dû me douter que ça tournerait encore comme ça.

— Je sais, mais au moins, tu auras essayé. Tu as ta conscience pour toi maintenant.

Nous rentrons sans échanger à nouveau sur le sujet. Ma vie est vraiment tombée en morceaux. Une fois arrivées, elle se contente de se garer en double file devant l'entrée de notre immeuble.

— Tu ne montes pas ?

— Non, j'ai du boulot, j'attendais que tu m'appelles pour venir te récupérer.

Nous échangeons de petits sourires complices. Elle avait effectivement vu juste sur ce qui allait arriver. Me voilà ainsi de retour chez moi, dans la même situation que quatre heures auparavant. Ça sent l'après-midi télé...

Chapitre 20
Un bon ami

Le téléphone sonne au moment je m'apprêtais à allumer la télévision.

— Allo ?

— Euh, ouais, salut, c'est Basile. Ça va ?

— Basile ?!

J'ignore comment celui-ci a eu mon numéro, mais je n'ai, comme d'habitude avec lui, pas le temps de lui poser la question.

— Ouais, dis-moi, tu es libre cette aprèm ?

Une infime partie de moi ne peut s'empêcher d'espérer qu'Alex ait demandé à Basile de nous arranger une entrevue.

— Euh, ouais.

— Tu passes à mon appart ?

— OK oui, pourquoi pas.

Une fois chez Basile, je me demande ce que je fais là, sans Alex. Je suis de nouveau assise sur ce canapé, mais un profond sentiment de solitude s'abat sur mes épaules. Basile s'assied une nouvelle fois là où aurait dû être Alex, à l'endroit précis où, la veille, il m'avait installée sur ses genoux.

— Je suis content que tu sois venue.

— Oui, j'avoue avoir été étonnée que tu m'appelles.

— Ça m'a fait mal au cœur de te voir comme ça hier soir, je voulais m'assurer que ça allait.

Il rouvre une blessure trop fraîche.

— Oh… Oui, ne t'inquiète pas, ce n'est pas grave. Ce n'est pas comme si on avait vraiment été ensemble, de toute manière ! Ça faisait quoi ? Cinq heures qu'on était ensemble ? Je ne sais même pas si ça peut compter.

— Ouais, enfin sur ce coup-là, j'avoue que je n'ai pas trop compris quand je vous ai vus hier en ville. Je veux dire, pour moi ça a toujours été clair qu'il était amoureux de Carrie, il nous l'a assez dit. J'ai halluciné quand je l'ai vu avec toi, je me suis vraiment demandé ce que vous faisiez ensemble !

J'ai l'impression de me prendre une gifle en pleine figure. Basile a le don de dire les choses avec le moins de tact possible sans même s'en rendre compte. Non seulement il insinue qu'en comparaison de Carrie, je ne tiens pas la route, mais en plus il insiste bien sur combien Alex tient à elle. Le message transmis est évident : c'est donc clairement sans issue.

— Ah, je ne savais pas, tu vois. Je ne les ai jamais vraiment vus ensemble, et il m'avait dit qu'il n'était plus avec elle. Je l'ai bêtement cru.

— Ouais, il n'a pas dû être assez clair alors. En tout cas, tu ne peux plus te poser de questions après hier soir. Là, c'est on ne peut plus clair ! Ils sont toujours ensemble et toujours aussi accros l'un à l'autre !

Je serre le poing sur mon genou.

— Oui oui, j'ai bien vu, difficile de le rater.

— Ils sont comme ça tu sais, ils se séparent et se remettent ensemble, Alex ne peut jamais rester loin d'elle bien longtemps. Tu veux à boire ?

— Euh oui, je veux bien.

Il attrape la bouteille de coca et se penche vers la table de l'autre côté de moi pour verser le soda dans mon verre. Sans que je ne l'aie vu venir, il dépose un baiser sur mes lèvres et pose son autre main sur ma hanche.

Je me recule autant que le canapé dans mon dos me le permet.

— Je... Je ne veux pas, je... Il y a Alex, tu comprends.

— Désolé, j'en ai eu envie depuis l'instant où je t'ai vue.

Son meilleur ami lui présente sa copine et lui, il jette son dévolu sur elle dans la foulée ? Quel drôle d'ami !

— Et puis, la situation avec lui est claire, non ? En plus, c'est quand même par lui que j'ai eu ton numéro ! J'veux dire, si tu comptais vr...

Je l'interromps d'un signe de la main. Inutile qu'il en rajoute, le message est suffisamment clair. Je sens quelque chose se briser à l'intérieur de moi. Donner mon numéro ainsi à Basile, c'est lui donner carte blanche sur moi. Alors ça y est, on est vraiment passés à autre chose et il m'a mise officiellement l'étiquette « disponible » sur le front et m'offre à ses amis ? J'ai la gorge serrée.

— Je suis désolée, Basile, tu es très gentil mais je n'ai pas envie de changer de mec tous les jours. J'ai un peu de mal à avaler ce qui s'est passé hier. J'ai besoin d'une pause, là.

— OK. En tout cas, sache que je t'apprécie vraiment beaucoup, donc si tu changes d'avis, tu sais où me trouver !

Je prends le plus rapidement possible congé de mon hôte avant que l'envie de me sauter dessus ne lui reprenne. La seule pensée qui m'obsède en cet instant, c'est de savoir que les dernières lèvres qui se seront posées sur les miennes à partir de maintenant seront celles de Basile et plus celles d'Alex. J'ignore pourquoi, mais cette pensée me dégoûte et surtout, me désespère. J'aurais au moins voulu garder comme dernier souvenir de baiser celui d'Alex cette après-midi-là dans le canapé de Basile. Si j'avais su, je ne l'aurais pas interrompu pour l'admirer et en aurais profité tout mon soûl.

Chapitre 21
1664

Le lendemain, lorsque je raconte les derniers évènements à Léa, elle n'en revient pas.

— Non mais c'est pas possible, ce mec n'avait qu'une envie alors que tu sortais avec son meilleur copain, c'est de se jeter sur toi ?! Il n'y a pas un code d'honneur entre mecs, genre « Je ne dois pas me faire la nana de mon pote » ?!

— Oui ! Il m'a dit qu'il y a pensé à l'instant où il m'a vue, alors qu'à ce moment-là j'étais officiellement avec Alex !

— Ben, soit il est tordu, soit ils ne sont pas si copains que ça.

Je soupire.

— De toute façon, ça n'a pas duré bien longtemps.

— Tant mieux.

— Léa !

— Quoi ? Tu sais ce que je pense de ce type. Et puis, tu n'es pas amoureuse de lui donc tu t'en fiches, non ?

Je soupire une nouvelle fois, rendant les armes.

— Si... C'est juste que...

— Rien du tout ! C'est mieux comme ça et au moins ça t'évitera de faire des conneries dans les bois.

— Eh ! C'était pas reluisant, c'est sûr, mais c'était... bien...

— Oh, pitié ! Il faut vraiment que tu restes loin de ce mec ! Tu n'aurais quand même pas couché avec lui, non ?!

J'hésite un bref instant.

— Non !

Ma voix n'est pas assez ferme pour être convaincante, surtout lorsque c'est à ma meilleure amie que je m'adresse.

— Oh, c'est pas vrai, je croyais que tu ne coucherais jamais sans avoir de sentiments !

Oh oh ! Léa m'emmène sur un terrain sur lequel ni l'une ni l'autre n'avons envie de mettre les pieds. Je n'aime pas Alex, mais je sais que je ne saurais lui résister, pourtant je sais que je suis incapable de coucher avec un homme sans sentiments... L'équation ne fonctionne pas et je préfère ne pas chercher où est l'erreur.

— Mais non, ne t'inquiète pas !

— Mes parents reviennent ! Salut ! Et ne sors pas avec un nouveau mec aujourd'hui !

Je m'installe devant la télévision. Le film raconte l'histoire d'une fille qui est sauvée d'un accident par un charmant jeune homme qui s'avère finalement être un psychopathe. L'interphone me sort brutalement de ma torpeur. Il est quinze heures passées. Je vais sur le balcon jeter un œil, c'est Steph.

— Salut !

Il lève la tête, ébloui par le soleil, il doit se protéger les yeux de la main.

— On va prendre un verre ?

Mon cœur balance entre mon téléfilm à l'eau de rose et la perspective d'une partie de rigolade avec Steph. Me promettant intérieurement de suivre la recommandation de Léa sur le fait de ne pas sortir avec un nouveau garçon aujourd'hui, je décide d'accepter son invitation, en tout bien tout honneur.

— J'arrive !

Nous nous garons devant la façade rouge et verte du MC. Au moment où nous nous apprêtons à pénétrer dans le bar, Steph est bousculé par une bonne tape dans le dos.

— Salut, mec.

Alex. Je recule d'un pas et manque de rater la marche et de me cogner dans la porte. Le revoilà, alors que je ne m'y attendais pas, un grand sourire aux lèvres et l'air parfaitement décontracté, comme si de rien n'était. Steph fronce les sourcils et lui tape dans la main.

— Oh, salut. Je ne savais pas que tu serais là.

Son ton est sans équivoque : il est loin d'en être ravi. Alex s'apprête ensuite à me saluer, mais je me détourne de lui avant de lui en laisser le temps.

Il nous suit dans le MC et s'installe avec nous. À mon grand regret, je crois ne l'avoir jamais vu à ce point détendu. Je sonde son visage, et encore une fois, j'en viens à me demander si je n'ai pas rêvé la soirée d'avant-hier. Aucun de ses traits ne laisserait penser qu'il a quoi que ce soit à se reprocher et que la situation est plus que bizarre de nous retrouver à nouveau dans ce bar. Bar dans lequel il m'a humiliée l'autre soir et où sa petite amie officielle a mis fin à notre pseudo-relation d'un simple baiser. Bon sang, je suis vraiment peu de choses à ses yeux pour qu'il ose se tenir là, tranquillement assis en face de moi, sans même s'excuser ou faire référence à la soirée précédente. Il ne doit même pas comprendre où est le problème. Se rend-il seulement compte qu'il y en a un ? Peut-être qu'il trouve tout à fait naturel de jongler comme ça avec les filles… Et puis, il m'a en quelque sorte « confiée » à l'un de ses meilleurs amis, croyant sans doute que ça le dédouanait de toute responsabilité envers moi. Quoi qu'il en soit, ce garçon ne fonctionne pas normalement sur le plan affectif, c'est irréfutable !

Nous commandons nos boissons.

— Une seize, je vous prie.

Steph semble étonné de me voir commander de l'alcool. Je n'ai certes pas encore l'âge légal, mais la consommation d'une bière n'est pas bien méchante, et c'est le seul alcool que je prends de temps à autre, à titre exceptionnel et modéré, bien entendu.

— Tu prends une bière ?!

Je hausse les épaules avant de me défendre, mais je n'en ai pas le temps. Alex répond à ma place en me regardant de cette façon qui m'est réservée. Quand ses yeux se posent sur moi de cette manière, je pourrais presque tout lui pardonner.

— Laisse-la, c'est une grande fille, elle sait ce qu'elle fait.

— Rappelle-moi quand tu seras majeure... ?

— Dans neuf mois.

Il se tourne vers Alex — je me demande si celui-ci savait que j'étais mineure.

— Tu vois, c'est encore un bébé !

Alex ouvre la bouche. Je devrais sans doute lui laisser la parole dans l'unique but de savoir ce qu'il va lui répondre, mais l'envie de lui rentrer dedans est trop forte. Certes, je suis encore jeune, mais je pense pouvoir dire que je suis assez avancée sur certains points.

— Ah, mais je te rassure, ce n'est pas une question d'âge ! Je pense que j'ai suffisamment d'expérience dans bien d'autres domaines, et très certainement plus que toi.

Alex semble s'amuser de la situation et remet de l'huile sur le feu.

— Ouh ! Attention, elle sort les griffes.

Je le regarde froidement.

— Toi, ne la ramène pas trop, crois-moi, y a des trucs qui ne sont pas encore passés, tu risques de te faire griffer.

Alex lève les mains, signe qu'il se rend. Les garçons échangent ensuite leurs vannes habituelles, tandis que je me contente de glisser, dès que je le peux, une remarque acerbe à l'encontre d'Alex. À chaque fois, je lui lance le regard le plus venimeux possible, et à chaque fois, alors que la décence voudrait qu'il baisse les yeux en guise d'excuses, il rit en me rendant mon regard de ses yeux clairs, avec une douceur et une complicité qui laisseraient croire que je suis sa meilleure amie. Est-ce que c'est ce qu'il veut ? Mon amitié ? J'ignore pourquoi, mais cette seule idée me blesse encore plus que ce qui s'est passé ces derniers jours.

Lorsque je tente de reprendre le fil de la conversation, ces messieurs parlent performance. Alex s'adresse à Steph.

— Nan, mais tu vois, le truc, c'est de penser carrément à autre chose. Genre tu penses à de la bouffe, tiens ! À un hamburger !

Je me rappelle soudain qu'une fois, avec Tom, je m'étais aperçue que mon esprit vagabondait au moment le plus inopportun, je m'étais dit qu'à ce train-là, j'allais finir par m'interroger sur ce que j'avais mangé à midi, et qu'alors je m'étais torturé les méninges en me demandant justement quel avait été mon dernier repas.

— Ou alors je pense à ma mère.

Steph en rajoute :

— Ouais, moi aussi des fois, je pense à ta mère.

Alex ne relève pas.

— Et après, tu vois, je peux durer des heures !

Au lieu d'être courroucée par la tournure de la conversation, j'en viens à me demander si moi aussi j'aurai un jour l'occasion de m'en rendre compte.

— Eh ben ! Et elle se fait pas chier, Carrie, pendant des heures ?!

L'intervention de Steph vient d'ajouter une image dont je ne voulais pas dans mon esprit. J'ai atteint les limites de ce que je peux entendre. Je me lève sans même en avoir conscience. Steph et Alex lèvent des regards surpris vers moi, me faisant seulement réaliser que je suis debout.

— C'est bon là, j'ai ma dose. Je rentre.

Sans leur laisser le temps de répondre, je sors précipitamment du MC. C'était bien plus que je ne pouvais le supporter. Je me suis accrochée parce que chaque instant avec lui... Je ne sais pas, j'ai besoin d'être avec lui pour savoir qu'il n'est pas avec *elle*. Mais si j'ai encore un peu d'orgueil, il faut s'arrêter là.

Je suis arrivée au coin de la rue quand je sens la prise familière de la main d'Alex sur mon poignet.

— Attends.

Cette fois sa voix se fait suppliante.

Ne pas pleurer. *Ne pas pleurer.* Je reprends ma respiration et me retourne, mes yeux sont secs et ma voix est ferme, j'ignore comment cela est possible, tant la tempête à l'intérieur de mon cœur et de ma tête fait rage.

— Non, c'est bon là, c'est bien plus que je ne peux en supporter.

— Reste.

Il plonge ses yeux bleus dans les miens et s'approche doucement de moi. Il s'apprête à m'embrasser mais je me dégage violemment.

— Mais enfin, à quoi tu joues, là ?!

Il place ses mains à l'arrière de sa tête, puis les tend vers moi, l'air absolument perdu.

— Je ne sais pas... Je suis désolé, OK ?

— Tu es désolé ? Tu es *désolé* ? Tu as une idée de ce que ça m'a fait l'autre soir de voir débarquer Carrie ? Tu as une idée d'à quel point je me suis sentie ridicule ? J'ai eu l'air d'une parfaite idiote, tu le sais, ça ? Tu m'avais dit que vous n'étiez plus ensemble et elle débarque comme une fleur en t'embrassant ?

— Je n'étais plus avec elle, OK ?

— Ah oui ? Eh bien, elle n'avait pas l'air au courant !

— Je... Je ne l'ai pas vraiment officiellement larguée, je... Je ne l'avais pas rappelée depuis trois jours, je croyais qu'elle comprendrait le message.

Je le regarde, interloquée.

— C'est donc ça, ta méthode de rupture ? Ne plus donner de nouvelles ? Eh bien, de toute évidence, tu vois, ça ne marche pas.

Il s'avance vers moi, mais je recule d'un pas, trébuchant sur le trottoir. Alex me rattrape de justesse, avant que je ne perde totalement l'équilibre, et me serre contre lui. Il parle doucement, son visage touche presque le mien.

— J'ai merdé, je sais. J'ai été tellement surpris de la voir débarquer comme ça que je n'ai pas osé la repousser. Je ne sais plus ce que je fais quand tu es dans les parages, ça me fait péter les plombs, j'essaie de rester loin de toi, mais dès que je te vois... Je...

Du coin de l'œil, je vois la silhouette de Steph se dessiner à la sortie du MC. Alex a dû le voir également car il soupire et s'écarte doucement de moi jusqu'à mettre une distance normale entre nous. Il me tient toujours la main, mais Steph ne peut le voir puisqu'Alex lui tourne à présent le dos.

— S'il te plaît, reste.

Il chuchote en me lançant un regard que je ne lui ai jamais vu, où se dessinent à la fois de l'inquiétude et de la tristesse. Il y a bien plus dans ce regard que ce qu'il ne pourra jamais me dire. C'est comme si, derrière ces mots, il ne me demandait pas de rester avec eux dans ce bar à cet instant mais de rester avec lui malgré Carrie, malgré tout ça...

Je hoche la tête, et au moment où Steph arrive à notre hauteur, Alex me lâche tout doucement la main juste à temps pour qu'il ne puisse voir qu'il la tenait. Encore une fois, c'est comme si ce moment, aux yeux du reste du monde, n'avait jamais existé.

Chapitre 22
Indomptable

— Allez, reviens avec nous !

Steph n'a pas conscience du double sens de sa remarque.

— Que veux-tu, on est jeune et con et on a oublié qu'on avait une dame à notre table.

Il me fait un grand sourire, je lève les yeux au ciel et me dirige vers le MC. Je jurerais entendre Alex pousser un soupir de soulagement si je ne savais pas que cette idée me donnerait beaucoup plus d'importance à ses yeux que je ne peux réellement en avoir. La brûlure du contact de sa main sur mon bras me manque déjà. J'aimerais tant que nous soyons l'un de ces couples qui se tiennent tout simplement par la main, comme j'ai cru que nous pouvions l'être il y a moins de quarante-huit heures.

Alors que je m'apprête à passer la porte, je m'arrête et me tourne vers mes compagnons.

— J'en ai marre d'être ici, j'ai envie d'aller ailleurs.

— OK, on va où ?

Peu de choix s'offrent à nous. Je hausse les épaules.

— Chez moi, je ne vois pas où on pourrait aller à cette heure.

— OK. Tu montes avec moi ?

J'accepte la proposition de Steph de venir en voiture avec lui. Je ne sais plus trop ce que je dois attendre d'Alex, mais je n'ai aucune envie de lui simplifier la vie et de le déculpabiliser en montant à ses côtés. Il n'a pas dit un mot depuis notre altercation de tout à l'heure. Même s'il n'arbore plus son air enjoué, tout paraît à nouveau glisser sur lui. C'est incroyable de le voir si différent quand il est seul avec moi. Je ne suis pas mécontente de voir une ombre passer furtivement sur le visage d'Alex quand Steph lui adresse un sourire victorieux.

Me retrouver seule avec les deux garçons dans l'ascenseur me met bien plus mal à l'aise que je ne l'aurais cru. Je chantonne une petite musique typique des ascenseurs des grands hôtels pour détendre l'atmosphère et arrive à extirper une esquisse de sourire de la bouche d'Alex. Je me rapproche instinctivement d'elle, en oubliant presque la présence de Steph. C'est en voyant Alex baisser la tête pour m'éviter que je reprends mes esprits. C'est affligeant comme je perds le contrôle de mon corps quand il est là, c'est comme s'il était un aimant et que j'étais irrémédiablement attirée vers lui. C'est presque douloureux de ne pas pouvoir m'approcher davantage, comme si j'avais *besoin* d'être tout contre lui. Heureusement, Steph était trop occupé à rire de ma petite plaisanterie pour saisir cet instant qui n'a duré qu'une poignée de secondes. Mon geste était à peine perceptible de toute manière.

Au moment d'ouvrir la porte de mon appartement, je peine quelque peu à placer correctement la clé dans la serrure, ma main manque de précision, la présence de mes deux acolytes derrière moi m'oppresse.

Lorsque nous entrons dans le salon, Alex va s'installer à la même place que l'autre jour, c'est-à-dire au plus loin de moi. J'aimerais savoir ce qui se passe dans la tête de ce grand brun aux yeux bleus. Comment peut-il donc avoir autant de contrôle sur lui-même ? Il a toujours l'air détaché de tout alors que tout à l'heure il s'est presque ouvert à moi. J'essaie de me remémorer ses paroles.

Je ne sais plus ce que je fais. J'essaie de rester loin de toi.
Pourquoi a-t-il dit ça ? J'ai justement l'impression de ne plus pouvoir faire un pas sans qu'il soit là. Au lac, ou encore tout à l'heure au MC... Et puis, pourquoi veut-il rester loin de moi ? S'il n'a pas envie d'être près de moi, il n'a qu'à arrêter de traîner avec *ma* bande d'amis et de m'embrasser, ou tout du moins d'essayer comme tout à l'heure. Après tout, jusqu'ici, on ne l'avait jamais vu avec Steph, ils peuvent donc se passer l'un de l'autre quelques heures — les heures où je suis là, justement !

Steph me sort de mes réflexions.

— Je peux prendre à boire dans le frigo ?

— Bien sûr. Prends ce que tu veux et ramène-nous quelque chose aussi.

Lorsque je détourne les yeux de Steph qui sort de la pièce pour se rendre dans la cuisine, je suis scotchée par le regard brûlant d'Alex. Il me dévore littéralement des yeux, avec une telle intensité que je me sens presque mise à nue. Je parviens difficilement à ne pas baisser les yeux, cela lui donnerait trop de contrôle sur moi que de me voir perdre mes moyens pour un simple regard. Je devine que Steph revient dans le salon au changement immédiat d'atmosphère qui s'opère : on pourrait maintenant croire qu'Alex est à peine au courant de ma présence. Finalement, il est peut-être simplement schizophrène ?

Le téléphone sonne, affichant le nom de Léa. Alex est juste à côté et me devance au moment de prendre en main l'appareil. Je n'ai aucune envie qu'il décroche et parle à Léa, elle en fera toute une histoire, et en ce moment, j'ai ma dose de remarques rabat-joie sur le sujet épineux de la soi-disant mauvaise influence qu'Alex a sur moi.

Je crie :

— Non, non, non ! Rends-moi ça !

Alex tend le bras dans la direction opposée pour m'empêcher de lui arracher le téléphone des mains. Je le vois chercher le bouton pour décrocher.

— Arrête, merde !

Je me jette à nouveau sur le téléphone. Il se lève et s'écarte de moi d'un même mouvement en rigolant. Je le poursuis dans le couloir, saute et parviens à peine à effleurer le téléphone, mais c'est sans compter sur l'agilité d'Alex qui glisse sa jambe le long de la mienne et me fait tomber au sol. Il a parfaitement maîtrisé son geste : il a amorti ma chute en me tenant par la taille et en mettant l'autre main derrière ma nuque, évitant ainsi à ma tête de se cogner lourdement sur la moquette. Le sourire vainqueur qu'il affiche sur les lèvres réveille mon côté combatif : je veux ce téléphone, même s'il a fini de sonner, quitte à me bagarrer avec lui.

Je lâche son T-shirt, que j'avais agrippé dans ma chute, pour attraper l'appareil tombé au sol, mais immédiatement Alex retient mon poignet et le plaque au sol. Bon sang, ce qu'il est rapide ! Je plante les ongles de mon autre main dans son avant-bras pour me libérer mais il a tôt fait de m'attraper l'autre main également.

Le voilà donc assis sur moi, retenant mes mains de chaque côté de mon visage. Je mets toute la force possible dans mes bras, mais il resserre son emprise, ça en devient douloureux. Il me lance un regard provocateur.

— Dis matte.

— Hein ?

— Dis MATTE, au judo ça veut dire que tu ne peux plus t'en sortir et donc que j'ai gagné.

Je lui lance l'air le plus provocateur et déterminé que je sois capable d'avoir, les yeux plissés.

— Jamais.

Je balance mes jambes en l'air et le déstabilise... Trois secondes... Il saisit cette fois d'une même main mes deux poignets tandis que de l'autre il bloque ma jambe, mettant tout le poids de son corps sur moi pour me maintenir immobile. Son visage est si proche du mien que nos souffles se mélangent.

Il me susurre.

— Dis matte.

Un coin de ma bouche se soulève, ne pouvant cacher mon amusement. Je lui chuchote du même ton :

— Tu peux toujours courir.

— Dites-le si je vous dérange...

Je sursaute, j'en avais presque oublié Steph. Complément, à vrai dire. Alex se recule légèrement, me permettant de me libérer d'un coup de hanche, je me fais rouler sur le côté, saisis le téléphone et me lève en le brandissant.

— Je l'ai eu !

Je le regarde assis par terre, et soulevant un sourcil j'ajoute :

— Tu vois, je finis toujours par avoir ce que je veux.

Chapitre 23
Introspection

Je n'en reviens pas d'avoir lancé une phrase aussi provocante. Alex a parfaitement saisi le double sens de mes mots et me regarde d'un air perplexe. Si l'on me demandait quel don j'aimerais avoir, nul doute qu'à cet instant, je voudrais pouvoir lire dans les pensées. Il reprend vite contenance et se lève lestement. Même s'il n'y avait rien d'érotique, l'interruption du contact de son corps contre le mien crée déjà une étrange sensation de manque.

Un bruit de clé dans la serrure de la porte me prend au dépourvu. Il est bien plus tôt que l'heure habituelle de retour de ma tante. En ce moment, nous vivons tellement en décalage que c'est à peine si nous nous croisons. Elle part très tôt le matin et rentre à l'heure où mes soirées commencent.

— Tiens, bonjour.

Je remercie le ciel qu'elle ne soit pas arrivée quelques minutes auparavant, au moment où Alex était quasiment allongé sur moi. Elle fronce les sourcils en constatant mon air coupable. Alex est en effet encore assez proche de moi dans cet étroit couloir pour qu'elle soit en droit de se poser certaines questions. Steph s'approche d'un pas, à présent visible dans l'embrasure de la porte du salon.

— Bonjour.

— Bonjour, madame.

Alex est étonnamment poli, je ne peux m'empêcher de le regarder d'un air surpris. Ma tante me regarde de façon appuyée, attendant que je fasse les présentations.

— Euh, tu te souviens de Steph, et lui c'est Alex.

— Ah, mais oui, tu es Alex Varte. Tu sors avec la fille du docteur, comment s'appelle-t-elle déjà...

Nous répondons d'une même voix :

— Carrie.

— Ah oui, elle est adorable cette fille.

Je sens le sang quitter mon visage. C'est le problème d'être la nièce de la responsable du plus gros établissement scolaire de la ville : elle connaît bien trop de monde.

— Oui, d'ailleurs je dois aller la retrouver, elle m'attend.

Alex range au même moment son téléphone dans sa poche, le regard indéchiffrable, puis prend congé. Déjà des images graveleuses d'Alex et Carrie envahissent mon esprit et je me rends à peine compte que Steph me dit au revoir.

— Va vraiment falloir qu'on se fasse un truc tous les deux, marmonne-t-il d'un air gêné avant de partir.

Je hoche machinalement la tête et le vois sourire. J'espère qu'il n'est pas en train de me donner un rencard, j'ai l'esprit trop embrouillé pour essayer de lire entre les lignes.

Je rejoins ma tante dans la cuisine. La vieille sensation de vide au creux de mon estomac rejaillit. Est-ce une part de moi qui essaie de s'autopréserver ou cet endroit se rendort-il dès qu'Alex est loin de moi ? Toujours est-il qu'encore une fois, lorsque j'essaie de faire le point sur mes sentiments, c'est comme si je ne parvenais pas à rassembler les morceaux. Ceux-ci ne semblent se rassembler pour reconstituer mon cœur que lorsqu'Alex est présent, comme s'il créait une sorte de champ d'énergie qui les maintenait en place. Et dès qu'il s'éloigne, l'énergie se dissipe et les morceaux se disloquent à nouveau.

— Tu m'aides à couper les légumes ?

— Bien sûr.

Elle étouffe un bâillement.

— Je suis exténuée. Je n'en pouvais plus, alors je suis rentrée plus tôt. Après tout, je suis officiellement en vacances, je pourrais être chez moi à longueur de journée.

— Tu as bien raison.

Elle me donne un coup de coude en souriant.

— Avoue que ça arrange bien tes affaires d'avoir l'appartement pour toi et tes amis sans que je ne vienne vous enquiquiner.

— Coupable ! dis-je en souriant.

J'avoue que c'est bien agréable de pouvoir vivre ma vie sans avoir à rendre de comptes. Elle me fait vraiment confiance, un peu trop parfois d'ailleurs.

— Ils ont l'air d'être gentils tes copains. Bon, je ne suis pas sûre d'aimer le style de cet Alex, mais s'il sort avec une fille comme Carrie, c'est qu'il n'est pas si mal que ça.

Je grogne plus que je ne réponds. C'est vrai qu'elle a l'air d'être une vraie sainte cette fille. C'est à se demander pourquoi j'ai des images aussi horriblement chaudes d'elle et Alex qui me reviennent sans cesse. Je ne sais pas, je ne l'aime pas, sans doute parce qu'elle est un obstacle qui me semble infranchissable...

Nous nous installons à table, mais savoir Alex avec Carrie en ce moment même me coupe l'appétit.

— Tu as l'air d'avoir retrouvé le sommeil, dis-moi.

Ma fourchette m'échappe, allant se fracasser bruyamment au contact de mon assiette.

— Euh… ça peut aller… Enfin…

Je réalise que cela fait plusieurs nuits que je n'ai pas mis mon plan tordu en œuvre. À vrai dire, je suis tellement emportée par le flot des évènements ces derniers temps et si fatiguée quand je rentre, que cela m'est simplement sorti de la tête. Une brève introspection me fait me rendre compte que ces idées sombres sont désormais derrière moi. Il aura suffi de quelques moments passés avec Alex pour que mes pensées se détournent de ma peine et aillent vers lui.

Certes, mon cœur n'est pas encore reconstruit, et cette sensation de vide est toujours là, prête à ressurgir. Mais c'est comme si elle avait perdu de sa dangerosité. Elle est juste là, présente, indolore, enfouie sous mes pensées envers Alex et j'arrive à vivre avec elle.

Alex m'a permis de ne faire que survoler ce qui aurait dû être les moments les plus durs de ma rupture avec Tom. Je réalise que même si les choses paraissaient insurmontables lors des premiers instants et que j'avais envie d'en finir car j'étais persuadée que jamais je ne pourrais surmonter la douleur, finalement, les choses changent plus vite qu'il n'y paraît. La vie est pleine de rebondissements et mérite d'être vécue. Je me promets intérieurement de ne jamais oublier cette leçon : il faut s'accrocher, tout finit toujours par s'arranger, même si ce n'est pas forcément comme on le voudrait ou comme on l'aurait cru.

— Oui, ça va beaucoup mieux, c'est vrai.

Chapitre 24
Collision

Voilà cinq jours que je suis sans nouvelles d'Alex. Cela me semble interminable. Quand il m'avait demandé de rester après notre face-à-face au MC, je pensais qu'il en attendait plus. Tous les soirs, je m'attends à l'entendre sonner à la porte et à le trouver au pied de mon immeuble, prêt à me demander à genoux de le rejoindre. Cependant, je n'ai aucun contact avec qui que ce soit de la bande depuis l'autre jour — à part Léa, bien sûr, qui ne peut m'appeler que quand elle est seule chez elle.

Aujourd'hui, elle a fini sa période de probation et est enfin libre, nous nous retrouvons donc assez logiquement au MC, afin de bénéficier de la climatisation en cette chaude après-midi d'août. Et Léa ne manque pas de rattraper le temps perdu avec Chris.

Je suis ébahie de la voir chevaucher ainsi Chris en plein bar, tranquillement installée sur la banquette en face de moi. Si encore elle se contentait d'être assise à califourchon sur lui... mais ils s'embrassent fougueusement tandis que la main de Chris se promène de façon indécente dans son dos, sous son chemisier. Il va finir par lui dégrafer son soutien-gorge devant Steph, Basile et moi.

Ça ne semble pourtant perturber que moi. Basile, qui s'avère bien connaître Steph et avoir comme par hasard eu la bonne idée de reprendre contact avec lui après une longue période sans le voir, semble même très intéressé par le spectacle. J'ai envie de lui tendre une serviette au cas où il baverait. Soudain, la pensée qu'il est le dernier à avoir posé les lèvres sur moi me revient comme une gifle. Je crispe les doigts sur mes genoux jusqu'à en avoir mal. Pourquoi cet idiot s'est-il permis de m'embrasser sans mon consentement ?! Pour qui m'a-t-il prise pour croire qu'il pouvait obtenir quoi que ce soit de moi alors que je sortais avec son meilleur ami quelques heures plus tôt ? La tension gagne à présent mes mâchoires, je serre les dents de toutes mes forces.

Quand je me risque enfin à demander à Steph où est Alex, il me répond en haussant les épaules qu'il passe ses journées avec Carrie. Il aurait tout aussi bien pu me donner un coup de poing dans l'estomac. J'entends Basile fredonner tout doucement la mélodie qu'il a chantonnée la dernière fois dans ce bar ; il manque vraiment de subtilité. Coincée entre Steph et Basile, face au spectacle d'une Léa désormais gouvernée par ses hormones, j'ai l'impression d'étouffer.

J'ai envie de partir en hurlant comme une damnée, les bras en l'air. Ce serait somme toute assez amusant, et cela mettrait peut-être fin au spectacle de dépravation qui se déroule sous mes yeux.

— Oh, pitié, Léa, prenez une chambre ou au moins une douche froide.

Elle me fait l'honneur de lever la tête (ou plutôt de se décrocher de celle de Chris).

— Quoi ? Ça fait une semaine qu'on ne s'est pas vus, je te rappelle.

Je me contente de lever les sourcils avec un air consterné. Elle baisse les yeux et semble prendre conscience de la posture un peu trop démonstrative qu'elle a choisie.

— OK...

Elle soupire et se laisse tomber sur la banquette, gardant une jambe sur les cuisses de son petit ami, les bras fermement bouclés autour de son cou, au cas où quelqu'un se risquerait à vouloir les décrocher. Je ne peux m'empêcher de réprimer un sourire. Décidément l'amour – ou les hormones – a de drôles d'effets sur la personnalité des gens.

— Salut, les gars.

La place libre à côté de Léa est subitement prise d'assaut par Alex. Avant de s'y installer, il se penche pour lui faire la bise et frappe poing contre poing dans une espèce de rite typiquement masculin les mains des garçons.

— Salut, me dit-il en me souriant vaguement.

Il lui est de toute façon inutile d'en faire davantage puisque ses yeux ne reflètent aucune émotion.

Je suis contente qu'il ne me fasse pas la bise, c'est peut-être ridicule, mais j'estime que nous avons atteint un stade où ce geste serait irrespectueux du peu que nous avons vécu. Je décide de ne pas lui répondre mais de le dévisager ouvertement. Quel Alex ai-je en face de moi aujourd'hui ? Celui qui va m'embrasser furtivement dans un recoin sombre ou celui qui va faire comme si j'étais une vague connaissance qui gravite autour de lui ?

Contre toute attente, je sens monter en moi de la colère. Pourquoi devrais-je attendre de savoir à quelle sauce il a décidé de me manger ? Je refuse d'être ainsi à sa merci.

Basile me glisse à l'oreille.

— Tu vois, finalement, il n'était pas bien loin.

Je glousse comme s'il était le garçon le plus amusant que je connaisse, tirant une gorgée de la paille rose fluo qui dépasse de mon verre, puis lui lance une œillade la plus charmeuse possible, passant une mèche folle derrière mon oreille. Basile semble encouragé par mes minauderies car il chuchote cette fois en me mettant discrètement une main sur la cuisse :

— Mais ce serait dommage de se passer de moi.

Même si je veux montrer à Alex que je peux me passer de lui, je ne tiens pas à donner de fausses impressions à Basile. Je retire sa main gentiment et lui réponds à l'oreille :

— Tu sais bien que ce n'est pas de ça que je veux.

— Je sais bien, dit-il en se penchant vers moi à son tour, mais tu ne m'en voudras pas d'avoir voulu tenter ma chance.

Je le regarde en souriant, enjôleuse, et lui donne un petit coup d'épaule. Il est plus en moins rentré dans mon petit jeu de séduction en toute connaissance de cause.

Je tourne la tête vers l'autre côté de la table, j'y trouve une Léa qui m'observe d'un air méfiant et Alex qui me regarde droit dans les yeux. Il serre tellement les mâchoires que ses joues mal rasées se creusent sous l'effort. Le reste de son visage n'évoque en rien la colère que je sens se dégager de cette tension, je jurerais même voir un peu de mélancolie passer dans ses yeux. Une bouffée de culpabilité me saisit.

— Ça fait un bail mec, où t'étais ces derniers jours ? demande Basile à Alex.

— Avec Carrie.

Mon cœur se serre. Ces deux mots ont suffi à me saper le moral et à réveiller le trou dans mon cœur. J'ai besoin de m'éloigner quelques instants.

Je demande à Basile de sortir de l'alcôve où nous sommes tous installés afin de me laisser m'extirper de la banquette. Je suis obligée de me frotter contre lui pour passer, j'aurais voulu le faire exprès que je n'aurais pas mieux trouvé. Alex surveille chaque geste de cet échange. Je jurerais qu'il est prêt à bondir si les mains de Basile se mettaient à devenir un peu trop baladeuses. S'il savait que l'une d'elles s'est posée sur ma cuisse il y a deux minutes à peine...

En me rendant aux toilettes, je croise Chris qui revient de celles des hommes. Nous échangeons un sourire complice. Sitôt entrée dans la petite pièce, je m'adosse contre la faïence qui recouvre le mur, espérant que sa fraîcheur fera taire mes vertiges. Je ferme les yeux, mais c'est encore pire. Je maudis mon corps d'être le miroir de ma confusion mentale. Moi qui suis éteinte en l'absence d'Alex, je suis prise dans un tourbillon d'émotions quand il est à proximité. Je suis triste de constater que quelque chose a changé dans son regard, et je lui en veux d'être là ET d'avoir mis autant de temps à revenir dans mon quotidien.

Les larmes coulent sans que je ne puisse les contenir. Lorsque la porte s'ouvre, je m'empresse d'aller au lavabo tamponner mes joues avant que la personne qui entre ne me voie pleurer. Quand je lève les yeux vers le miroir pour constater l'ampleur des dégâts, je vois la silhouette pâle et élancée d'Alex derrière moi, tout en contraste avec sa chevelure noire et son T-shirt de la même couleur.

Il a l'air déterminé — en colère ? Mais son visage change totalement d'expression quand il voit mes yeux rougis par les larmes. Il bondit presque pour écraser de son pouce une nouvelle larme qui roule sur ma joue. Son contact, chaud, est presque douloureux.

— Hé ! Ça va ?

Il a l'air si inquiet, plein de sollicitude... J'écarte sa main et fais un pas sur le côté pour me dégager. Je fronce les sourcils, tâchant de me donner un air désinvolte.

— Oui, ce n'est rien, c'est bon.

— Ça n'en a pas l'air.

Je tâche de sourire et lève les yeux au ciel.

— Ce n'est qu'un petit coup de mou, je t'assure, laisse tomber.

Il fronce à son tour les sourcils, il faut dire que je dois être assez peu convaincante.

— Pourquoi tu es là ? Ce sont les toilettes pour femmes.

Il reprend son air déterminé.

— Je voulais...

Cette expression se dissipe aussitôt, ses traits se détendent et il soupire. Il m'observe pensivement quelques instants.

— Rien, c'est pas grave.

Je passe devant lui pour sortir, espérant qu'il me retienne. Mais il ne le fera pas cette fois, c'est une certitude. Qu'est-ce qui a changé ?

Tout à coup, je me souviens que je ne veux pas que Basile soit le dernier qui m'ait touchée, même s'il m'a juste embrassée. Je me retourne et sur la pointe des pieds, je lui dépose un chaste baiser sur les lèvres. Alors que je recule, ses mains se posent sur mes hanches pour me retenir et m'approcher de lui à nouveau. L'une d'entre elles glisse dans mon dos jusqu'à prendre place dans ma chevelure. Il me regarde intensément et nos bouches se rencontrent avec avidité. Je ne peux lui échapper et n'en ai de toute façon aucune envie. Je me laisse porter par cette sensation familière, l'ivresse que seuls ses baisers savent me procurer. Il nous fait pivoter afin de me coller contre le mur, sa main se promène sur mes côtes, suivant la courbe de mon sein sans pour autant le toucher, puis repasse dans mon dos pour me serrer plus fort encore contre lui. Son étreinte est comme désespérée, comme s'il voulait se perdre dans ce baiser pour tout oublier.

Lorsqu'enfin nous nous détachons l'un de l'autre, il appuie son front contre le mien. Il a l'air complètement perdu, en proie à une lutte intérieure, comme si s'arracher à moi était douloureux mais nécessaire.

— Et merde ! fulmine-t-il tout en donnant un coup de poing dans le mur.

Puis il ouvre violemment la porte et s'en va. Je reste là, plantée bêtement, la bouche laissée encore entrouverte par notre baiser passionné. Quand je me retourne, je vois le carrelage qu'il a frappé, fendu, une pointe de sang tachant désormais le carreau blanc. Les larmes me gagnent et je me laisse glisser sur le sol, submergée par un mélange douloureux de tristesse, de choc et d'incompréhension.

Alex 6
Regards — Retour en arrière

C'est amusant de voir comme elle s'anime quand on la charrie. Depuis que nous sommes dans la zone industrielle, Steph et moi — enfin, surtout moi — passons notre temps à lui balancer des conneries, et elle réagit au quart de tour. J'ai envie de la pousser encore plus loin. Steph reçoit un coup de fil, ça casse l'ambiance, c'est plus pratique d'être à deux pour faire de l'humour et détendre l'atmosphère. J'en profite pour la regarder. Ses yeux se promènent sur mon corps et se fixent sur mon tatouage. On dirait qu'elle analyse chaque parcelle de mon corps, j'aimerais bien savoir à quoi elle pense à cet instant.

Elle sursaute quand elle se rend compte que je l'ai vue m'observer ainsi. Ses joues prennent une teinte soutenue de rose, ça me donne envie d'y passer la main, de caresser sa joue et de remettre la mèche échappée de sa queue de cheval derrière son oreille.

Merde, depuis quand ai-je envie de tendresse ? La sauter pourrait suffire, et quand je vois comment elle me regarde, ça devrait être assez facile. Quoique... Vu son air tout d'un coup offusqué, peut-être pas... Elle a les yeux qui flamboient littéralement de colère. J'ai envie de sourire, elle est plutôt mignonne, effectivement, surtout dans cet état, les joues roses, les lèvres pincées par la rage, le regard vif. Décidément, elle n'a pas froid aux yeux, pas si BCBG que ça finalement, la demoiselle...

Alex 7
Un peu trop intéressant

Lorsque Chris et sa copine arrivent un peu plus tard, Léa la prend en aparté, pendant que Chris explique à Steph que sa soirée au resto en tête-à-tête s'est finie en contemplation de Léa au téléphone avec Elyne pendant deux heures. Apparemment, si Steph est satisfait de sa rupture, son ex l'est beaucoup moins, et elle a monopolisé Léa toute la soirée pour s'épancher et se faire réconforter. Steph jette un œil derrière lui, sans l'ombre d'un remords, bien plus intéressé par les filles qui discutent derrière nous que par des nouvelles du cœur qu'il vient de briser.

Comme les filles ont froid, tout le monde décide d'aller au MC. Nous reprenons nos places de l'après-midi, sans la copine — l'ex — de Steph, cette fois. Steph pourrait en profiter pour se montrer plus entreprenant avec Cat, mais c'est sans compter sur Léa qui le bombarde de questions, sans doute destinées à être rapportées en détail à Elyne plus tard.

J'observe Cat essayer à nouveau d'échapper à la situation en perdant son regard dans le vague. Elle ne se rend même pas compte que je la regarde. Sa mèche rebelle me donne à nouveau envie de me rapprocher d'elle et de la remettre doucement en place. Elle tournerait doucement la tête, je passerais le dos de ma main sur sa joue, je me pencherais vers elle...

Voilà que je recommence à avoir des idées saugrenues. Elle lève les yeux vers mon reflet et tressaille en voyant que je la matte. Cette fois, elle n'est pas en état de soutenir mon regard. Tant mieux, car si je m'approche d'elle, ce sera pire. Je dégrade tout ce que je touche, et elle est bien trop sensible pour résister à ça, je dois absolument rester loin d'elle.

Je détourne les yeux, cette fille commence à me faire un peu trop d'effet. La morue à la table d'à côté croit que je la regarde et me sourit. Je l'ignore royalement avant de plonger dans mon verre.

Quand je lui propose de la raccompagner à la fin de la soirée, et que je me penche vers elle, je sens le parfum dans son cou, il est sucré et entêtant, je pourrais laisser mon nez y traîner pendant des heures. Ça me donne envie de la provoquer davantage, j'aime voir ses yeux s'allumer quand elle est en colère, et il n'y a que moi qui parvienne à la mettre dans cet état-là. Il suffit d'une remarque sur sa tenue pour la faire démarrer, elle crispe sa mâchoire et plisse les yeux de rage, on dirait qu'elle va me sauter à la gorge. C'en est presque attendrissant de la voir trépigner ainsi.

Alex 8
Mauvaise idée

Si Steph n'avait pas interrompu notre affrontement, je l'aurais embrassée direct. Pour lui clouer le bec, et aussi parce que depuis tout à l'heure, j'en crève d'envie. Nous toiser ainsi dans cette rue sombre a créé une atmosphère chargée d'électricité, et je suis tendu au possible lorsque je pose mes mains sur le volant.

Bon sang, il faut que je me reprenne ! Au lieu de me calmer, une idée me prend : faire demi-tour en pleine route, comme ça je déposerai Steph en premier et me retrouverai seul avec elle. Ce n'est pas la première fois que je fais un tête-à-queue comme ça. Bon, c'est vrai que le faire sur ce pont ne me laisse aucune marge d'erreur, mais je maîtrise ma voiture sans problème, elle m'obéit au doigt et à l'œil. Je sais que c'est dangereux, mais il faut bien mettre un peu de piment dans la vie. Et si elle est intelligente, ça lui fera assez peur pour qu'elle comprenne que je suis fou et qu'elle doit se tenir loin de moi.

Après mon petit coup de frein à main, je m'attends à la retrouver paniquée, s'accrochant de toutes ses forces à l'arrière de la voiture, mais je l'entends rire. J'aime bien son rire, il est doux et mélodieux, signe qu'en cet instant, elle n'est pas au fin fond de la dépression — en tout cas, pas pour le moment. Elle est décidément pleine de surprises et bien moins coincée qu'en apparence.

Steph essaie de me faire remarquer que c'est stupide et illogique de le ramener le premier. Et **c'est** stupide et illogique, mais je le fais taire d'un regard. Il sait quand il vaut mieux arrêter de me chercher et pour sa sécurité, il a l'intelligence de la fermer. Je le dépose chez ses parents et me dirige à nouveau vers le centre-ville.

À mesure que les rues défilent, j'ai un subit accès de lucidité. Merde, qu'est-ce qui m'a pris ? Je compte faire quoi, là ? Me jeter sur elle dans la voiture ? Elle n'a vraiment pas besoin de ça ! Je n'ai pas l'habitude de me poser autant de questions, de me prendre la tête comme ça et surtout, d'avoir de telles pulsions contradictoires. Je veux la protéger et en même temps, je veux être avec elle. Cependant, l'un empêche forcément l'autre d'arriver.

D'habitude, je suis mort de l'intérieur. Je ne ressens plus rien depuis bien longtemps, depuis que Victor m'a ramassé, ce tesson de bouteille à la main. Il n'y a que Cat qui me réveille comme ça. Ça pourrait être bien, mais au contraire, je devrais prendre mes jambes à mon cou, pour elle comme pour moi.

C'était décidément une mauvaise idée de la raccompagner, je la dépose et me casse le plus loin possible. Je me rends sans y penser chez Carrie. La sauter me fera le plus grand bien, j'ai besoin de me détendre.

Alex 9
Besoin d'une bonne douche

Je me réveille en nage, j'ai dû rêver d'elle toute la nuit. Ce n'est plus le corps de Carrie que je sentais contre moi, mais le sien. Merde. Si je commence à penser à elle, même dans mes rêves, ça ne va pas le faire du tout !

Mon portable vibre, j'ai reçu deux messages. L'un de Carrie pour me dire que je pouvais revenir me vider quand je voulais, l'autre de Steph pour me dire qu'ils ont rendez-vous au MC à quinze heures, et me proposer de venir — et de l'emmener tant qu'à faire.

Je choisis de prendre les deux messages au mot : je vais me rendre au MC, mais avant, j'irai voir Carrie. Si je me décharge de toute tension sexuelle avant, ça m'évitera d'avoir ces putains d'idées en la regardant. Je vais prendre une douche froide en attendant pour tenir jusque-là.

Je dépose Steph au MC et me rends dans la foulée chez Carrie. À cette heure de la journée, ses parents ne sont pas là et j'aurai le champ libre.

— Salut, beau gosse, me salue-t-elle en m'embrassant et en me mordillant la lèvre. Tu sais que tu as le droit de répondre à mes messages ?

Je hausse les épaules.

— Je savais que tu serais chez toi.

— J'aurais aussi bien pu aller voir ailleurs...

— Rien ne t'en empêche.

— Tu dis ça, mais avoue que ça te ferait péter un câble.

Sa voix est suave et elle m'entraîne vers son lit.

J'avoue que ça me ferait chier, mais c'est juste que je suis jaloux quand on touche à ce qui m'appartient. Je l'attrape par les cheveux pour lever sa tête vers moi et l'embrasser à pleine bouche. Nous basculons sur le lit, et du genou je lui écarte les jambes. Mais lorsque je ferme les yeux, des morceaux de mon rêve me reviennent, son corps remplacé par celui de Cat, haletante, en train de crier mon nom. Putain ! J'en perds mes moyens aussi sec. Je m'écarte brutalement et me relève, Carrie encore offerte sur le lit, les cuisses ouvertes, mais ça ne sert à rien, je n'ai plus envie d'elle.

— Qu'est-ce qui t'arrive ?!

Je pose les deux mains à l'arrière de mon crâne.

— J'peux pas...

Je tâche de reprendre mes esprits en prenant une grande inspiration, mais rien n'y fait. Je suis complètement paumé.

— J'peux pas... Faut que j'm'en aille.

Cette fois, je l'ai blessée dans son orgueil, et elle est furieuse.

— Quoi ? Non mais tu ne vas pas me laisser là comme ça ? Alex Varte, si tu te casses maintenant en me laissant dans cet état, je te jure que je ne te laisserai plus mettre un pied ici !

Je sors à grands pas sans prendre la peine de fermer la porte derrière moi et démarre en direction du MC en faisant crisser mes pneus.

J'hésite un instant avant de sortir de la voiture, les mains toujours sur le volant. Je pourrais retourner voir Carrie, mais ça ne changerait rien. L'envie de la voir est plus forte que tout et je traverse la rue qui me sépare du MC en courant.

Elle est là. Ses yeux s'animent en me voyant. Se pourrait-il que je lui fasse le même effet ? Tout ça me met les nerfs en vrille : je commence à perdre mon **self-control** et je ne le supporterai pas. Ça ne va mener à rien de bon ni pour elle, ni pour moi ; je ne veux plus ressentir quoi que ce soit.

Quand j'arrive, je salue Chris et Steph, mais lui dire bonjour est au-dessus de mes moyens. Je vois bien que ça la rend furieuse, mais cette fois, je préfère l'ignorer. Je lui lance un regard glacial, dont je commence à maîtriser l'art avec les années, celui qui met les gens si mal à l'aise, car ils ne peuvent y mettre de sens tant les émotions en sont absentes.

Bien sûr, elle ne manque pas de me réclamer son dû — un simple bonjour —, mais c'est trop en demander. Je n'ai même pas envie de lui répondre, elle fera avec.

Merde. La voilà qui se lève, elle a l'air complètement hors d'elle. Je l'ai poussée tellement à bout qu'elle s'en va. Quand bien même je voudrais laisser de la distance entre nous, je n'ai aucune envie qu'elle parte d'ici. Je la rattrape par le bras. Le contact avec sa peau est intense, comme si une énergie s'était mise à circuler entre nous. Je n'ai pas envie de la lâcher, je veux prolonger cette sensation sur ma peau.

La façon dont elle se met si rapidement et si fougueusement en colère la rend si désirable... Quand elle me dit qu'elle va juste aux toilettes, j'envisage même de la rejoindre. Putain, elle me rend dingue.

Personne ne sait où finir la soirée et les autres commencent à parler de rentrer chez eux. La perspective que cette soirée prenne fin alors que j'ai encore envie d'être avec elle est carrément oppressante. Faute de la toucher, je veux au moins pouvoir la regarder. Je propose à mes « camarades » de venir passer la fin de la soirée chez moi, ce qui semble convenir à tous sauf à Léa, qui se tortille en lançant un regard plein de reproches à Chris qui ne se rend compte de rien. Je me demande si elle fait la tronche parce qu'elle me déteste ou si c'est parce qu'elle voulait finir la soirée dans la voiture de Chris. L'un ou l'autre. Et à vrai dire, je m'en fous royalement.

Quand je vois Cat sortir des toilettes et se diriger vers notre table, des idées salaces me reviennent. Elle a relevé ses cheveux et l'odeur de son cou revient titiller ma mémoire. S'il n'y avait pas les autres... Mieux vaut filer. À toute vitesse. Rentrer me calmer sous une douche glacée avant que les autres n'arrivent.

Alex 10
Petite soirée entre amis

Sous la douche, je n'arrête pas de repenser à ces trois derniers jours. Elle a réussi à faire tomber toutes mes défenses, un véritable mur d'insensibilité que j'ai mis des mois voire des années à bâtir et qui vole en éclats de par sa simple présence. Elle s'est insinuée en moi comme un poison, elle remonte lentement dans mes veines. Je ne saurais même pas dire comment ça a commencé. Je ferme les yeux et prends une profonde inspiration tandis que l'eau glacée coule sur ma nuque et suit les muscles de mon dos.

La solution la plus simple est de coucher avec elle. Si je la baise, je passerai à autre chose, c'est sûr. Rasséréné, je coupe l'eau et attrape ma serviette.

La porte d'entrée claque au moment où je sors de la douche. Il va vraiment falloir que Steph apprenne à frapper aux portes.

Je finis de passer mon T-shirt en descendant les escaliers et remarque du coin de l'œil que Cat m'observe. Me voir torse nu la rend rouge comme une pivoine, mais le spectacle a l'air de lui plaire. C'est presque comique de la voir bouche bée comme ça. Cette fois, je souris franchement. Ça fait bizarre, je me demande depuis combien d'années ce n'était pas arrivé. Ce n'est pas si horrible que ça finalement...

Elle me parle de mon boulot à CNV. Apparemment, mon poste bien placé la laisse admirative, alors que je m'en fiche royalement. C'est mon détachement face à toutes les situations qui m'a fait me hisser si haut pour mon âge, c'est parfait pour manager des équipes et maîtriser certaines grandes gueules. Il n'y a aucune gloire à ça.

Cela semble la laisser dubitative. Le petit air pincé qu'elle prend est adorable, son air gêné en regardant Chris caressant Léa encore plus. Rire avec elle, c'est juste... bon.

L'expression de Steph change quand Léa se lève et qu'elle laisse ainsi la place à côté de Cat libre. Ce connard va tenter une approche. Et si elle était intéressée ? Cette simple idée me donne envie de lui coller mon poing dans la gueule. J'ai déjà les poings qui se serrent, mais quand je la vois l'esquiver et rejoindre Léa dehors, tout mon corps se détend alors.

Elle est bras nus et la nuit est fraîche, elle va attraper froid. Je me lève instinctivement pour aller chercher ma veste, qu'elle refuse bêtement, alors qu'elle grelotte déjà. Son orgueil à la con finira par lui causer des problèmes, il faudrait vraiment qu'elle réfléchisse avant de parler. Je suis sûr qu'elle regrette d'avoir dit non avant même que les mots aient fini de franchir ses lèvres. Je préfère insister et elle retrouve la raison. Je m'arrange pour lui parler à l'oreille, ça la fait frissonner, je le vois. Son parfum est décidément captivant. Si sa copine ne me regardait pas avec un air aussi mauvais, je déposerais un baiser dans le creux de son cou.

Quand je rentre au chaud, Steph m'attend les bras croisés, ses yeux lancent presque des éclairs.

— Depuis quand tu es chevaleresque ? Et depuis quand tu es amusant ?

Il marque une pause.

— Ne t'approche plus d'elle.

— Va te faire foutre. Je fais ce que je veux et aux dernières nouvelles, t'es ni son père, ni le mien.

Je vais dans la cuisine me servir un verre, mais il ne lâche pas l'affaire et me suit.

— Non, j'aimerais être autre chose pour elle et tu le sais très bien. Alors que toi tu ne lui apporteras que des problèmes, t...

J'ai déjà le poing serré, prêt à aller percuter sa figure, mais la porte s'ouvre à ce moment précis et il s'interrompt. Quand Cat nous rejoint, il essaie de la convaincre de rentrer chez elle, et obtient l'effet inverse, elle veut rester, et lui ne peut plus faire autrement que de partir, me laissant ainsi le champ libre.

Alex 11
Des étoiles dans les yeux

Après avoir raccompagné Steph, il est temps de rentrer. Je n'ai pas envie de la ramener chez moi. J'y ai sauté des filles un nombre incalculable de fois, l'imaginer dans ce lit comme toutes les autres a presque quelque chose de répugnant.

Je me demande si elle est vierge. Est-ce qu'elle a eu le temps de coucher avec son copain avant qu'il ne la démolisse comme ça ? Et moi, si je la prends comme ça dans la voiture et passe à autre chose après, je vais l'abîmer encore plus. L'imaginer à nouveau dans l'état dans lequel elle était l'autre jour me tord les boyaux. Je devrais plutôt la ramener chez elle, ce sera bien mieux pour tout le monde. Après tout, des filles, je peux en avoir quand je veux, je n'ai pas besoin de l'avoir elle. Je n'ai qu'à rejoindre Carrie, elle a déjà dû oublier ce qui s'est passé tout à l'heure, ou aller en ramasser une autre dans n'importe quel bar.

Je l'observe discrètement, elle regarde dehors en souriant, on dirait qu'elle se sent en sécurité avec moi. Si elle savait que c'est tout le contraire... Ses cheveux dorés serpentent sur ma veste. Ils ont l'air si doux, j'ai envie d'y glisser les doigts, de les passer derrière son oreille et d'embrasser son cou dont je perçois d'ici le subtil parfum sucré.

Oui, je devrais la ramener chez elle… Mais les dés sont jetés, j'ai déjà pris ma décision sans même m'en rendre compte et instinctivement j'ai pris la direction de la petite clairière où j'aimais me rendre autrefois.

Je retrouve le chemin sans difficulté, pourtant j'ai l'impression de ne pas être revenu ici depuis un millénaire. Les lieux ont à peine changé et ma voiture pénètre dans le bois sans rencontrer d'obstacles. Comme avant. Comme si elle retrouvait le chemin toute seule.

Je serre le frein à main mais n'éteins pas le moteur, sa chaleur nous réchauffera, et cette nuit est sacrément fraîche en comparaison de la canicule de ces derniers jours. Je lui fais signe de venir s'asseoir à mes côtés. Je serai sage, je ne la toucherai pas ; j'ai juste envie de passer un moment simple et agréable, sans me prendre la tête. Combien de fois suis-je venu ici, m'allonger sur ce capot, simplement pour observer les étoiles ? À l'époque, j'étais insouciant, je ne savais pas que certaines choses pouvaient vous changer à jamais.

Au lieu de regarder le ciel, c'est elle que je ne peux pas quitter des yeux. On dirait une enfant lorsqu'elle observe le spectacle d'étoiles, son côté gamine, pure et innocente, qui m'a tant déplu le jour où je l'ai rencontrée, la rend soudain irrésistible. Elle a les yeux qui pétillent, et quand elle fait la moue, j'ai juste envie d'écraser mes lèvres sur les siennes. Je voulais me tenir loin d'elle comme je me le suis promis je ne sais combien de fois depuis que je l'ai rencontrée, mais j'ai besoin de sentir sa peau sur mes lèvres. Alors je saisis le premier prétexte qui vient pour enfin l'embrasser.

Alex 12
Juste un peu de tendresse

Bon sang, je ne me rendais pas compte à quel point j'en avais envie. Enfin, je le savais, ça faisait un bon moment que j'y pensais, mais je ne pensais pas que c'était un besoin aussi puissant. J'ai envisagé de m'arrêter directement après ce premier baiser, mais c'est comme si une espèce de force d'attraction nous avait ramenés l'un vers l'autre aussi sec.

J'ai l'impression de me nourrir d'elle, de goûter ses lèvres, son cou, sa peau si douce et si chaude… Je n'en serai jamais rassasié. J'ai envie de la posséder et pourtant, même si j'ai envie d'elle plus que jamais, je ne veux pas la prendre. Pas encore. Elle est offerte sous mes caresses, je n'ai aucun doute sur le fait que je pourrais le faire et qu'elle en redemanderait, mais ce serait juste profiter d'elle et de son innocence.

Bien loin de mes habitudes, j'ai juste envie de penser à son plaisir et non au mien. Lorsqu'elle jouit, je n'ai envie de recevoir qu'un peu de sa douceur. Sa présence dans mes bras, ainsi abandonnée, est à elle seule largement suffisante.

Nous restons là longtemps, elle blottie contre moi, moi en train d'admirer les étoiles. Je savoure chaque seconde où elle est dans mes bras, le nez dans ses cheveux, je ferme les yeux et m'enivre de son parfum.

Alex 13
Raisonnable ou égoïste ?

Une fois dans la voiture, assez loin d'elle pour reprendre mes esprits, je prends conscience de ma connerie. Malgré son foutu caractère, elle est si fragile que depuis le début, elle me donne envie de la protéger, et je suis en train de faire tout le contraire. Je vais forcément lui faire du mal, je ne suis bon pour personne. Et au-delà de ça, je n'aime pas ce que j'ai ressenti tout à l'heure. Ça m'a rappelé une époque de ma vie que j'ai laissée derrière moi, le plus loin possible.

Mieux vaut s'arrêter là, avant d'aller trop loin pour pouvoir faire marche arrière, et ne plus jamais la revoir. Après tout, je ne la connais que depuis quelques jours, elle sera facile à oublier, et de son côté, elle pourra elle aussi effacer tout ça de sa mémoire. Ça lui fera un bon souvenir, à la rigueur. J'ai presque envie de lui dire « adieu » plutôt qu'« au revoir », mais j'aurais l'impression d'être dans un de ces vieux films en noir et blanc.

Quand elle est sur le point de quitter la voiture, je me rends compte que je ne peux pas me résoudre à me dire que c'est la toute dernière fois que je la vois. Ma main agit plus vite que mon esprit et la rattrape juste avant qu'il ne soit trop tard. Ce que je fais me dépasse, c'est égoïste. J'ai presque peur de ce qui va se passer, mais je la reverrai demain.

C'est comme si nous étions deux planètes qui se gravitent autour, irrémédiablement attirées l'une vers l'autre, mais qui risqueraient de se détruire mutuellement si elles entraient en collision.

Alex 14
Envies

J'ai eu du mal à trouver le sommeil après tout ça. J'ai mis les pieds dans quelque chose que j'aurais pu éviter, mais apparemment, quand il est question de Cat, ma volonté s'annihile. J'ai hâte de la revoir, j'ai envie d'aller la rejoindre depuis ce matin, mais je n'ai pas son numéro, et je ne sais pas si ses parents risquent d'être chez eux. C'est bien plus simple d'attendre que Steph me demande de faire le chauffeur. Sauf que je réalise qu'il doit récupérer sa voiture aujourd'hui et n'aura plus besoin de moi.

Je finis par lui téléphoner.

— Allo ?

— Salut. Tu veux que je t'amène chercher ta voiture au garage ?

— Non, c'est bon, mon père m'emmène.

Son ton est sec. J'avais presque oublié qu'on ne s'est pas quittés dans les meilleurs termes hier.

— J'peux t'emmener, s'tu veux. J'ai deux trois bricoles à faire voir sur ma caisse justement.

Je l'entends soupirer dans le combiné.

— Ouais, OK, c'est vrai que ça m'arrange, je pourrai la récupérer plus tôt, du coup.

Pendant que le mécano vérifie ce que je lui ai demandé sur ma voiture, Steph n'ouvre pas la bouche. Je ne déroge pas à mes habitudes et l'imite.

Il finit par craquer :

— C'était bien, hier soir ?

Je hausse les épaules.

— Oh, bon sang, je savais que tu coucherais avec elle. T'es vraiment qu'un connard. T'as pas changé.

Je reste impassible. Pourquoi je changerais ? C'est pour les autres que c'est dur, moi ça me va très bien.

— Je ne l'ai pas baisée.

Il a l'air soulagé.

— Tant mieux, ça me faisait vraiment chier qu'elle finisse la soirée avec toi.

— Oui, parce que tu veux te la faire.

Il réfléchit une minute.

— Pas seulement. Je l'aime vraiment bien, tu sais. Et elle n'a surtout pas besoin de quelqu'un comme toi.

— Je sais, c'est bon, lâche-moi. Elle ne m'intéresse pas de toute façon. Je croyais que tu me connaissais mieux que ça.

Il sort son téléphone et regarde le message qu'il vient de recevoir.

— Chris propose de les rejoindre lui et Léa chez Cat. Tu veux venir ?

Il fait clairement cette proposition à contrecœur, mais ça arrange bien mes affaires. Je regarde distraitement mes ongles.

— Ouais, si j'ai le temps, j'essaierai de passer.

Je n'avais pas pensé que je devrais composer avec Steph, ni même avec les autres. Lui me connaît suffisamment pour savoir à quel point je suis toxique. Et encore, il n'a pas tout vu, il a pris le large bien avant que je ne dérape complètement, ça ne fait pas longtemps qu'on se revoit. J'ai tout intérêt à être le plus discret possible avec Cat.

Quand j'arrive chez elle, je fais donc comme si de rien n'était, et ça ne lui plaît pas, ça se voit. Comme d'habitude, j'arrive à me détacher des évènements sans trop de difficultés ; c'est rassurant de voir que je n'ai pas totalement perdu mon self-control.

Il faut que je trouve un créneau pour lui expliquer que je ne veux pas que les autres sachent pour nous — quelle que soit la signification de « nous » —, car pour l'instant, j'ai juste envie d'être seul avec elle, de lui caresser la joue, d'embrasser l'arrondi de sa mâchoire et de glisser vers son cou... Mais à chaque fois qu'elle change de pièce et que je pourrais essayer d'être seul avec elle, Steph s'arrange pour être là, ou bien sa copine qui ne m'aime pas.

Je percute que j'ai peut-être un peu trop confiance en moi quand je vois que finalement elle a l'air de s'en foutre royalement. Et si elle s'en fichait vraiment et avait juste pris un peu de bon temps hier ? La panique me saisit un bref instant, mais les vannes qu'elle me lance ont quelque chose de rassurant. Steph lui fait encore du rentre-dedans toute l'après-midi et elle ne s'en rend même pas compte.

Dans l'ascenseur, je m'arrange pour être le dernier à monter. Elle sera forcée de se placer près de moi, surtout qu'on est vraiment serrés comme des sardines. L'idée d'être tout contre elle alors que les autres ne savent rien a quelque chose d'excitant. Je pourrais l'effleurer sans même qu'ils ne s'en rendent compte, sentir ses cheveux, faire glisser ma main le long de son dos jusqu'à ses fesses...

C'est sans compter sur son sale caractère : elle décide de prendre les escaliers. Au moment où les portes se referment, je les retiens, m'extirpe tant bien que mal hors de l'ascenseur, en me dépêchant de la rattraper. Arrivé à sa hauteur, je la plaque contre la porte et je l'embrasse comme si ma vie en dépendait. J'ai besoin de son contact, l'avoir eue sous les yeux comme ça toute l'après-midi sans pouvoir la toucher était juste insupportable. J'ai besoin d'être sûr qu'elle ne m'a pas déjà oublié. Et pour être rassuré, je suis rassuré, elle vibre littéralement entre mes bras.

Putain, que j'ai envie d'elle ! Je rassemble toute ma volonté pour me détacher d'elle et me dépêcher de descendre avant que je ne la prenne sauvagement contre cette porte. Je dois vraiment m'en éloigner, je ne maîtrise plus rien quand elle est près de moi. Mais j'en suis incapable.

Alex 15
Le feu aux poudres

L'occasion de m'expliquer quand elle s'installe à mes côtés en voiture tombe à l'eau quand Steph monte avec nous. D'un côté, ça m'arrange, parce que je ne sais pas quoi dire, à part un truc tordu du style « Je suis pas bon pour toi, mais je ne peux pas te résister parce que tu me fais un effet dingue, et ça ne m'arrange pas du tout parce que je me suis juré de ne plus jamais ressentir quoi que ce soit pour une fille, quoi que ce soit tout court d'ailleurs. Mais comme je ne supporte pas non plus de ne plus te voir et que je suis un sale connard égoïste, il faudrait que je puisse te sauter dessus quand ça me prend. Ah, et si ça pouvait rester secret… parce que je ne suis pas sûr que Steph apprécierait ! »

Heureusement, j'ai appris à ne rien laisser paraître sur mes traits, car je n'ai jamais été aussi nerveux. Tout ce que j'aimerais, c'est de foutre Steph dehors et me retrouver seul avec Cat pour lui sauter dessus, poser ma main sur sa cuisse, la laisser glisser, lui dire comme elle est belle, comment un garçon comme moi n'est pas fait pour une fille aussi bien, que je l'emporterais dans les ténèbres et qu'elle doit se tenir bien loin de moi, mais lui dire que je ne pense qu'à elle et la supplier de bien vouloir de moi quand même, qu'elle m'a réveillé, que j'étais endormi mais que ça vaut toutes les douleurs du monde.

Putain mais qu'est-ce qui me prend ? Lorsque je me gare, je vois bien qu'elle attend que je lui parle. Elle paraît si vulnérable, je m'apprête à lui dire tout ça... mais j'en suis incapable. Au moins, avec Carrie, c'est facile, je la baise dans toutes les positions possibles et elle se tait. Elle s'en fiche, elle a bien compris que je ne pouvais pas lui offrir plus et ça lui suffit. Tant qu'on s'amuse et que je reviens vers elle...

Une fois dehors, Steph lui allume sa cigarette et elle se rapproche de lui. Cette promiscuité me rend furieux. Et en plus, voilà qu'il la complimente ! Je serre les poings, j'ai envie de lui casser la gueule comme jamais. Pourquoi est-ce qu'elle ne voit pas qu'il la drague ? Ou alors ça lui plaît et elle le veut.

— Tu sais ce qu'on dit ? Qui t'allume te baise.

Je tombe le masque mais le remets aussitôt. Ma remarque a fait mouche, difficile pour Steph de faire dans le romantique à présent. Quant à elle, j'ai envie de l'attraper par le bras et de l'emmener loin, le plus loin possible de lui, et de la posséder jusqu'à ce qu'elle oublie les autres à jamais. Je me casse et vais directement au bar. Je commande une tequila avant que mon masque ne se fissure pour de bon.

J'en suis à mon troisième verre quand Steph me rejoint. Il passe sa main dans ses cheveux crépus, comme toujours quand il est gêné.

— Écoute mec, je sais que je n'ai pas vraiment quelque chose à dire, mais... Je croyais pas te revoir avec un verre dans la main, enfin pas autant, et...

Je le dévisage froidement et commande un quatrième verre.

Steph lève les mains en guise d'excuses.

— OK... Désolé !

Une fille s'installe à côté de moi, elle me chauffe et ça m'est complètement égal. J'ai vu Cat disparaître aux WC tout à l'heure, j'ai encore cette envie irrépressible d'aller la rejoindre, mais heureusement elle est déjà partie.

Je ne me rends compte que l'autre pute a sa main sur mon bras que quand elle me gêne pour boire mon cinquième verre. La brûlure de l'alcool dans ma gorge me donne du courage. Je ne peux pas, je ne veux pas, que cette fille me rende faible comme ça. Elle est en train de casser le mur que j'ai construit entre moi et le reste du monde.

Je jette un œil à la fille assise à côté de moi, elle n'arrête pas de parler depuis tout à l'heure. Elle est plutôt pas mal, même si elle reste moins jolie que Cat. Je la prends par la main et l'emmène dans les toilettes. Elle me suit sans demander son reste.

Quand je commence à aller et venir en elle, je n'arrête pas de penser à Cat, à ses cheveux d'un blond plus joli, à ses seins plus ronds, à son parfum moins entêtant... Et je perds mes moyens pour la seconde fois en deux jours à cause d'elle. Je me retire de cette fille qui n'est pas **elle** et pars dessoûler en marchant sans but dans les rues vides du centre-ville.

Alex 16
Des efforts

Je me réveille le lendemain matin avec la gueule de bois, forcément. Ma première réaction est de lui en vouloir. À elle. Parce que sans elle, je n'aurais pas remis le nez dans un verre d'alcool. Ou du moins, pas autant... Mais je ne peux en vouloir qu'à moi-même d'avoir réagi comme ça par simple jalousie, et parce que j'étais complètement paumé.

Je recommence à gérer mes problèmes de la mauvaise manière. Il faut absolument que j'aille voir Victor pour en parler. Toutefois, ça devient délicat vu que je suis en train de rompre avec Carrie par « absentéisme ». Je regarde mon téléphone : aucun message. C'est plutôt bon signe qu'elle n'ait pas non plus donné de nouvelles. Finalement, je ne vais pas avoir besoin d'essuyer les pleurs et les cris. On va pouvoir simplement en rester là. J'ai un mal de cheveux terrible, j'avais presque oublié ce que c'était. Et par-dessus tout, aujourd'hui je reprends le boulot et commence tôt.

Après le travail, je rejoins Steph au MC. J'espère qu'elle sera là. Je ne sais pas comment je veux que les choses tournent, mais j'ai juste besoin de la voir.

Steph et Chris sont déjà assis, seuls. Ils ont beau me parler, je n'arrête pas de regarder autour, en espérant que les filles vont bientôt nous rejoindre. Ne les voyant pas arriver, je finis par demander à Chris ce qu'il a fait de sa copine, Cat n'en étant jamais très loin.

— Elle est au lac avec Cat. Elles avaient besoin de « discuter entre filles », paraît-il.

Je vois rouge.

— Attends, tu as laissé seules deux nanas comme elles, habillées, j'imagine comme toujours avec des trucs super courts, au lac ? L'endroit où se retrouve toute la racaille du quartier Sud pour passer le temps et draguer tout ce qui bouge ? Vraiment ?

Je marmonne et suis déjà parti avant qu'il ne réagisse. Je prends ma caisse et file à toute allure jusqu'au lac. J'y aperçois Léa, seule. Putain, mais où est-elle ? Je rejoins Léa aussi vite que possible. Je n'arrive pas à me calmer, j'ai cette espèce de nœud à l'estomac qui me dérange. Arrivé à sa hauteur, je serre les poings jusqu'à en avoir mal pour me calmer.

Je m'adresse à elle d'une voix la plus calme possible.

— Salut.

Elle me fait un grand sourire. Bizarre, sachant qu'elle me déteste.

— Salut.

Comment lui demander où est Cat sans me griller ?

— Tu cherches Cat ?

Son sourire s'agrandit.

— Euh...

Je capitule, ça ne sert à rien de tourner autour du pot.

— Ouais.

— Là-bas.

Ravie, elle me la montre du doigt et ajoute :

— Elle est en train de se faire draguer par le beau
gosse, là-bas, tu les vois ? Sur l...

Je démarre avant même qu'elle ne finisse sa phrase.
Je vais aller péter la gueule direct à cette espèce de petit
con. Je marche aussi vite que je le peux, la distance qui
nous sépare me semble interminable. Le temps d'arriver
à leur hauteur, je suis plus ou moins parvenu à me
calmer, ou tout du moins à en prendre l'air.

J'ai envie de la traîner loin de lui, de l'insulter elle,
et lui de lui taper dessus jusqu'à ce qu'il soit en sang.
Puis de lui dire qu'elle doit être avec moi et piétiner son
cœur en lui disant que c'est trop tard. Mais je ne veux
pas laisser entrevoir la moindre faiblesse. Je ne laisserai
rien dépasser de ma carapace.

Quand elle est enfin seule, j'ai envie de hurler. Alors
quoi ? Ça lui plaisait d'être avec ce mec ? Elle le voulait ?
Je tâche de me tenir loin d'elle pour la protéger de moi,
mais elle voudrait ce bâtard qui ne vaut pas mieux que
moi ?

Elle fait allusion au fait que lui l'a draguée en public.
Alors c'est ça qu'elle veut ? Que je me dévoile devant
tout le monde ? Ce n'est pas déjà suffisant de lui montrer
qu'elle m'atteint ? **Tout** ce qu'elle fait m'atteint. Elle me
transforme en ce que je ne suis plus.

Quand elle me demande si elle est célibataire, sous
la colère, je ne peux répondre que « si ! », alors que

dans ma tête je hurle « tu m'as moi, merde ! » Et voilà, j'ai tout gagné, elle s'en va, elle me quitte avant que je ne puisse lui montrer combien elle compte pour moi. J'attrape les cheveux à l'arrière de ma tête, avec l'envie de les arracher. Elle est en train de m'échapper et je ne le veux pas, je ne peux pas le supporter. C'est même carrément douloureux. J'ai besoin d'être près d'elle et déjà la distance entre nous, à mesure qu'elle s'éloigne, devient insoutenable. Je cours et la rattrape par le bras, je serre trop fort, je le sais, mais je ne peux pas lui laisser une nouvelle occasion de me laisser.

Elle essaie de me cacher qu'elle a pleuré, preuve qu'elle aussi n'a pas envie que ça se termine comme ça. Alors j'abdique, je laisse tout ce que j'ai essayé de repousser jusque-là gagner, et si ce qu'elle veut, c'est d'être avec moi aux yeux de tous, alors elle l'aura. Tant pis de ce qu'il adviendra, tant pis si ça finit par nous exploser au visage.

Contre tout bon sens, je lui fixe un rendez-vous, un vrai.

Alex 17
Premier rendez-vous...

J'attends Cat en bas de son immeuble. J'ai failli faire demi-tour au moins vingt fois sur la route. Mais l'envie de la voir est, comme toujours, plus forte que la raison.

Je me sens à la fois nerveux et impatient.

Lorsqu'elle sort, j'en ai le souffle coupé. Elle a remis la robe dans laquelle elle était apparue la première fois que je l'avais vue en si piteux état. Elle la remplit mieux cette fois, ses courbes avantageuses sont soulignées par le tissu vaporeux.

Bon sang, je devrais l'embrasser et je ne trouve rien de mieux que de regarder mes pieds. Depuis quand est-ce que je minaude ?! Je réalise soudain que je n'ai pas eu ce genre de sortie depuis Jess. Avec Carrie, on ne fait pas ce genre de trucs. Je vais chez elle, je discute longuement avec son père et après on va baiser. Mais on ne sort pas en balade en amoureux comme la plupart des couples.

En ville, deux greluches nous regardent en gloussant et je la vois désarçonnée. Comment une fille comme elle peut manquer à ce point de confiance en elle ? Je lui prends la main, ce n'est qu'un geste simple, mais la sensation est agréable. Ça me fait repenser à ce soir-là, dans la forêt. Le reste de cette soirée mémorable me revient et j'ai subitement envie de l'entraîner dans une ruelle isolée et de recommencer. J'envisage sérieusement de le faire quand on croise Basile. Cat retire automatiquement sa main de la mienne, est-ce qu'elle a honte d'être vue avec moi ?

Basile me croit encore avec Carrie, et il regarde Cat comme s'il allait en faire son quatre-heures. Pas moyen qu'il envisage de se la faire, qu'il puisse même s'autoriser à penser à elle de cette manière ! Peu importe les conséquences, il faut je marque mon territoire. Il doit bien comprendre qu'elle est à moi. Je la présente donc comme ma petite amie. C'est ce qu'elle est après tout, il va falloir qu'il s'y fasse. Et moi aussi...

Il veut qu'on vienne chez lui, ça me fait chier. Franchement, j'aime bien Basile, mais c'est un gros lourdaud qui ne sait jamais quand il faut la fermer. En plus, il adore Carrie, et je n'aime pas du tout la manière dont il regarde Cat.

Nous arrivons rapidement chez lui, et j'espère en partir aussi vite. Plus il regarde Cat et plus j'ai envie de la soustraire à son regard de gros porc. Je l'observe quand elle répond à sa multitude de questions — qu'est-ce qui lui prend d'ailleurs ? Une mèche folle frôle sa joue, j'ai envie de la prendre entre mes doigts tout en l'embrassant.

Dès que Basile sort de la pièce, je me jette sur elle. J'avais besoin de ce contact. On a perdu tellement de temps... Finalement, ce n'est pas si mal de pouvoir être vraiment ensemble, sans se cacher. Et si je foutais Basile dehors et prolongeais ce moment d'intimité ?

Alex 18

... manqué

Basile me soûle encore plus depuis que nous sommes arrivés au MC. Je l'aime comme un frère, mais il faut vraiment que je trouve un moyen de nous sortir de là. En plus, il s'est assis à côté d'elle, nous volant ainsi des moments d'intimité ; je pourrais, en cet instant précis, être en train de lui caresser la cuisse sous la table, en toute impunité.

J'ai envie de prendre simplement Cat par la main, de me casser avec elle de cet endroit minable, de l'emmener, je ne sais pas... Au restaurant ? Histoire de la nourrir. Et puis de l'emmener chez moi et de m'allonger contre elle, de l'embrasser jusqu'à plus soif et éventuellement de lui faire l'amour, si elle le désire.

Je ne vois arriver Carrie qu'au moment où elle m'embrasse. Je suis tellement pris au dépourvu que je ne la repousse même pas, je la laisse faire et la stabilise instinctivement en posant ma main sur sa hanche.

Je ne sais pas quoi faire, j'avais pensé qu'elle comprendrait le message en voyant que je ne la rappelais pas. De toute façon, quand je me suis cassé l'autre jour, elle a dit que si je passais la porte en la laissant là, les cuisses écartées, ce serait fini. Je l'ai prise au mot !

Elle m'entraîne vers le bar. Cat a l'air d'accuser le coup. À vrai dire, elle ne semble pas plus bouleversée que ça. Sur le coup, elle était livide, mais c'était sûrement sous l'effet de la surprise. Maintenant, elle a repris contenance et Basile lui parle à l'oreille. J'envisage de foutre un grand coup de pied dans sa chaise pour le faire tomber et qu'il se tienne loin d'elle.

J'écoute Carrie me parler tout en observant son petit manège.

— Basile m'a appelée. Qu'est-ce que tu fous là avec cette gamine ?

Je cille. Alors c'est pour ça qu'elle est là, il l'a appelée de chez lui tout à l'heure quand il s'est éclipsé dans une autre pièce.

— Ce n'est pas une gamine.

— Oh, tu rigoles, regarde-la, je me demande vraiment ce que tu peux lui trouver.

Je la regarde sévèrement.

— Pourquoi tu es là ? Je croyais qu'on en avait terminé ?

Elle lève les yeux au ciel et m'embrasse.

— C'est bon, je te pardonne !

— Qu'est-ce qui te fait croire que j'ai envie d'être pardonné ?

— Je ne sais pas, je me suis dit que tu avais envie de t'amuser un peu avec une adulte… C'est vrai quoi, c'est pas avec cette gamine que tu le pourras ! Et puis, papa est tellement heureux de nous voir si bien ensemble.

J'veux dire, tu te rends pas compte comme ça fait du bien de le voir content comme ça, surtout qu'il est si fatigué en ce moment... Tu sais qu'il a encore fait un malaise ce midi ? Je ne sais plus de quoi on parlait... Ah ! Si ! Je lui disais comme j'étais anéantie d'être sans nouvelles de toi depuis trois jours, d'autant qu'on m'a dit qu'hier tu étais sorti d'ici complètement bourré, et pouf... Il est tombé. Tu aurais vu sa tête, ça lui a foutu un coup, tu sais !

Je soupire. Elle se sert de Victor contre moi, et elle y arrive très bien. Je n'ai pas envie de faire de mal à son paternel et il serait détruit de penser que je fais souffrir sa fille. C'est le seul ici à me respecter, à avoir suffisamment confiance en moi pour accepter de me voir avec sa fille malgré le fait qu'il ait vu le pire de moi. Sans compter que je dois tout à cet homme, sans lui je me serais vidé de mon sang dans ce caniveau, ou j'y serais passé d'une autre manière de toute façon.

Elle a gagné.

Nous rejoignons Basile et Cat à la table où tout se passait pour le mieux il y a encore un quart d'heure. Basile a sa main sur la cuisse de Cat. Elle ne dit rien et ne le repousse même pas. Elle semble détendue mais je ne me risque pas à croiser son regard, j'ai bien trop honte de moi.

Au moment de payer, elle m'adresse enfin la parole. La froideur de sa voix me glace le sang. Mais que pourrais-je lui dire ? Elle a raison de me détester. Basile lui met le bras autour des épaules. Est-ce qu'elle en a conscience et l'accepte parce que ça lui plaît ou est-ce qu'elle est trop anesthésiée pour s'en rendre compte ?

C'est moi qui devrais faire ça, et ce serait le cas si ce connard n'avait pas appelé Carrie pour la prévenir.

Carrie en rajoute une fois qu'on a déposé Cat.

— Basile, elle est sympa cette fille, je l'aime bien, tu devrais essayer de sortir avec elle. Je suis sûre qu'Alex peut te trouver son numéro.

Tu peux toujours courir...

Cette nuit, ce n'est qu'à elle que je pense en prenant Carrie.

— Tu vois quand tu veux, t'as jamais été aussi bon que ce soir, me glisse-t-elle en gémissant.

Alex 19
Le mieux pour qui ?

Lorsque je descends discrètement les escaliers de chez Carrie, je tombe nez à nez avec Victor en robe de chambre.

— Euh, salut.

— Bonjour Alex, comment vas-tu ?

Un silence gêné s'installe, ce n'est pourtant pas la première fois que je descends en catimini de la chambre de sa fille. Il me regarde intensément, comme s'il essayait de lire en moi.

— Alors, il paraît que tu as un peu trop levé le coude dernièrement ?

Je pousse un soupir. Victor doit être la seule personne au monde à pouvoir se permettre de me faire des remarques à ce sujet.

— Oui, je voulais venir t'en parler justement. Je n'ai juste pas... trouvé le temps.

— Je t'écoute.

Qu'est-ce que je peux bien lui dire ? Que j'ai perdu le contrôle un instant, parce que la fille qui m'obsède jours et nuits — qui n'est pas sa fille — me fait péter les plombs et que j'ai eu un brutal accès de folie quand j'ai vu un de mes meilleurs amis simplement lui allumer sa cigarette ?

— Je ne sais pas ce qui s'est passé, je m'étais disputé avec un pote, j'étais en colère, et d'un coup je me suis retrouvé au bar.

— Écoute, c'est comme ça que tu risques de replonger, une fois de temps en temps d'abord, et pour n'importe quelle raison après. Tu sais que si tu commences comme ça, ça peut très vite déraper et aller plus loin. Je pensais qu'avoir trouvé quelqu'un et te poser t'aurait aidé à être plus fort face à ce genre de situation. Quand tu éprouves de la colère à ce point, il faut que tu te raccroches à ce qui va bien dans ta vie.

Sa voix se brise. **Super !** J'ai déçu mon mentor.

— C'est juste que des fois, je ne suis pas sûr de savoir ce qui est bien pour moi.

— Ah, ça, mon gars, des fois les choses sont plus compliquées qu'elles n'y paraissent. L'important, c'est de te préserver et de faire ce qui te rend heureux, même si ça ne plaît pas forcément à tout le monde.

Voilà qui ne m'aide pas des masses. Victor pense que ce qui est bien dans ma vie, c'est Carrie, et en même temps, il m'encourage, sans même le savoir, à aller retrouver Cat. Il y a un précipice immense entre ce que je veux et ce qui est bien, pour moi ou pour les autres. Il faut que j'aille la voir de toute façon. Malheureusement, pas avant demain, une grosse journée m'attend à CNV. Je suis en poste cette semaine et j'ai deux équipes à voir d'affilée. J'en ai au moins pour quinze heures au boulot, après j'aurai besoin de pioncer.

Alex 21
Filature

Le lendemain, je décide d'aller voir Cat chez elle, mais Steph m'a devancé. Sa voiture est garée devant la porte du grand immeuble aux murs beiges, et Cat monte dedans quelques instants plus tard. Je ne sais pas ce qui me prend mais je les suis jusqu'au MC. Qu'est-ce qu'elle fait seule avec Steph ? Elle m'a vite oublié si elle sort déjà avec lui pendant que moi, je ne pense qu'à elle, à n'en plus dormir la nuit.

Je n'ai de nouveau pas su trouver le sommeil cette nuit ; j'ai retourné l'autre soir dans ma tête, encore et encore. J'aurais dû repousser Carrie, mais c'est trop tard. Basile a bien mené sa barque, c'est pour ça qu'il s'est assis à côté de Cat dès le début. En tout cas, il peut toujours courir pour que je lui file son numéro, que je n'ai toujours pas moi-même, d'ailleurs. Si on ne l'avait pas croisé ce jour-là, rien de tout ça ne serait arrivé. Même si je suppose que j'aurais dû faire face à Carrie et à Victor tôt ou tard.

J'ai l'impression d'être coincé entre Carrie qui me fait quasiment du chantage, Victor que je ne veux pas décevoir et mes sentiments complètement contradictoires envers Cat. Il n'y a pas longtemps, je voulais rester loin d'elle et me voilà à la suivre et à la surveiller comme un putain de psychopathe.

Je les observe de loin se garer devant le bar. C'est peut-être mieux, finalement. Il est sans aucun doute mieux pour elle. Je devrais rentrer chez moi. Ça me paraissait être une bonne idée jusqu'à ce que je me rende compte je suis hors de ma voiture et que je les ai déjà rattrapés.

Je tape plus fort que nécessaire dans le dos de Steph pour le saluer — ça lui apprendra à être avec elle, et c'est toujours mieux que le poing dans la gueule que j'ai envie de lui donner. Je n'ai jamais eu autant envie de tabasser mes potes que ces derniers temps. Il faut dire qu'ils le cherchent pas mal aussi...

Comme d'habitude, je cache très bien les apparences, qui ne reflètent pas du tout mon état d'esprit, à savoir mon désarroi et ma culpabilité. Plus je suis mal et rongé de remords, plus j'ai l'air zen et joyeux. Quant à Cat, elle est si en colère qu'elle essaie d'être la plus blessante possible, et elle a bien raison. Alors je la laisse faire, je l'encourage presque. J'aime la voir comme ça, animée, vibrante de rage, les joues rosées et les yeux qui brillent, comme lors de notre première rencontre...

J'ai envie d'elle, encore plus quand elle est comme ça. La conversation tourne maintenant autour du cul, peut-être que ça l'émoustillera et lui donnera envie de revenir avec moi. Mais c'est sans compter sur ce con de Steph qui remet le dossier « Carrie » sur le tapis. Et voilà, il a tout gagné, elle prend ses jambes à son cou. Je la regarde partir la tête haute, furieuse. Ça lui donne un petit côté sexy.

C'est amusant quelques secondes, mais je ne peux pas la laisser partir, pas comme ça. Peu importe ce qu'en pensera Steph, je trouverai une bonne excuse plus tard. Elle est déjà presque au bout de la rue et je dois courir pour la rattraper.

Je devrais m'expliquer, lui dire que je ne peux pas quitter Carrie aussi facilement, que c'est tellement plus compliqué qu'elle ne le pense, mais que j'ai beau essayer de me convaincre qu'elle serait mieux avec un type comme Steph, je n'arrête pas de penser à elle, j'ai **besoin** d'être auprès d'elle. Mais là, maintenant, tout de suite, j'ai juste envie de la prendre dans mes bras et de la serrer tout contre moi. De toute façon, aucun mot ne saurait excuser ce qui s'est passé l'autre jour au MC.

Quand je lui demande de rester, c'est ma façon à moi de la supplier, de lui dire « accepte-moi ». Est-ce qu'elle a compris que je la voulais toujours ? Que je n'en ai pas fini avec elle ?

Steph est sur le point de nous rejoindre et je ne veux pas qu'il voie que je lui tiens la main, ça lui montrerait trop qu'elle compte pour moi. Pourtant, je dois me faire violence pour la lâcher. J'ai **besoin** de ce contact, c'est comme s'il m'évitait de perdre pied. Comme une époque de ma vie que je veux oublier. Si elle refuse de rester, ça voudra dire qu'elle ne veut plus de moi, et je serais détruit.

Alex 22
Bonne décision

Quand Steph lui demande à son tour de rester, mon cœur bat à cent à l'heure. Elle paraît si confuse et incertaine. Cette fois, je peine à feindre le détachement. C'est un vrai soulagement quand elle accepte, sauf quand je la vois monter en voiture avec Steph. Pourquoi ne monte-t-elle pas avec moi ?

La savoir seule avec lui, si proche de lui, m'est juste insupportable. Je démarre aussi brutalement que possible et les dépasse. Je sens le sang battre dans mes tempes en les voyant arriver et sortir de la voiture ensemble. Je ne sais pas vraiment pourquoi ça me dérange à ce point, et puis, d'un coup, ça me frappe. On dirait un vrai couple. Ils vont plutôt bien ensemble. Cette image, en plus de me dégoûter, est carrément douloureuse. C'est exactement ce que je voulais éviter, avoir mal. Le simple fait de la voir marcher à côté d'un de mes meilleurs amis suffit. J'ai vraiment un problème.

Dans l'ascenseur, elle essaie d'être drôle. Steph rit bien plus que nécessaire, mais elle parvient quand même à m'arracher un petit sourire dans sa tentative grotesque de détendre l'atmosphère. Encore un nouveau pan de sa personnalité que je découvre...

Elle me regarde tout à coup d'un drôle d'air, un peu de mélancolie mêlée à quelque chose d'autre que je n'arrive pas à définir. J'ai encore cette envie irrépressible de lui caresser la joue, et je dois baisser les yeux avant de me jeter sur elle malgré la présence de Steph.

Nous allons dans le salon. Alors que je la regarde, pensive, c'est comme si j'avais une révélation. Même si mon choix est sans doute fait depuis bien plus longtemps que je ne le réalise. Peut-être au lac, quand j'ai renoncé à lutter et accepté de vraiment sortir avec elle, ou même bien avant, quand je n'ai pas voulu coucher avec elle la nuit où on a regardé les étoiles.

Je veux être avec elle, je ne pense qu'à elle. C'est aussi simple que ça. Il faut que j'aille voir Carrie, je dois en finir. Victor comprendra.

Quand Steph sort nous chercher à boire, me laissant seul avec elle, je m'imagine traverser la pièce, l'attraper par la nuque, l'embrasser... Le bruit des bouteilles qui s'entrechoquent me ramène à la réalité.

Je me demande bien à quoi elle peut penser de son côté. Alors que je m'apprête à simplement le lui demander, juste pour la voir rougir si sa réponse est qu'elle pense à moi — ses joues la trahissent toujours quand elle le fait —, le téléphone sonne juste à côté de moi. C'est sa copine qui appelle. Je sais qu'elle ne m'aime pas, ça va sûrement l'énerver encore plus contre moi si je réponds. Ce serait très amusant. Je décide donc de décrocher, malgré les cris de biche effarouchée de Cat.

Ça se termine forcément en bagarre quand je prends le combiné. Elle se bat bien la tigresse, mais j'ai largement le dessus de par ma force et ma taille, et je finis par la plaquer au sol. J'aime la sentir contre moi comme ça. Je me demande si elle peut sentir mon érection. Steph nous observe, et dans ses yeux, je vois qu'il comprend qu'elle n'appartient qu'à moi. Tant mieux, au moins pour lui, le message est clair. Inutile d'en dire plus.

Je veux lui faire dire que je l'ai eue, ce serait une façon de reconnaître qu'elle est à moi, à ma merci.

— Jamais, dit-elle.

Vraiment ? Si Steph n'était pas là je suis sûr que je pourrais la prendre là, comme ça, par terre dans ce couloir. Elle, la petite fille qui ne l'a sans doute jamais fait ailleurs que dans un lit douillet.

Pourtant quand je la regarde, si provocatrice, je vois une jeune femme déterminée et pleine de vie. On est loin de la gamine éplorée que j'ai rencontrée il y a si peu de temps. Cette nouvelle facette me donne encore plus envie d'être avec elle, malgré cette part de moi qui n'oublie pas que je détruis tout ce que je touche. Si je m'éloigne d'elle maintenant, elle ne souffrira pas trop, il est encore temps… mais j'en suis incapable, c'est physique, je me sens mal quand je suis trop loin d'elle.

Alex 23
Menaces

— Je finis toujours par avoir ce que je veux.

Cela provoque en moi la simple envie de lui répondre
« OK, prends-moi si tu veux. » Je suis encore sous le
coup de sa provocation, à me demander si — imaginons
que j'assomme Steph pour qu'il ne m'entende pas rendre
les armes —, je peux lui répondre ça, quand j'entends la
porte d'entrée de l'appartement s'ouvrir.

Sa tante entre et la surprise est plutôt mauvaise.
J'avais cru comprendre, finalement, qu'elle ne vivait pas
chez ses parents, comme toute jeune fille de son âge,
mais je ne pensais pas que la personne chez qui elle
habitait était la cheffe de mon ancien lycée. Elle connaît
Victor et Carrie, et doit en savoir bien plus encore vu
comment s'est terminée ma dernière année de lycée. Je
prie intérieurement pour qu'elle soit soumise au secret
professionnel.

Mon portable vibre dans ma poche, je le regarde
discrètement. C'est Carrie qui m'a envoyé un message :
« On t'attend pour dîner, n'oublie pas. » Il faut que j'y
aille et que je rompe avec elle. Victor ne sera forcément
pas super content, mais il ne m'en voudra pas trop si
je fais les choses correctement, et que je lui explique
que je fais simplement comme il m'a dit, et que j'essaie

d'être heureux. Avec un peu de chance, je ne perdrai pas totalement son estime.

J'arrive chez Carrie assez rapidement. Il n'y a que sa décapotable garée devant cette belle maison des beaux quartiers. Ses parents ne sont donc pas encore là. Je grimpe les marches et arrive devant l'entrée mais avant que je n'aie le temps de sonner, la porte s'ouvre sur une Carrie radieuse. Elle se jette sur moi, m'embrasse et m'entraîne dans sa chambre.

— Où étais-tu ?

— Je croyais qu'on était d'accord sur le fait que tu ne me posais pas ce genre de questions.

— Oui, et que je dois me « contenter de ce que tu es capable de m'offrir... »

Elle fait un geste des doigts pour montrer qu'elle me cite, puis reprend :

— Mais depuis que je t'ai vu avec l'autre gamine, je me rends compte que je ne supporte pas de te savoir ailleurs.

— Ce n'est pas une g...

Elle me fait taire en posant les doigts sur ma bouche, puis me fait m'asseoir sur son lit et se met à califourchon sur moi.

— Je n'ai plus envie que tu ailles voir d'autres filles. S'il te plaît.

Elle m'embrasse lascivement mais je romps notre baiser en la retenant par les bras.

— Non, arrête ça, je ne suis pas venu pour ça.

J'avoue que quand elle est dans cet état, j'ai bien du mal à renoncer à son étreinte.

Elle hausse un sourcil.

— Vraiment ?

Sa voix se fait encore plus suave et elle se lèche les lèvres. Bon sang, cette fille sait vraiment comment s'y prendre pour se rendre irrésistible. Elle ouvre alors mon pantalon et me prend dans ses mains. Elle frotte son bassin contre moi et je constate qu'elle ne porte pas de culotte sous sa jupe. Visiblement, elle m'attendait avec impatience. Elle me glisse en elle, montant et descendant tout en me dévorant des yeux. Je sais que je dois l'arrêter, mais elle sait me rendre vraiment dingue. Je pose mes mains sur ses hanches, suivant ses mouvements de plus en plus rapides. Mais quand je ferme les yeux, c'est le visage de Cat qui apparaît, et je reprends subitement mes esprits. Je saisis Carrie par les hanches et la balance sur le lit.

— Arrête ça, putain ! Je t'ai dit que je n'étais pas venu pour ça.

Je referme mon pantalon.

— Et pourquoi, alors ? Tu viens toujours pour ça ! Depuis quand tu penses avec autre chose qu'avec ta queue ?

Je me mords les lèvres de rage, j'ai envie de cogner dans la première chose que je croiserais. Carrie a intérêt à éviter de se mettre sur mon chemin en me cherchant davantage. Si je ne devais pas tant à son père, je commencerais par mettre cette chambre à sac, tiens !

Je m'attends à ce qu'elle me provoque encore plus, mais c'est tout le contraire : elle fond en larmes. Le truc qui déstabilise n'importe quel mec, moi y compris.

— Je t'en prie, ne me quitte pas.

Je soupire.

— Carrie, tu as toujours su que tu ne pouvais rien attendre de moi, j'ai toujours été clair là-dessus.

— Non, tu as toujours été clair sur le fait que personne ne pouvait rien attendre de toi. Sauf que tu as changé. Et si tu changes, je veux que ce soit pour moi.

J'essaie de parler le plus calmement possible. Après tout, elle n'a pas tort.

— Sauf que ça ne sera pas pour toi, je n'ai aucun contrôle là-dessus.

— OK.

Alors elle ouvre le petit tiroir de son bureau et en sort un objet noir. Un cutter. J'ai l'impression que la scène se passe au ralenti, je n'ai pas le temps d'intervenir que déjà elle l'a ouvert et pointé sur son poignet.

Une vague de panique me saisit. Il est hors de question que quelqu'un meure à nouveau à cause de moi, surtout pas la fille de l'homme qui m'a sauvé ! Ce serait comme si l'ironie de l'univers s'abattait sur nous : il me sauve, et à cause de moi, sa fille y passe... Je sors de ma tétanie et lève la main vers elle, sans avancer pour ne pas lui faire peur et qu'elle ne passe pas à l'acte.

— OK, calme-toi, ne fais pas ça d'accord ? Je... Je t'en prie, pose ce truc.

Elle secoue la tête et je vois une goutte de sang perler sous la pointe du cutter.

— Pas si je ne peux pas t'avoir.

— OK, arrête, donne-moi ça.

— Pas si j...

— OK, t'as gagné ! C'est bon, on oublie tout, d'accord ? Je... Je reste avec toi.

— Tu me le jures ? Tu sais que sinon, je pourrai le faire plus tard, alors si tu changes d'avis...

Je soupire et la regarde droit dans les yeux.

— Je ne changerai pas d'avis.

Alors elle lâche son cutter et se précipite dans mes bras en sanglotant. Je la serre contre moi. Malgré le soulagement, mon corps me semble d'un coup plus lourd, comme si une chape de plomb s'était abattue sur mes épaules.

Alex 24
En enfer

Ça fait maintenant presque une semaine que je squatte chez Carrie. Je me contente d'aller bosser et de passer en vitesse chez moi pour prendre une douche et me changer, avant de retourner chez elle.

C'est un peu comme mon enfer personnel, finalement, et je l'ai amplement mérité. J'ai l'impression d'être son prisonnier. Cette nuit, j'ai même rêvé que je me noyais. J'étais dans une sorte de lac, perdu parmi les roseaux. L'eau était glacée. Puis, enfin, je voyais Cat sur la rive. Elle me tournait le dos, j'avais beau l'appeler, rien n'y faisait, elle ne m'entendait pas. Quand j'essayais de la rejoindre sur l'autre rive, désespéré, je ne faisais que m'enfoncer davantage. Plus je me débattais, plus je tentais de l'atteindre, plus Carrie m'enfonçait la tête sous l'eau.

Mais j'y survivrai, comme toujours. Et puis, passer toutes mes nuits à baiser n'est pas si horrible que ça, finalement, mais être en cage, c'est étouffant. Et surtout, Cat me manque horriblement. Elle doit penser que je l'ai encore laissée tomber, et elle a raison.

— Où est-ce que tu vas ?

Je soupire.

— Je vais bosser, où veux-tu que j'aille ?

— Tu reviens tout de suite après ?

Je n'essaie même pas de lutter.

— Oui, comme tous les jours depuis une bonne semaine. La seule différence, c'est que là je suis d'aprèm.

En chemin pour CNV, je sens mon portable vibrer dans ma poche. J'attends d'être garé sur le parking de la société pour regarder mes messages. Il y en a un de Carrie. « Tu me manques déjà. » Le deuxième est de Basile. « Devine qui est avec moi ? » Je n'ai pas besoin de voir la photo jointe au message pour deviner de qui il parle. Mon côté masochiste ouvre tout de même la pièce jointe. C'est un selfie de Basile collé contre Cat, qui fait un sourire de complaisance à l'appareil.

Je sens mes doigts se serrer sur le volant, le sang a quitté mes jointures, elles sont devenues blanches sous la tension. C'est plus fort que moi, il faut que j'y aille. Je démarre en trombe, je ne crois pas avoir jamais conduit aussi vite qu'aujourd'hui : je me retrouve garé près du MC en un rien de temps.

J'appuie mon front contre le volant. Qu'est-ce que je fais là, bordel ? J'ai juré à Carrie de ne plus la revoir. Même si je ne pense qu'à elle. Je croyais que ça passerait au fil des jours, que c'est d'être près d'elle qui me tourne la tête, mais c'est de pire en pire. Maintenant, je vois même son visage en fermant les yeux. J'en rêve, aussi.

Je prends une grande inspiration, mais ça n'est pas suffisant pour me calmer. Mon cœur bat comme jamais. Parce que je suis en colère de la savoir là, avec Basile qui lui tourne autour. Parce que je crève de la revoir, elle qui est si proche en cet instant. Et parce que je dois m'en tenir à la promesse faite à Carrie, et rester le plus loin d'elle possible.

Mais je n'y tiens plus, je dois au moins la revoir. Juste voir son doux visage une dernière fois. Lui expliquer peut-être que je ne suis pas complètement un salaud et que Carrie me tient par les couilles. La prévenir qu'on s'arrêtera là de toute manière, et que c'est mieux pour elle aussi.

J'entre et la retrouve installée entre Steph et Basile. Ils ne perdent pas de temps ces deux-là. Je salue les autres, mais je n'ai pas envie de lui faire la bise, je ne veux pas la toucher si je ne peux pas avoir sa bouche.

En fait, ça me rend plus triste qu'autre chose de la revoir ; elle est comme le point culminant d'une montagne que je ne pourrai jamais atteindre. J'ai essayé de franchir tous les obstacles pour y arriver, mais tout s'est écroulé sous mes pieds alors qu'enfin j'étais presque arrivé au sommet.

Je l'observe, elle doit être dans le même état que moi. Enfin, c'est ce que je pensais avant de la voir flirter ouvertement avec Basile. Sous mon nez. Alors que je me débats avec toute cette merde, c'est... blessant. Ça me met même en colère de la voir si aguicheuse. Une mèche rebelle caresse sa joue à chaque fois qu'elle bouge en riant aux conneries de Basile ; ça me rend fou.

Là, maintenant, tout de suite, je n'ai plus qu'une envie : je voudrais juste pouvoir lui faire autant de mal qu'elle est en train de m'en faire.

Elle se lève de la banquette et doit frôler Basile pour sortir. S'il en profite pour lui mettre la main au panier, je jure que je renverse la table qui nous sépare et lui explose ses dents blanches de dragueur invétéré...

Il faut que je me casse, je devrais être au boulot, et surtout loin d'ici. Loin d'elle. J'attends qu'elle revienne pour la regarder une dernière fois — froidement, histoire de la blesser —, mais elle ne revient toujours pas. Et si elle était partie ?

Je décide d'aller la retrouver. En tête-à-tête, je pourrai cracher tout ce que j'ai sur le cœur, lui dire qu'elle n'est rien, que je me tiendrai loin d'elle et qu'elle ne me reverra jamais. Mais aussi la prévenir qu'elle a intérêt à se tenir éloignée de ce connard de Basile. Ça simplifiera les choses et ça me permettra de me décharger de la rage qui bout en moi.

Je regarde Chris, qui revient près de nous, et lui parle discrètement derrière Léa.

— Elle est où ?

Il me répond du bout des lèvres. « Toilettes. »

Je l'aime bien, Chris. Il est drôle, et surtout, il ne tourne pas autour de Cat. C'est bien le seul.

J'entre, décidé à lui dire les pires horreurs. Sauf que je la trouve en larmes. En la voyant dans cet état, j'en oublie tout. Je n'ai qu'une envie : la prendre dans mes bras et la cajoler pour la consoler. Elle me regarde avec ses grands yeux verts pailletés d'or lorsque je caresse sa joue pour essuyer la larme qui y coule. Un seul regard de sa part et je sens se fissurer le mur de résolutions que j'ai essayé d'ériger entre elle et moi. Heureusement, elle recule et s'éloigne de moi, ce que je suis, je le sais maintenant, totalement incapable de faire.

Je résiste difficilement à l'envie de la retenir quand elle part, elle est finalement bien plus forte que moi. Pourtant, elle fait un pas en arrière et m'embrasse. Ce baiser, si innocent, me fait perdre pied. Alors, je prends sa bouche intensément. Comme si ma vie en dépendait. Comme jamais je n'avais embrassé une fille avant. Car avant, je ne savais pas ce que c'était de risquer de tout perdre ni à quel point un moment comme celui-ci était précieux. C'est si bon, comme si tout était revenu à sa place.

Quand enfin, j'arrive à me détacher d'elle, je ne sais plus quoi penser. Mes certitudes ont volé en éclat. Quel con ! Je n'aurais jamais dû venir ici. J'aurais dû me douter que je ne pourrais pas me tenir tranquille bien longtemps si près d'elle ; c'était couru d'avance. Ce serait si simple si je n'étais pas aussi irrésistiblement attiré par elle, si je n'avais pas tant besoin d'elle...

Je suis tellement en colère contre moi-même de ne pas pouvoir lui résister que, de rage, j'explose mon poing dans le mur. La douleur est rude, mais ça fait du bien et me ramène à la réalité. Il faut que je m'éloigne d'elle le plus loin possible si je veux garder l'esprit clair.

Alex
Acceptation

Pendant un long moment, je fonce à travers la ville à tombeau ouvert. Il faut que je comprenne ce qui m'arrive pour savoir où j'en suis.

À mesure que les lumières de la rue glissent sur mon pare-brise, je réalise que tout a changé ; je ne peux pas rester comme ça. Ce qui vient de se passer en est la preuve, et j'ai pourtant essayé de lutter.

Mais ça devait arriver tôt ou tard, je n'aurais jamais pu rester loin d'elle de toute manière, quoi que j'aie promis à Carrie. Même si je pensais vraiment ce que je lui ai dit, certaines choses sont plus fortes que mes promesses et ma volonté...

Mon inconscient me mène assez logiquement devant le cabinet de Victor. La lumière à ses fenêtres indique qu'il y est encore, malgré l'heure tardive. Il ne semble pas étonné de me voir.

— Qu'est-ce qui me vaut ce plaisir ?

Je m'effondre dans le fauteuil en face de son bureau, la tête dans les mains.

— J'ai un gros problème et...

Je soupire.

— J'ai besoin que tu oublies cinq minutes que tu es le père de ma petite amie et que tu redeviennes le médecin qui m'a ramassé dans cette ruelle.

Il déglutit.

— Eh bien, considérons que dans ce cabinet, tu es mon patient et rien d'autre.

— OK.

Un long silence s'installe. Je sais qu'il ne le rompra pas et qu'il attend que je sois prêt.

— Il y a... cette fille. Elle me fait tellement penser à Jess...

— Oh. Et elle te fait penser à Jessica parce qu'elle lui ressemble ?

— Non. C'est ce que je ressens quand je la regarde qui me fait penser à Jess.

— Je vois. Et tu penses que c'est mal ?

— Non, en fait, c'est plutôt chouette, j'aime bien. Sauf que tu sais bien que je vais finir par lui faire du mal à elle aussi, forcément.

— Alex. Combien de fois vais-je devoir te répéter que tu n'es pas responsable de ce qui s'est passé ? On en a déjà parlé maintes et maintes fois.

— Ouais, et on est restés d'accord sur le fait que tu as ton point de vue et que j'ai le mien.

— Alex..., soupire-t-il.

— Non, inutile de revenir là-dessus, je ne changerai pas d'avis, j'aurais pu tout éviter.

— Et si tu le permets, je ne changerai pas d'avis non plus car tu ne pouvais pas dev...

Je le coupe.

— Bref, je pense tout le temps à elle.

— À Jess ?

— Non, enfin si, forcément, mais je parlais de cette fille.

— Et donc tu ne veux pas t'approcher d'elle ?

— Si, je crois que là-dessus, j'ai fait le tour de la question ; j'ai beau essayer, je finis de toute façon toujours par aller la retrouver.

Je vois le regard du père de ma petite amie passer dans ses yeux une seconde, mais c'est un pro et il passe rapidement par-dessus le fait que je suis en train de lui dire que je trompe sa fille.

— Quel est le problème alors ?

— Il y en a plusieurs. Le premier, c'est que si je n'étais pas un sale connard égoïste, je la protégerais de moi-même en me tenant le plus loin possible.

— Même si on est d'accord sur le fait que tu dois préserver ceux qui t'entourent, tu connais déjà mon avis sur ta soi-disant dangerosité.

— Ouais.

— Et il m'est d'avis également que c'est le genre de choses qu'elle seule peut décider. Mais bien sûr, je suppose que tu lui as demandé son opinion...

Il n'a pas tort. Il est peut-être temps que je dise une bonne fois pour toutes à Cat ce que j'ai sur le cœur, mais il va surtout falloir que je tâche de savoir ce qu'elle pense. Si ça se trouve, elle en a marre de tous mes revirements et ne veut même plus entendre parler de moi.

— Le deuxième, c'est que je ne suis pas sûr que ça soit bon pour moi non plus.

Il hoche la tête.

— C'est à cause d'elle que tu as bu l'autre jour ?

Après réflexion, c'était surtout à cause de Steph, mais je ne peux pas nier que si elle n'existait pas, je n'aurais pas merdé comme ça.

— Ouais, entre autres.

— C'est effectivement un problème non négligeable si elle fait ressortir ton côté autodestructeur.

— Ce n'est pas vraiment elle.

— Non, c'est toi...

Je le regarde, surpris. Mais il a raison, ce n'est pas elle qui m'a mis ces verres dans la main. Je me contente de hausser les épaules.

— À vrai dire, ajoute-t-il, le fond du problème, c'est ce qu'elle réveille en toi, et ta façon de le gérer.

Je hoche la tête.

— Et ça, tu es le seul à pouvoir le maîtriser. Il faut peut-être que tu y ailles doucement, tout simplement.

Je fronce les sourcils.

— Doucement ?

— Ça fait combien de temps que tu la connais ?

— Pas longtemps.

J'ai pourtant l'impression que ça fait des siècles.

— Et si tu essayais juste de te tempérer ? propose-t-il en souriant. Je sais que dans ton cas, c'est presque impensable, mais tu ne peux pas renoncer au bonheur et te couper de tout, toute ta vie. Certes, ne pas s'investir évite les déceptions. Mais comme tu peux le constater, ça n'évite pas de souffrir. J'avais juste espéré que tu t'autoriserais à être heureux avec...

—... Carrie.

Il hoche tristement la tête. Je prends une grande inspiration.

— C'est le troisième problème dont il faut qu'on parle.

Je ressors de chez Victor épuisé. Quand j'ai parlé de Carrie, malgré tout le tact que j'y ai mis, le père protecteur n'a pu s'empêcher de reprendre la place du docteur. Savoir que sa fille est capable de réagir comme ça, ça l'a carrément fait paniquer. Je m'attendais à ce qu'il me supplie de rester avec sa fille pour l'empêcher de faire une connerie, mais non, il m'a juste dit de le laisser faire et qu'il lui parlerait. Si ça ne venait pas de Victor, j'aurais refusé, mais je sais qu'il fera ce qu'il faut. Maintenant que je suis libre de tout engagement, je peux essayer de redémarrer les choses à zéro avec Cat, tout doucement, sans me précipiter. Demain, après le boulot, j'irai la voir et j'essaierai de tout recommencer à zéro.

Chapitre 25
Limites atteintes

Elyne est rentrée de vacances ce matin. La situation est délicate : elle ne veut plus voir Steph – ce qui est parfaitement compréhensible – sauf qu'il est inenvisageable pour Léa de se priver de voir Chris, qui lui-même ne veut pas cesser de côtoyer son meilleur ami. Cela risque donc de devenir extrêmement compliqué de nous organiser pour nous voir, et certains vont devoir faire des compromis.

Au bout d'une longue heure de conversation téléphonique, je parviens à convaincre Elyne de tolérer la présence de Steph, mais elle m'assure qu'elle refusera catégoriquement de lui adresser la parole et qu'il n'a pas intérêt à s'approcher d'elle. Lorsque je raccroche, je ne peux réprimer un profond soupir. J'aurais voulu aborder le sujet d'Alex avec elle, mais elle était tellement obnubilée par sa rupture avec Steph – à qui elle était plus attachée que je ne le croyais – que j'aurais eu l'air bien insensible de parler de mes histoires insignifiantes. Et comment le lui expliquer alors que quand elle est partie, il y a si peu de temps, j'étais à ramasser à la petite cuillère à cause de ma rupture avec Tom ?

En parler avec Léa est devenu encore plus compliqué, elle refuse tout simplement d'aborder le sujet. Il lui paraît tellement inconcevable que je puisse penser à lui qu'elle élude la question dès que j'essaie de me confier à elle. Jamais je ne me suis sentie aussi peu comprise par ma meilleure amie.

J'ai beau tourner et retourner la scène dans les toilettes du MC dans ma tête, je ne comprends toujours pas ce qui s'est passé. J'ai bien senti qu'il n'avait pas prévu qu'il se passe quoi que ce soit avec moi. Pour lui, c'était clairement terminé. Pourtant la manière dont il m'a embrassée a fait naître en moi quelque chose que je ne pensais plus ressentir. J'écarte cette pensée d'un revers de la main, inutile d'essayer de me croire au-dessus de tout cela : ce ne sont que mes hormones qui parlent, il me faut être lucide... Quand il me touche il me rend folle, je perds le contrôle et ne suis plus qu'un jouet entre ses mains, rien de plus.

En milieu d'après-midi, je rejoins mes amis dans la rue en bas de chez moi. Pour une fois, personne n'a envie de s'enfermer au MC ou chez moi par ce temps ensoleillé. La température est bien plus supportable que ces derniers jours de canicule.

J'ai un pincement au cœur en voyant arriver Basile. Il a réussi à s'intégrer dans notre bande le plus naturellement du monde, un peu comme s'il prenait la place d'Alex. Le seul soulagement que sa présence apporte est qu'il semblerait avoir jeté son dévolu sur Elyne. En arrivant, il est d'abord venu se coller à moi comme il commence à en prendre l'habitude, à tel point qu'il m'avait même complètement isolée des autres. Mais quand Elyne est arrivée – fusillant Steph du regard –, il ne l'a plus lâchée des yeux, puis a passé son temps à lui parler, la questionner sur ses goûts, ses habitudes...

Les choses tournent donc plutôt bien, ou en prennent la direction. Cela apaise la situation avec Steph, et Basile me laisse enfin respirer. Il n'est pas bien méchant, mais vraiment, il ne lâche pas sa proie quand il est intéressé par une fille. J'arrive même à me détendre et à m'amuser.

— Eh bien, ils ont l'air de bien s'entendre, ces deux-là.

Chris se tient derrière Léa, les mains sur sa taille et la tête dans son cou, lui permettant d'alterner petits baisers attentionnés avec quelques bonnes plaisanteries. Il montre d'un geste du menton Elyne et Basile. Léa me jette un œil amusé, je sais qu'elle repense au fait que Basile a été un peu trop entreprenant avec moi l'autre jour. Puis elle s'adresse à Steph.

— Ça va, ça ne te pose pas de problème ?

Il hausse les épaules, les mains dans les poches.

— Non, ça me va. C'est bien même.

Je le regarde en soulevant les sourcils.

— Vraiment ?

— J't'assure ! répond-il en souriant. De toute façon, moi aussi j'ai quelqu'un d'autre en tête.

Je le regarde, un grand sourire aux lèvres, bouche bée.

— Sérieux ? Je la connais ? Dis-moi tout, je veux tout savoir !

Je regarde Léa en sautillant pour partager ce moment de complicité, mais elle me regarde les yeux écarquillés, comme si elle était horrifiée de me voir me mêler ainsi de la vie de Steph. Décidément, elle est devenue bien trop sérieuse.

Steph fuit mon regard, gêné.

— Ce n'est rien, personne que tu connaisses.

Je lève les yeux au ciel en soupirant.

— Oh, vous êtes vraiment rabat-joie, c'est pas possible. Donnez-moi un peu de pep's par procuration !

Mon sourire quitte mes lèvres au moment où je vois apparaître Alex dans mon champ de vision. Mon humeur passe alors instantanément de l'amusement à l'agacement et je me referme comme une huître. Pour une fois que je ne pense pas à lui, il faut qu'il réapparaisse. Peut-être qu'il a une espèce de détecteur qui lui dit quand arriver dans ma vie pour la rendre encore plus compliquée ? Je suis tellement prise au dépourvu et contrariée par son soudain retour, alors que ce matin je ne pensais qu'à lui, que je suis incapable d'ouvrir la bouche.

Il se joint à nous et salue les autres, sauf moi, comme d'habitude. Ça ne me vexe pas, c'est devenu un acte de politesse entre nous.

Une heure est passée, et même si je ressens son regard sur moi, je n'ai toujours pas osé poser les yeux sur Alex depuis qu'il nous a rejoints. Comme d'habitude en sa présence, mon cerveau est aux abonnés absents. Seules mes sensations m'informent de comment me comporter. Et en cet instant, je suis entièrement régie par la colère. Je bouillonne littéralement de rage. Le sentiment est si puissant que je me laisse gouverner et préfère rester en retrait pour ne pas me jeter à sa gorge.

En fin d'après-midi, lassés de traîner dans les rues, nous décidons tous d'aller nous détendre chez moi. Nous sommes, de toute évidence cette fois, bien trop nombreux pour tous tenir dans l'ascenseur. Les garçons nous laissent galamment son usage et décident de monter par les escaliers. L'un comme l'autre a, à mes yeux, une telle connotation que si je le pouvais, je monterais en passant par la fenêtre. Quand les portes se referment, j'ai juste le temps de voir le visage d'Alex, rongé par... de l'inquiétude ?

Chacun se positionne dans le vaste salon de mon appartement, Alex toujours à la même place. Tout mon corps subit les élans de colère qui le parcourent et je suis tendue au possible. N'osant toujours pas regarder Alex dans les yeux, je l'observe se frotter inconsciemment la main, qui porte encore les traces du coup qu'il a porté au mur des toilettes du MC.

Sans me consulter, Steph va dans la cuisine chercher à boire pour tout le monde. Cela me dérange, je dois l'avouer. C'est vraiment impoli, même si j'aurais dû me douter que tout le monde avait soif après avoir discuté aussi longuement dehors et que j'aurais dû prendre les devants.

Il dépasse cependant les limites lorsqu'il lance sa boisson à Basile à travers la pièce. C'est comme si je voyais au ralenti la bouteille de verre traverser le salon dans les airs, droit vers la fenêtre. La main de Basile la réceptionne quelques centimètres avant qu'elle ne percute la baie vitrée. Je me laisse alors submerger par les émotions que je contiens depuis l'arrivée d'Alex. Je suis furieuse. Mon cœur bat à tout rompre et j'ai envie de hurler.

— Nan mais t'es malade ?!

Steph recule d'un pas sous l'effet de la surprise.

— Quoi ?

— Tu te crois où pour aller te servir dans le frigo sans permission et lancer comme ça cette bouteille à deux doigts de la fenêtre ? T'as failli la casser !

— C'est bon, Cat, je l'ai rattrapée, intervient Basile.

Tout le monde me regarde, médusé, mais je ne décolère pas. Une fois les vannes ouvertes, il est difficile de les refermer.

— J'm'en fous, ça, il ne pouvait pas le savoir !

Steph a l'air presque amusé par ma réaction démesurée. Il sourit.

— Oh, c'est bon, calme-toi.

— Casse-toi.

— Quoi ?

— Cassez-vous tous de chez moi.

Ils se regardent les uns les autres, interdits. Ma voix se brise tandis que je me tourne vers la fenêtre.

— Dépêchez-vous.

Je les entends quitter la pièce discrètement, tandis que j'observe mon propre reflet dans la vitre. Mes traits sont déformés par la colère. Steph marmonne quelque chose dans sa barbe, mais je ne comprends pas ce qu'il dit. Je sens une dernière présence dans mon dos. Je me retourne, une part de moi espère rencontrer les yeux bleus d'Alex, mais je ne trouve que Léa. Sa bouche se tord.

— Ça ira ?

J'ai envie de lui demander de rester, de lui dire que j'ai besoin de lui parler, de comprendre ce qui m'arrive. Mais elle regarde vers le couloir, inquiète et hésitante. Elle doit avoir peur que les autres ne partent sans elle.

— Ouais, c'est bon. Steph m'a bien énervée, mais je vais me calmer, j'ai juste besoin d'être un peu seule.

Ma réponse semble la soulager.

— OK. Je t'appelle tout à l'heure alors.

— Ouais, bien sûr.

Lorsque la porte claque, je peux enfin laisser les larmes couler.

Chapitre 26
Trahisons

Depuis tout à l'heure, je tourne nerveusement autour du téléphone, attendant l'appel de Léa. J'ai vraiment besoin de mettre des mots sur ce que je ressens et qu'elle m'aide à y voir plus clair. Elle devrait déjà être rentrée. Je vérifie que la ligne fonctionne toujours et la tonalité, lorsque j'appuie sur le bouton « décrocher », m'indique que oui. Je raccroche en pestant contre moi-même, si ça se trouve elle vient d'essayer de m'appeler et ça a sonné occupé.

Il faut vraiment que je m'achète un téléphone portable. Jusqu'ici, ma tante était radicalement contre, arguant que je n'en avais pas besoin en étant au lycée, puisqu'étant sur place, elle pouvait être prévenue facilement au moindre problème. C'est vrai qu'il était difficile de lui prouver le contraire. Mais dans quelques jours, je rentrerai à la fac, et ses arguments ne tiennent plus. Il y a certes une vieille cabine téléphonique au fond des toilettes du deuxième étage de notre immeuble — qui aurait d'ailleurs cru que cela existait encore ? —, mais je doute qu'elle soit encore en service ; c'est plutôt une sorte de vestige des temps passés qui coûte plus cher à retirer qu'à laisser en place.

Le temps semble s'étirer, Léa n'a toujours pas appelé et je suis toujours incapable de faire le tri dans ma tête. Dès que j'essaie de penser clairement à la situation, mon cerveau se brouille et les sensations procurées par sa bouche sur mes lèvres, par ce baiser enfiévré dans les toilettes du MC, prennent le dessus. C'est comme si j'avais perdu mon cerveau ce jour-là et qu'il était tombé au fond des toilettes de ce bar sélect. Je devrais peut-être y retourner pour voir si je ne peux pas remettre la main dessus et en sauver au moins un morceau ?

Le bruit de clé dans la serrure m'arrache à mes rêveries. C'est ma tante qui rentre du travail, visiblement épuisée.

— Ça va ?

— Oui, quelques soucis avec le dossier d'un élève, j'ai passé la journée au téléphone pour régler ça sinon il ne pouvait pas rentrer en prépa la semaine prochaine.

— Oh. Va t'asseoir, je vais faire le repas.

— Il est vraiment temps que ça se termine.

— Quoi donc ?

— Je fais encore la prochaine année scolaire et je m'arrête là. Je n'en peux plus, il est grand temps de prendre ma retraite.

Je la regarde, médusée. Elle a beau avoir dix ans de plus que ma mère, qui m'a elle-même eue sur le tard, je ne réalise que maintenant qu'elle n'est plus toute jeune. Il est vrai que cette année, j'ai davantage l'impression que le temps l'a rattrapée. On dirait qu'elle a pris plusieurs années d'un coup.

Le plus gros inconvénient si elle prend sa retraite prochainement, c'est que nous allons déménager pour qu'elle « retrouve ses racines ». Ce qui sous-entend que je serai à deux cents kilomètres de mes amis — si je peux toujours les considérer comme tels. Je pourrais bien sûr aller emménager chez ma mère, mais le choix est malheureusement vite fait, quel qu'en soit le prix à payer. Plutôt mourir que de vivre sous son toit, même si ce n'est que pour les week-ends et les vacances.

Nous dînons tranquillement en plaisantant et elle me rassure par rapport à ma réaction outrée de tout à l'heure : visiblement je ne suis pas la seule à ne pas apprécier que mes amis aient à ce point pris leurs aises.

Je finis par appeler Léa le lendemain matin.

— Ben, alors, tu ne m'as pas appelée hier !

Je l'entends soupirer.

— Ouais, je sais, mais je suis encore rentrée tard, et mon père en a encore fait toute une histoire.

— Ne me dis pas que tu es encore punie ?

— Non, je n'aurais jamais cru voir ça un jour, mais ma mère a pris ma défense. Elle lui a rappelé que j'étais sur le point de vivre seule des semaines entières dans notre logement universitaire, et qu'il ne pourrait pas non plus me séquestrer là-bas !

— Waouh ! Il va neiger, c'est pas possible !

— C'est dingue, hein !

— Bon, tout le monde me déteste ?

— Ben...

— C'est à ce point ?

— Je ne sais pas trop si je dois vraiment te le dire.

Je lève les yeux au ciel, priant intérieurement pour que ce ne soit pas aussi terrible que ça et que les dégâts ne soient pas irréversibles.

— Balance tout.

— Disons que tu en as pris pour ton grade.

Un long silence s'en suit. Elle fait durer le suspense, ma parole !

— Bon, Léa, allez quoi ! Dis-moi !

— Eh bien, Steph était furieux contre toi, je pense que ses mots ont dépassé sa pensée. Mais sans que je comprenne comment ils en sont arrivés là, ils t'ont finalement plus ou moins traitée de... eh bien, ils ont dit que tu étais une salope, tout ça...

Je m'étrangle.

— Quoi ?!

J'oscille entre la colère et la douleur, mais ce qui est sûr, c'est que la blessure est profonde.

— Attends, j'ai refusé de sortir avec Steph quand on l'a rencontré, puis avec Basile, et ça fait de moi une salope ?! C'est pas censé être le contraire plutôt ?

— Ouais, je sais bien.

— Et toi et Elyne, vous m'avez défendue, j'espère ?

— Euh... ben... Ils étaient sacrément remontés, tu sais. Ça n'aurait servi à rien, vaut mieux attendre qu'ils soient calmés.

Super, je ne peux même pas attendre de mes meilleures amies qu'elles défendent mon honneur. Subitement, je réalise qu'Alex était avec eux. Je n'ose même pas poser la question. Je marque un temps d'arrêt, mais tant pis, même si la réponse risque fort de me déplaire, il faut que je sache.

— Et Alex ? Il était là ?

— Oui.

— Et il a dit ça, lui aussi ?

— Non. Enfin, je ne crois pas.

— Putain, Léa, tu sais ou tu ne sais pas, mais je dois vraiment savoir s'il m'a insultée, lui aussi.

— Non. En fait, je pense qu'il n'a même pas ouvert la bouche.

Je suis soulagée. Ça aurait tellement sali ce que j'ai vécu avec lui qu'il dise de telles horreurs ! Je sais qu'on est loin de l'histoire d'amour, mais je me plais à penser que ce qu'on a vécu est précieux et que cela mérite d'être préservé.

Pourtant si quelqu'un peut oser émettre de tels propos sur mon dos, c'est bien lui. Il aurait pu parler de la nuit dans les bois. Vu de l'extérieur, peut-être même de son propre point de vue, effectivement, on pourrait croire que je suis une fille facile qui se laisse tripoter par le premier garçon venu ! Je sens la chaleur gagner mes joues en repensant à ce moment de dévergondage.

Devant mon long silence, Léa reprend la parole.

— Je veux dire, il ne t'a pas défendue non plus, hein.

Sa remarque est assez ironique, venant d'elle.

— Ouais, c'est pas le seul, apparemment.

Je lui raccroche brutalement au nez, me sentant profondément trahie par tous ceux en qui j'avais confiance.

Chapitre 27
On efface tout...

Cela fait trois jours maintenant que je suis sans la moindre nouvelle de quiconque. Je m'occupe l'esprit comme je peux pour ne pas avoir à me souvenir que je n'ai plus aucun ami, ni petit ami à vrai dire. Léa me manque, les autres aussi d'ailleurs, mais les habitudes ont la vie dure. Cela fait des lustres que toutes les deux, nous nous téléphonons plusieurs fois par jour, et que nous nous voyons entre les deux. Le temps me semble bien long sans pouvoir discuter avec qui que ce soit.

J'ai du mal à croire que je les ai mis dehors pour si peu, mais ils ont leur part de responsabilité également. Surtout après ce qu'ils ont dit sur moi ! Je ne sais pas si je pourrai leur pardonner un jour. Je me doute bien que cela a été dit sous l'effet de la colère, et qu'il y a aussi une part d'aigreur parce que je leur ai préféré Alex. Mais je mérite un minimum de respect !

Je suis en train de faire la liste des affaires dont j'aurai besoin dans ma chambre d'étudiante quand le téléphone sonne.

— Allo ?

— Euh, salut.

C'est la voix de Léa, elle semble mal à l'aise. Je ne peux pas m'empêcher d'être sèche.

— Tiens, tu es toujours vivante.

— Ouais, je sais, tu me détestes, c'est ça ?

— Non, bien sûr que non, mais mets-toi à ma place.

— Je sais, dit-elle en soupirant. Je n'ai pas été une bonne amie, sur ce coup-là.

— Non, c'est clair.

— Je suis désolée. Je n'ai pas osé m'interposer. Essaie de comprendre, ce sont les amis de Chris, qui – je te rassure tout de suite – n'a rien dit sur toi ! Il a même essayé de les faire se rendre compte qu'ils parlaient sous le coup de la colère.

— D'accord. J'avoue que j'aurais aimé savoir un peu plus tôt que quelqu'un avait quand même pris ma défense...

— Bon, je t'appelle parce que ce soir, tout le monde s'est donné rendez-vous chez Alex.

En entendant Léa prononcer son prénom, j'ai l'impression de recevoir un coup au-dessus de l'estomac.

— Ah.

— Tu viens ? On pourra venir te chercher avec Chris.

— Je ne pense pas être conviée en fait.

— Si si, Steph m'a dit de te faire passer l'info.

Il est doublement étonnant que je sois la bienvenue chez Alex, et que ce soit Steph, avec qui je suis en froid, qui s'arrange pour me le faire savoir.

— Ça risque d'être super bizarre, non ?

— Écoute, c'est l'occasion de te réconcilier avec tout le monde. Si tu refuses, je ne sais pas si tu auras une autre occasion avant qu'on commence les cours.

Elle a raison. J'accepte l'invitation, et nous convenons que Chris et elle passeront me chercher ce soir après dix-neuf heures.

L'heure venue, je descends deux à deux les marches de l'escalier — devoir attendre l'ascenseur me paraissait interminable. Je suis assez satisfaite de ma tenue. Je porte ma jupe courte – vraiment très courte – en velours dans les teintes marron, un chemisier ajusté en peau de pêche du même ton et de longues chaussettes qui remontent juste au-dessus des genoux. Classe, mais un brin provocateur, et il est difficile de louper mes jambes. J'ai mis un peu de fard brun sur mes paupières, ce qui va plutôt bien avec mes yeux verts, et le rendu estompé reste assez naturel. Avec un peu de crayon noir et une touche de mascara, j'ai réussi à mettre mon regard en valeur de manière relativement sobre.

Lorsque nous arrivons sur le parking de graviers blancs, devant l'appartement d'Alex, il fait encore jour, bien que la luminosité ait baissé. Le parking est trois fois plus grand que l'ensemble de duplex accolés les uns aux autres. Seule au milieu des graviers trône une haute et large bande de métal. Je ne l'avais pas vue la dernière fois que nous sommes venus. En y regardant de plus près, je m'aperçois qu'il s'agit simplement des boîtes aux lettres de la résidence.

Nous sommes encore dehors quand Steph et Basile arrivent. Mes pieds prennent soudain un intérêt palpitant, tandis que je me demande si je vais être totalement ignorée ou s'ils vont me dire bonjour. Les deux garçons s'approchent de moi et me font la bise malgré tout. Basile ne manque pas me détailler de la tête aux pieds avec un air lubrique. J'espère qu'Elyne nous rejoindra bientôt pour m'épargner de l'avoir encore sur le dos. Steph m'entraîne à l'écart du groupe.

— Écoute, je suis désolé pour l'autre jour, tu avais raison, je n'avais pas à me comporter comme si j'étais chez moi.

Je hoche la tête.

— Je suis peut-être allée un peu loin en te fichant dehors.

Il se frotte l'arrière de la tête d'une main.

— On efface tout et on recommence ?

J'esquisse un léger sourire.

— Ça marche...

Je préfère passer sur ce qu'il a pu dire par la suite. D'abord parce que Léa m'a fait jurer de ne pas dire qu'elle m'avait tout rapporté, mais surtout parce que leurs commentaires sont tellement injustifiables qu'ils ne peuvent être que le fruit de l'amertume d'avoir été éconduits, alors je préfère leur épargner le ridicule. Et puis, au bout du compte, ça n'arrangerait rien, ça empirerait même les choses et tournerait en ma défaveur, puisque ce serait moi qui serais mise à l'écart du groupe.

Lorsqu'il se détourne de moi et tourne la tête, je remarque qu'un gros hématome au mélange de bleu et de vert orne le coin extérieur de sa mâchoire.

Une vague de stress me retourne l'estomac au moment de franchir la porte d'entrée. Et s'il n'était pas au courant de ma venue ? Et si Carrie était là ? Est-ce que je supporterais de les voir toute la soirée dans les bras l'un de l'autre comme l'autre soir ? Rien que l'idée de penser à ses mains sur elle me donne la nausée. J'ai envie de partir d'ici en courant avant que le choc d'être encore une fois rejetée ne m'anéantisse une bonne fois pour toutes.

Nous entrons à la suite les uns des autres, je m'arrange pour être la dernière. Sans doute ai-je le vain espoir de pouvoir ainsi m'échapper si je me sens de trop. Je pourrais très bien rentrer à pied. Ça me prendrait sûrement plusieurs heures, vu que nous sommes en dehors de la ville, mais mieux vaut détruire mes pieds que mon amour propre.

Chapitre 28
... et on recommence.

Alex nous salue tout à tour mais évite de serrer la main de Steph. Il le toise, et tout en se frottant les articulations de la main, aboie plus qu'il ne dit, glacial :

— Ça va mieux, ta mâchoire ?

Steph se masse le visage d'une main et baisse les yeux en marmonnant. Nul doute qu'Alex est responsable de l'état du visage de Steph. Mon ego se plaît à penser qu'il a défendu mon honneur, et je le laisse faire, ça fait toujours plaisir, même si ça ne relève que de mon imagination.

Au moment de nous dire bonjour, Alex et moi nous contentons de nous regarder intensément dans les yeux. Je suppose que l'on peut dire que l'accord tacite selon lequel nous ne devons pas nous embrasser sur la joue est à présent entériné. Ce serait tellement étrange !

Cet échange silencieux a quelque chose de différent. C'est comme une évidence, c'est le même que nous avons eu ici même, il n'y a pas si longtemps que cela. C'est le regard qui me fait me sentir à l'aise et assurée, celui qui me donne l'impression d'être forte et capable de tout. Je préfère cependant rester sur mes gardes et procéder à une vérification en balayant la pièce du regard. Mon corps se détend instantanément en constatant que Carrie brille par son absence. À part nous, il n'y a qu'Alex et un autre garçon que je ne connais pas.

C'est une véritable armoire à glace. Alex ressemble à une brindille à côté de lui. Celui qu'ils appellent Drassy –

ce surnom semble être le diminutif de son nom de famille – est un garçon immense et large d'épaules, très costaud, formant un étrange mélange de muscles et d'une légère épaisseur de gras. Il est en débardeur et on ne peut que voir ses biceps, tatoués et gros comme mes cuisses. Avec sa fine barbe et ses cheveux ras, il est plus qu'impressionnant.

Je suppose que mon visage doit ressembler à celui de Léa en ce moment même, à savoir les yeux ronds et les lèvres serrées. Mais les apparences sont trompeuses. Bien qu'il soit un peu bourru, Drassy me dit bonjour en m'adressant un large sourire qui me met tout de suite à l'aise. Il glisse ensuite discrètement quelque chose à l'oreille d'Alex, qui lui répond d'un regard sévère qui obtient pour seul effet de faire rire Drassy. Encore une fois, j'aimerais être télépathe, ou tout du moins savoir lire sur les lèvres.

La soirée commence timidement, on sent que les tensions de ces derniers jours sont encore présentes dans les esprits. Nous commandons des pizzas et Alex sert des bières à ceux qui en veulent, à savoir Drassy, lui et moi, et des sodas aux autres. Léa regarde ma bière sévèrement, je me contente de hausser les épaules. Je sais bien qu'elle a du mal avec les boissons alcoolisées, mais je sais aussi que je n'en abuserai pas, elle n'a aucun souci à se faire.

Elyne nous rejoint peu de temps après, déposée par sa sœur. Elle est très vite monopolisée par Basile et se montre clairement flattée et aussi ravie de montrer à Steph comme elle a rebondi. Je m'attends à trouver Steph en train d'observer la scène, mais quand je me tourne vers lui pour observer son expression, je croise son regard posé sur moi. Il s'empresse de détourner les yeux, mais je jurerais y avoir vu de la tristesse. Était-il en train de m'observer ?

L'atmosphère se détend peu à peu et les vieilles habitudes reviennent. Nous échangeons de multiples piques avec Alex mais sans la moindre agressivité. Je retrouve la complicité que nous avions un temps partagée et il suffit que nous nous regardions pour que cette espèce de lien si spécial entre nous, presque tangible, se rétablisse.

C'est comme s'il possédait la télécommande de mes émotions. Selon le bouton sur lequel il appuie, je peux être triste, en colère, inquiète ou, comme maintenant, sereine et sûre de moi. C'est lui qui définit ce que je suis. A-t-il seulement conscience d'avoir un tel pouvoir sur moi ?

Steph s'essaie à la consommation d'alcool également. Chris et Alex le regardent et plaisantent.

— Steph, mauvaise idée, mon pote.

Il les regarde en soulevant un sourcil, mi-sérieux, mi-amusé.

— Bon, les gars, vous allez pas venir me les casser, c'est pas mon premier verre.

Alex essaie de masquer son sourire derrière sa main. Je les regarde, lui, Chris et Steph, tour à tour.

— Il ne boit jamais, c'est ça ?

C'est vrai qu'en y repensant je n'ai jamais vu Steph une boisson alcoolisée à la main.

— Disons que la seule fois où il s'y est essayé, on a mis des mois à retirer les taches de vomi de la moquette, répond Alex.

— Oh. Tu es sûr que c'est une bonne idée ? Tu sais, quand on n'a pas l'habitude de boire, ça monte vite à la tête.

Il me lance un regard faussement courroucé.

— Dit la demoiselle qui en est à sa deuxième bière.

Je regarde ma bouteille, perplexe. Léa s'en mêle.

— Que veux-tu, c'est son petit côté alcoolique.

Je lève les yeux au ciel.

— Non mais vous rigolez ou quoi ? Je commence à peine la deuxième.

— Ah, mais c'est vrai, j'avais oublié que tu étais toute jeune toi. Pas d'alcool pour les mineurs.

Alex se lève et vient vers moi. Il fait mine de vouloir me prendre la bouteille des mains mais se contente de poser sa main sur la mienne. Je tâche de prendre un air extrêmement menaçant.

— Alors là, mon gars, si tu me prends cette bière des mains, je te jure que…

— Que quoi ?

— Que je te ferai regretter que ta mère t'ait mis au monde.

Il lève un sourcil, feignant de me prendre au sérieux.

— Méfie-toi, les menaces, ça ne marche pas avec moi.

— Vraiment ?

— Non, la question, c'est plutôt de savoir ce que tu me donnes si je te la laisse.

— Hum… Je suis prête à tout te donner…

Ses yeux s'agrandissent sous le choc de cet aveu fait en public, tandis que je lui fais les yeux doux, pleins de promesses.

— Dix centimes, tu crois que ça t'irait ?

Il se penche, un sourire en coin accroché sur les lèvres, un brin provocateur.

— Va pour un paiement en nature plutôt.

Prise à mon propre jeu, je me sens rougir jusqu'aux oreilles.

Quand Léa et Chris me signifient qu'ils souhaitent partir, je plonge mes yeux dans ceux d'Alex. Il me regarde avec tant d'intensité et de douceur... On est loin du regard fou qui le hantait l'autre fois, juste avant de donner un coup de poing dans ce mur.

— Alors, tu viens ?

Je tressaille. Léa et Chris sont debout, attendant que je les rejoigne pour s'en aller. Steph et Basile, qui apparemment va ramener Elyne, sont également sur le départ. Je regarde à nouveau Alex, et sans détacher mes yeux des siens, je réponds avec certitude.

— Non, Alex me ramènera.

Un éclair de satisfaction passe dans ses yeux. Et j'imagine qu'il passe également dans les miens.

Chapitre 29
Étrange

Lorsque je retourne m'asseoir dans le canapé, mes pieds heurtent quelque chose. Je me penche pour regarder ce que c'est et vois un objet blanc. Je le sors de sous le canapé, il s'agit en fait d'une lourde boîte en carton. La curiosité l'emporte, j'ai juste le temps d'entrouvrir la boîte et de voir un pistolet dedans avant qu'Alex ne me l'arrache des mains. Je le regarde, interloquée.

— Qu'est-ce que c'est que ça ?

Il prend une voix déterminée, de celles qui coupent court à toute conversation.

— Ce n'est rien, je garde ça pour quelqu'un, c'est tout.

Il part ensuite à l'étage avant de revenir les mains dans les poches quelques instants plus tard.

Drassy vient s'asseoir à côté de moi dans le canapé. Il doit bien en être à sa sixième bière, si ce n'est plus. Mais un grand gaillard comme lui doit certainement être capable d'en encaisser beaucoup plus sans sourciller.

— Alex m'a dit qui est ta tante. Moi aussi, j'étais dans ce lycée. Enfin entre autres, dit-il, amusé. J'en ai fait plusieurs, en fait. Je l'aimais bien, mais putain, qu'est-ce que je lui en ai fait baver !!!

Je jette un œil à Alex, puis reviens à Drassy.

— Tu ne pars pas, toi ?

Alex pousse un long soupir.

— Non, il dort là. Et vu le nombre de bières qu'il s'est enfilé, c'est inévitable.

Zut.

Alors que je suis toujours penchée en avant, Drassy s'affale au fond du canapé. Alex s'assied également près de moi, de l'autre côté.

Je sens le regard de Drassy dans mon dos.

— On voit ta peau, là.

Je sursaute en sentant le contact de son doigt moite au-dessus de ma jupe, là où mon chemisier doit se relever du fait de ma position. Alex intervient, il lui parle fermement mais aussi avec douceur, comme on parle à un petit enfant.

— Drassy. Pas touche.

— Putain, mais t'as la peau super douce, c'est dingue.

Il repose sa main poisseuse et caresse mon dos. J'écarquille tellement les yeux qu'ils risquent de sortir de mes orbites. Je me cambre pour échapper à ce contact, mais il cesse immédiatement au moment où j'entends un bruit net de peau qui claque.

— Nan, mais mec, sérieux, faut que tu touches, c'est du délire d'avoir la peau aussi douce.

Alex me regarde et je sens sa main, douce et chaude se poser à l'endroit exact où était celle de Drassy quelques secondes plus tôt.

— Ah, mais oui, tu as raison.

Alors je me lève brusquement, attrape ma veste en jean, et quitte l'appartement sans dire un mot.

Chapitre 30
Nuit noire

J'ai du mal à reprendre ma respiration à mesure que j'avance sur ce parking. Non que je sois essoufflée d'avoir couru sur ces quelques mètres. Mon souffle est erratique parce que j'ai l'impression d'avoir été happée dans un trou noir. C'est comme si une sirène d'alarme avait retenti dans ma tête, m'informant que la situation prenait une tournure sordide. Assise ainsi entre Alex et son ami, les choses devenaient étouffantes, pour ne pas dire carrément glauques. La voix de Drassy, sous l'effet de l'alcool, se voulait trop charmeuse. Mais surtout, le fait qu'Alex me caresse le dos devant lui comme ça, comme s'il partageait une part de notre intimité avec ce gars... C'était bien trop déroutant ! J'ai une boule à l'estomac dont je n'arrive pas me débarrasser, et j'ai envie de passer mon corps et mon esprit sous une douche brûlante, pour les laver de toutes ces impressions écœurantes.

Mon cœur bat à tout rompre. Je peine à avancer dans le noir total, absolument aucune lumière ne me permettant de trouver mon chemin. Encore une bonne raison d'avoir un portable : utiliser l'option lampe torche ! Il faudra que je le dise à ma tante.

Je n'entends que le bruit de mes propres pas dans les graviers. Les phares d'une voiture qui passe dans la rue adjacente détachent la silhouette de la barre de boîtes aux lettres plantées au beau milieu du parking de l'ensemble d'appartements, m'indiquant une direction à suivre pour trouver un endroit où me réfugier et réfléchir.

J'ai juste le temps de m'appuyer derrière qu'un filet de lumière apparaît sur les cailloux. Dans cette reproduction lumineuse de la porte apparaît en ombre chinoise la silhouette d'Alex. J'entends sa voix m'appeler plusieurs fois.

— Laisse tomber mec, elle a dû se barrer.

Alex m'appelle une dernière fois, puis le filet de lumière disparaît et le silence règne à nouveau.

Je m'appuie en fermant les yeux contre le mur formé par cet étrange ensemble de boîtes aux lettres. Je sens le froid du métal à travers ma veste. Deux options s'offrent à moi : soit je rentre à pied, mais il fait plus noir que dans un four et avoir parcouru ces quelques mètres sans m'étaler tient déjà du miracle ; soit je retourne dans cet appartement et exige d'Alex qu'il me ramène.

Je prends une grande inspiration. La soirée s'est pourtant si bien passée. Qu'est-ce qui lui a pris de... poser sa main sur mon dos. Je réalise que même si la situation était bizarre et m'a procuré un puissant sentiment d'insécurité, je n'ai pas grand-chose à reprocher à Alex. Après tout, il a remis Drassy à sa place.

Je me débats avec mes doutes lorsque j'entends des bruits de pas juste à côté de moi.

Chapitre 31
Faux numéro

Mon cœur bat à tout rompre dans ma poitrine, je sens ses pulsations jusque dans les veines de mon cou et je jurerais qu'il est sur le point de s'échapper de ma cage thoracique. Son cours se suspend et ma respiration se coupe au moment où le bruit de pas arrive à ma hauteur et que je sens la présence qui en est à l'origine juste à côté de moi. De nouveau une voiture passe dans une rue à proximité et illumine subrepticement la scène.

Alex se tient à à peine deux mètres de moi, visiblement en train de me chercher. Lorsque la lumière des phares m'éclaire à mon tour, il lui suffit d'un pas pour me rejoindre. Malgré le soulagement, je recule instinctivement, et à présent, je suis bloquée tout contre les boîtes aux lettres.

Il soupire et je m'autorise à reprendre mon souffle.

— Putain, Cat, t'es là, j'ai eu peur que tu sois partie !

— Ouais, ce serait mieux, je pense. C'était trop bizarre, là.

— Quoi ? Non, non, c'est rien. Drassy est toujours bizarre quand il est bourré ! Une fois, il a même essayé de rouler une pelle à Basile.

— Je sais pas, Alex, je ne sais pas ce que tu attends de moi. Je veux dire, tu m'as quasiment offerte à Basile sur un plateau d'argent, et là...

— Attends, quoi ? Qu'est-ce que tu veux dire ?

— Tu lui as donné mon numéro, c'est un peu comme si tu lui avais donné le feu vert — ou ta bénédiction, comme tu voudras l'appeler.

J'entends son souffle se heurter.

— Je ne lui ai jamais donné ton numéro !

— Tu m'excuseras si j'ai un peu de mal à te croire.

Sa voix s'adoucit.

— Cat, je n'ai même pas ton numéro.

Je fronce les sourcils.

— Et comment est-ce qu'il l'a eu alors ?

— Je ne sais pas, Carrie voulait le lui donner, elle a dû trouver un moyen de l'avoir. Elle connaît pas mal d'anciens du lycée, il y a peut-être des gens que tu connais aussi. Mais je t'assure que je ne veux pas te voir avec quelqu'un !

— Merci, ça fait plaisir !

— Attends, est-ce que lui et toi… ? Il s'est passé un truc entre vous ? C'est pour ça que vous étiez si proches au MC ?

— Non, idiot ! Enfin, il a essayé…

Il me coupe la parole avant que je l'aie eu le temps de finir ma phrase.

— Putain, je vais le tuer.

— C'est bon, je l'ai repoussé. Je lui ai dit que je ne voulais pas être avec… quelqu'un d'autre.

Il soupire, et même si je ne vois rien dans ces ténèbres, je devine qu'il s'approche de moi. Bien qu'ils ne se touchent pas, je sens la chaleur de son corps contre le mien. Elle encadre mon visage également, il doit avoir posé ses mains ou ses bras sur le mur derrière moi. Je pourrais me sentir coincée, mais je me sens protégée, comme dans un cocon.

— Quelqu'un d'autre que moi ?

Il repousse à présent une mèche sur mon front et je sens son visage s'approcher au plus près du mien. C'est sans doute le moment où je devrais demander ce qu'il en est de Carrie, mais est-ce que je veux vraiment savoir ? Qui me dit que j'aurais droit à la vérité cette fois-ci ?

De toute façon, mes pensées à cet instant se portent uniquement sur son souffle chaud, si près de mes lèvres. Je le sens se mélanger au mien. J'entrouvre les lèvres, mourant d'envie qu'il m'embrasse. J'ai l'impression d'être suspendue à lui par un fil invisible ; s'il était coupé, je tomberais inexorablement, car c'est lui qui me maintient encore debout. C'est comme si même ma respiration s'était calée sur la sienne.

De nouveaux bruits de pas, cette fois lourds et irréguliers, viennent heurter les graviers, nous sortant de notre bulle. C'est sans nul doute Drassy, et à en juger par ses pas inégaux, il titube. Alex parle calmement mais sa voix est glaciale.

— Va te coucher maintenant, Drassy.

Alors, sans dire un mot de plus, il me prend la main et m'entraîne vers son appartement.

Chapitre 32
Excès de lenteur

Je suis Alex dans les escaliers, il n'a pas lâché ma main depuis que nous avons regagné la chaleur de son appartement. Nous pénétrons dans sa chambre. Elle est tout aussi impersonnelle que le reste de son appartement. Les murs sont d'un blanc immaculé et les seuls objets qui meublent la pièce sont son grand lit et une table de chevet garnie d'une lampe et d'un radioréveil.

Sitôt la porte fermée, Alex me bloque contre le mur avec son corps. Il m'enlace d'un bras, tandis qu'il me caresse la joue de l'autre. Son pouce suit la courbe de ma joue, puis passe sur ma bouche entrouverte. Il humecte ses lèvres mais ne les pose pas encore sur les miennes. C'est comme s'il repoussait ce moment pour me rendre folle, et il y réussit presque, je dévore sa bouche des yeux, haletante.

Je mords ma lèvre inférieure pour me retenir de l'embrasser moi-même. Il effleure mon nez avec le sien, un seul infime mouvement suffirait à mettre fin à mon calvaire. Quand enfin il prend ma bouche avec la sienne, son baiser est plein de retenue. J'entrouvre les lèvres et nos langues s'effleurent doucement d'abord, puis de façon plus appuyée.

Alors que notre baiser devient plus passionné, sa main effleurant maintenant mon ventre, remontant jusqu'à mes seins, il se détache de moi et m'observe des pieds à la tête avec un sourire envoûtant. Seigneur, il est beau à couper le souffle...

Il prend mes mains et m'entraîne vers son lit, sur lequel je le laisse docilement m'allonger. Ça pourrait être l'une de ces étreintes passionnées, où chacun enlève ses vêtements rapidement pour passer le plus vite possible à l'acte, mais je veux faire durer chacune des secondes enfin passées avec lui et le laisse me déshabiller passivement. Je me contente de lui lancer le regard le plus fiévreux possible, un petit sourire provocateur au bord des lèvres. Une part de moi – ce qu'il me reste de conscience peut-être – se dit aussi que cela me rend quelque part moins responsable de la tromperie que subit Carrie en cet instant.

Il ôte mes chaussures, puis agenouillé sur le lit, soulève ma jambe, puis l'autre, pour faire glisser mes longues chaussettes jusqu'à mes chevilles avant de les retirer. La sensation du tissu qui glisse sur ma peau est délicieuse.

Il déboutonne ensuite mon chemisier, et pour chaque bouton défait, dépose des baisers sur chaque nouveau morceau de ma peau ainsi mis en exergue. Je ferme les yeux quand, enfin, il me met complètement à nu, et lorsque je les rouvre, je ne peux que l'observer. Il s'est reculé et contemple mon corps ainsi offert à ses yeux, savourant de son regard chaque centimètre carré de ma peau.

Jamais je ne m'étais trouvée nue devant un homme. Avec Tom, les rares fois où nous n'avons pas fait l'amour dans le noir, je gardais la majeure partie de mes vêtements. Je ne pensais pas être capable de supporter d'être observée ainsi, exposant ma nudité à son regard expérimenté. Mais les choses paraissent si naturelles avec Alex... Finalement, quand il s'agit de lui, plus rien ne devrait m'étonner.

À son tour, il se déshabille, sans me quitter des yeux. Il passe son T-shirt par-dessus sa tête, et après avoir ôté son pantalon, sort de sa poche un préservatif, qu'il enfile aisément. Je ne peux pas m'empêcher de me mordre la lèvre, son corps est décidément bien fait, ses muscles sont discrets mais saillants, son ventre est si bien dessiné...

Il m'embrasse la cheville, puis remonte le long de ma jambe, la couvrant de baisers, il remonte encore jusqu'en haut de ma cuisse et s'y attarde un moment. C'est tout simplement divin.

Lorsqu'il cesse, me laissant au bord de la jouissance, j'ai envie de lui hurler de continuer, mais je croise son regard brûlant. Il me rejoint bientôt pour m'embrasser, c'est si intense. J'en veux plus, maintenant.

Alors, enfin, il entre en moi. Je tressaille, à cause de la sensation, tant attendue et si agréable, de me sentir complète. Mais aussi à cause d'un bruit lancinant que je n'identifie pas tout de suite.

Je tourne la tête pour trouver la source de cette perturbation et distingue le réveil d'Alex, qui clignote.

Chapitre 33
Coupés

Alex grogne, toujours en moi. Il frappe plus qu'il n'appuie sur son réveil.

— Merde !

Il ferme les yeux de toutes ses forces, les mâchoires serrées, appuyant son front contre le mien. Je balbutie, gênée. Même si le moment a perdu en romantisme et en intensité, j'aimerais qu'il continue ce que nous étions en train de faire.

— Ce n'est pas grave, on p...

Il soupire et se retire.

— Non, désolé, mais je commence le taf dans vingt minutes, on ne peut pas. Je suis déjà en retard, sans compter qu'il faut que je te dépose.

— Oh.

Il se lève, entièrement nu devant moi, et me regarde avec douceur.

— Je suis vraiment désolé. Je vais prendre une douche, il faut qu'on soit parti dans cinq minutes.

Je prends subitement conscience de ma nudité et cela me met extrêmement mal à l'aise. J'ai envie de filer me cacher dans un trou de souris. Heureusement, je n'ai pas le temps de m'attarder sur la question puisqu'Alex file dans la salle de bain à la vitesse de l'éclair. Pendant qu'Alex se douche, j'entreprends de me rhabiller, partant à la pêche aux vêtements éparpillés un peu partout sur le sol. Il sort trop rapidement pour que je puisse prendre le temps de faire le point sur la situation, et très vite, nous laissons un Drassy ronflant profondément dans le canapé pour monter dans la voiture.

L'aube pointe mais le ciel est encore fort sombre en cette heure matinale. Je n'ose pas regarder Alex. Il conduit bien trop vite, comme d'habitude, et est parfaitement silencieux, comme d'habitude également.

C'est généralement à ce moment-là qu'il gâche tout, se ferme et m'abandonne là, sans autre explication. Sauf que cette fois nous sommes allés plus loin, et j'aurais un peu plus de mal à supporter de me faire jeter comme une vieille chaussette sans la moindre explication. Alex semble avoir perçu mes inquiétudes, car il me lance un léger sourire, empreint de douceur, et pose sa main sur ma cuisse. En réponse à ce simple geste, mon cœur se réchauffe et j'éprouve un élan de tendresse envers lui que je ne me pensais plus capable de ressentir.

Je pose mon front contre la vitre et ferme les yeux pour profiter de ces sensations. La fatigue me rattrape. Il est quatre heures cinquante. Qui commence son travail aussi tôt ? Le pauvre va attaquer une longue journée sans avoir fermé l'œil de la nuit.

Je me réveille brutalement en sentant la voiture s'arrêter. Désorientée, j'ai besoin de quelques secondes et de cligner de multiples fois des yeux, pour comprendre que nous sommes arrivés chez moi. Je l'interroge du regard et prends finalement mon courage à deux mains.

— On se revoit bientôt ?

Il réfléchit un instant. Il doit certainement chercher ses mots pour m'éconduire, et pendant ce court moment, mon souffle est suspendu à ses lèvres.

— Je pense finir à quinze heures. Il faut que je dorme un peu après, mais je pense pouvoir venir te chercher vers dix-neuf heures, si ça te va.

J'en reste bouche bée. Il soupire, agacé.

— Il faut vraiment que j'y aille, là.

— Euh oui, bien sûr !

Je reste plantée sur le trottoir, regardant sa voiture partir à toute allure dans les rues désertes. Il me faut quelques minutes pour rassembler mes esprits et me rappeler que mon lit n'attend que moi.

Je monte vers mon appartement, rêvant déjà à ces derniers moments.

Chapitre 34
Avis contradictoires

Ma tante dormait profondément lorsque je suis rentrée et était déjà partie depuis bien longtemps quand j'ai fini par me lever. Je rejoins la cuisine doucement tout en m'étirant et en bâillant et constate qu'elle a laissé un mot sur la table.

J'espère que la soirée a été bonne. Essaie de rentrer plus tôt tout de même. Je rentre tard ce soir – soirée avec des collègues – chacune son tour ! Si tu sors également, laisse-moi un mot que je sache où tu es. Bonne journée !

J'attrape une des gaufres qu'elle a laissées en évidence et me jette sur le téléphone. Si cela n'avait tenu qu'à moi, j'aurais appelé Léa dès mon retour à la maison, mais je doute qu'en appelant à cinq heures du matin, je me serais bien fait recevoir. À force de me tourner et de me tourner encore dans mon lit, l'adrénaline est retombée et j'ai fini par réussir à m'endormir.

— Salut.

J'étouffe un nouveau bâillement, la voix enrouée.

— Salut.

— Ne me dis pas que tu viens de te réveiller ?!

— Si, je suis rentrée tard, et je suis encore claquée pour tout te dire.

J'aurais volontiers dormi davantage d'ailleurs. J'ai un petit pincement au cœur en pensant à l'état de fatigue dans lequel doit se trouver Alex en ce moment même à son travail. Manager des équipes tout en bâillant ne doit pas être du meilleur effet.

— Tu es ressortie avec Alex, c'est ça ?

Je tarde à répondre, elle va encore pester.

— Oh, bon sang !

Sa voix est suppliante.

— Ne me dis pas que tu as couché avec quand même !

— Non ! Enfin, un peu.

— Comment peut-on coucher un peu ?

— On a été interrompu au moment X en fait.

— Oh, j'le crois pas !

Je suis persuadée qu'elle lève les yeux au ciel en disant cela. Léa voit d'un très mauvais œil ma relation avec Alex car elle ne l'apprécie pas du tout, certes. Mais que je puisse coucher avec lui, alors qu'elle-même n'en est pas encore à ce stade-là avec Chris, qui est son premier vrai petit ami, l'offusque carrément. J'ignore si c'est parce qu'elle désapprouve que je ne suive pas les règles qu'elle s'est fixées ou si elle a du mal à accepter que j'aie plus d'expérience qu'elle alors que j'ai un an de moins. Je commence à me demander si j'ai bien fait d'être honnête avec elle.

— Tu te rends compte que vous n'êtes même pas vraiment ensemble et qu'il a une copine ? T'es dingue ma parole ! Et puis, je croyais que tu n'étais pas amoureuse de lui ?!

— Non ! Bien sûr que non !

— Et je croyais que tu ne coucherais jamais avec un garçon sans être amoureuse de lui ?

Me voilà mise face à mes contradictions. Je crois que je ne veux juste pas admettre certaines vérités : soit c'est que cette fois je ne suis pas mes propres règles, soit je ne veux pas affronter les choses en face et m'autoriser à penser que... Je soupire.

— Oui, je sais. Je n'y peux rien, je suis totalement incapable de lui résister. Il suffit qu'il me regarde et il peut faire ce qu'il veut de moi...

— Et bien, tiens-toi loin de lui, alors.

— Je ne peux pas.

— Mais si, il suffit de l'éviter.

— Non, ce n'est pas ça. Je ne *veux* pas. C'est addictif, ça me fait tellement de bien d'être avec lui.

— Vu le personnage, ça m'étonnerait.

— Enfin, Léa, est-ce que tu m'as entendue parler de Tom depuis qu'il s'est passé toutes ces choses avec Alex ?

— Non, c'est sûr, mais je ne vois pas le rapport.

— Moi, je le vois. J'étais sur le point de faire une connerie, juste à cause de Tom. J'étais désespérée à en mourir et j'étais en train de monter un plan bizarre à ma tante pour faire le plein de somnifères... C'est Alex qui m'a complètement sortie de tout ça.

Elle soupire.

— Je ne pensais pas que tu en étais à ce point-là, en fait. J'veux dire, je savais que tu étais mal, mais de là à vouloir te suicider... S'il te permet de passer à autre chose, c'est sûr que ça ne peut pas te faire de mal. Mais tu sais bien que tu ne pourras jamais avoir une vraie relation avec lui, n'est-ce pas ?

C'est à mon tour de soupirer. Ma voix est moins assurée que je ne l'aurais voulu.

— Oui, bien sûr, je le sais...

— Est-ce que tu es sûre qu'il ne va pas te faire plus de mal que de bien dans ce cas ?

— Non, mais je suppose qu'à partir du moment où je sais que je ne dois pas m'investir, je peux me protéger.

— C'est plus facile à dire qu'à faire ça. Ça ne se commande pas les sentiments. Regarde, Chris est dingue de moi alors que moi, ça a bien du mal à venir.

— Ça viendra avec le temps, il est génial.

— Oui, c'est bien ça le truc. Alex, lui, n'est pas génial. Il est beau et drôle, mais loin d'être fréquentable.

— Je sais, c'est bon, le message est passé !

— Tu le revois quand ?

— Ce soir. Je suppose qu'on peut dire qu'on a plus ou moins rendez-vous.

— Tant qu'il ne te ramène pas directement dans sa chambre pour se contenter de finir ce que vous aviez commencé...

— Eh bien, dans ce cas, au moins le message sera clair.

— Oui, mais est-ce que tu sauras lui résister ?

La question est bonne, et je n'ai pas de réponse à lui donner.

— Bien sûr !

Elle soupire à nouveau bruyamment.

— Oh, c'est pas possible, va falloir t'attacher !

Chapitre 35
En tête-à-tête

Je passe la journée à retourner ma conversation avec Léa dans tous les sens. Je ne sais pas vraiment ce que j'éprouve pour Alex, mais ce qui est sûr, c'est que j'aime vraiment être avec lui. Et que je ne saurais lui dire non. À vrai dire, je n'en ai pas envie. Ce n'est pas parce que je ne me plie pas aux règles établies par Léa que je fais quelque chose de mal. C'était plutôt bien ce qui s'est passé cette nuit. Si je n'avais pas voulu faire durer le plaisir et préserver ma conscience, nous aurions eu le temps d'aller jusqu'au bout. Et je l'assume totalement, je n'ai pas à en avoir honte.

Quand je repense à ses baisers sur ma peau, partout... En fait, s'il m'emmène directement dans sa chambre pour reprendre les choses là où nous les avions laissées, cela m'ira très bien.

Je décide de m'habiller sagement, je ne voudrais pas qu'Alex se fasse des idées. En fait si, j'espère même qu'il aura le même genre d'idées que celles qui me trottent dans la tête depuis la tentative échouée de ce matin. Mais je ne veux pas non plus qu'il croie que je lui suis totalement acquise, bien que ce soit très certainement le cas. Je décide donc de passer mon bon vieux 501 et un simple chemisier mauve ajusté.

En repensant aux évènements de la nuit dernière, je me demande si l'on peut considérer que nous avons couché ensemble. Ce qui est certain c'est que nous avons dépassé un certain seuil d'intimité à présent.

Alex arrive à dix-neuf heures tapantes. Il m'attend, adossé contre sa voiture, bras croisés, un pied sur la portière. Exactement la position qu'il avait prise dans ma chambre la première fois que nous nous sommes rencontrés et que je lui ai adressé la parole. Cette posture tellement désinvolte est vraiment représentative du personnage. Mais pourtant, l'Alex que je connais est tellement plus complexe et torturé. Je n'oublierai jamais le regard en proie à la confusion et à la panique qu'il a eu le jour où il m'a embrassée dans les toilettes du MC.

Même s'il arbore un grand sourire en m'observant passer la porte vitrée du grand hall de mon immeuble, je ne peux qu'admettre qu'il a une tête à faire peur. Bien sûr, il est toujours aussi beau, mais sur ses traits, le manque de sommeil est flagrant. Ses yeux n'en sont que plus hypnotisants. Il porte un treillis noir et ses habituelles boots, ainsi qu'un T-shirt près du corps d'un blanc immaculé.

Lorsque j'arrive à sa hauteur, il m'attrape par les hanches et m'embrasse le plus simplement du monde. Voilà qui annonce la couleur. Mon cœur, qui battait la chamade quelques secondes plus tôt, semble à présent s'être envolé dans ma poitrine et ne plus vouloir redescendre. J'attrape son visage entre mes mains et lui rends son baiser. Si le sien était convenable, ainsi en pleine rue, le mien devient carrément indécent et devant ma démonstration d'affection, il est obligé de me détacher de lui en se raclant la gorge, mi-amusé, mi-surpris.

Il me sourit tendrement.

— Fais attention, je vais croire que je t'ai manqué. Et puis, la vieille dame là-bas va faire une crise cardiaque si je te saute dessus en pleine rue.

Il me montre du doigt une voisine postée à la fenêtre du premier étage. Celle qui est tout le temps à observer les allées et venues des gens et voit d'un très mauvais œil que des jeunes de mon âge puissent habiter dans son immeuble.

Je hausse les épaules.

— Ça pourrait lui rappeler sa jeunesse, qui sait...

— Tu montes ?

Je hoche la tête en déglutissant. Mon plan pour lui montrer que je ne lui suis pas toute acquise semble tombé à l'eau.

Une fois installée en voiture, je m'enquiers de notre destination.

— On va chez toi ?

Encore une fois, difficile de tromper les apparences, surtout avec ma voix qui part dans les aigus.

— Je pensais t'inviter au restaurant.

— Oh. Oui, pourquoi pas.

La déception dans ma voix est malheureusement trop perceptible. J'ai si envie de reprendre les choses là où nous les avons laissées que j'en oublierais presque de me réjouir de le voir assumer notre relation. Je réalise que du haut de mes dix-sept ans, je ne suis jamais allée au restaurant en tête-à-tête avec un garçon. Mais Alex est plus âgé, il travaille, et visiblement il ne manque pas d'expérience. Je chasse vite de ma tête le double sens de cette pensée.

— Je te proposerais bien d'aller dans une pizzeria, mais ça risque d'être un peu redondant avec la soirée pizzas d'hier.

Je hausse les épaules.

— On peut manger d'autres plats là-bas aussi, ça m'ira quand même. Mais peu importe, à toi de choisir.

— OK, va pour l'italien alors.

Le restaurant en question est assez proche de mon appartement et nous y arrivons rapidement.

Il est plutôt classe. Sur les murs d'un joli beige doré s'alternent de grandes arches, et des fausses colonnes de pierres striées les encadrent. Dans chaque arcade sont peintes des grandes fresques aux couleurs pastel, typiques de la Rome Antique.

Le serveur nous installe à une table isolée des autres par des panneaux de bois ajourés et des bacs contenant de belles plantes fleuries. Je regarde les multiples propositions de plats proposés sur mon menu tout en passant régulièrement les yeux au-dessus de la carte pour contempler Alex. La lumière diffuse éclaire joliment son visage. Ses lèvres fines et sa mâchoire sont d'une telle perfection qu'elles semblent avoir été taillées dans la pierre. Mais ce sont définitivement ses yeux dont le bleu si soutenu contraste avec la noirceur de ses cheveux qui me font chavirer. Le jeu de lumière dans sa barbe de trois jours le rend carrément sexy.

— Tu devrais regarder ta carte plutôt, dit-il avec un sourire en coin.

Je sursaute et me blâme intérieurement de mon manque de discrétion avant de retourner à mon menu. Je choisis finalement des « ravioles gorgonzola et noix », tandis qu'Alex commande un risotto.

Je joue du bout du doigt avec les piques de ma fourchette tout en picorant un gressin. Cette situation, tous les deux dans un tête-à-tête romantique dans un charmant restaurant, nous est complètement étrangère. D'ordinaire, la plupart de nos échanges se sont toujours résumés à nous lancer quelques sarcasmes, méchants ou bon enfant, selon que nous étions dans un contexte de séduction ou d'animosité. Saurons-nous passer le test de la vraie sortie avec conversation ?

Chapitre 36
Excès de franchise

Pour l'instant, aussi étrange que cela puisse paraître, nous regarder suffit. Jamais je ne me serais crue capable de dévisager quelqu'un aussi intensément sans perdre contenance et finir par baisser les yeux, rouge comme une tomate. Mais je n'ai pas besoin de faire d'efforts pour soutenir le regard d'Alex. Ce n'est pas un affrontement, c'est une forme de communication. Nous nous sourions.

Bon sang, malgré la fatigue, il est beau à en tomber à la renverse ! Je fais vraiment pâle figure à côté de lui. Son piercing à l'arcade fait finalement partie intégrante de son visage, il m'est maintenant impossible de l'imaginer sans. Ça lui confère un côté sensuel, et les veines qui saillent de son avant-bras encore plus. J'ai envie de parcourir du doigt le relief qu'elles créent sur sa peau. Je bouge la main vers lui, mais il retire rapidement son bras. Encore une fois, j'aimerais pouvoir lire dans ses pensées.

— À quoi tu penses ?

— J'allais te poser la même question.

Il hausse un sourcil provocateur.

— J'ai demandé le premier.

Je fais la moue.

— Je me disais que je me sentais bien.

— C'est plutôt une bonne chose ça.

— C'est plutôt étonnant en ta présence.

— Je dois comprendre quoi exactement ?

— Que la plupart du temps, quand tu es là je suis... en colère.

Aïe, j'ai fait un excès de franchise. Son sourire s'efface et il baisse les yeux.

— Je sais.

Voilà, j'ai gâché l'ambiance et il va me laisser plantée là devant mon assiette. Je grimace.

— Ce n'est pas ce que je voulais dire.

— Si, et tu as bien raison, je n'ai pas été correct avec toi. À vrai dire, je me demande encore ce que tu fais là.

— Oh. Écoute, si tu regrettes...

— Non ! C'est ce qui se passe maintenant qui aurait dû arriver dès le départ.

Il marque une pause, puis prend une grande inspiration :

— Écoute, tout est assez compliqué, ma vie est très compliquée, et surtout, je ne suis pas quelqu'un de bien.

Je soupire.

— Pourquoi est-ce que vous avez donc tous cette image de toi ?

— Tous ?

— Eh bien, toi, Léa...

— Ah bon, Léa ne m'aime pas ? réplique-t-il, sarcastique.

— Ce n'est pas qu'elle ne t'aime pas, c'est juste qu'elle ne veut pas... eh bien...

— Que je m'approche de toi ?

J'acquiesce, gênée.

— Elle n'a pas tort, c'est ce que tu devrais faire.

— Oh pitié, bientôt, tu vas me dire que tu es un dangereux vampire que je dois absolument éviter pour mon bien !

— Non, mais ça n'empêche que si tu étais intelligente...

Je plisse les yeux. Est-ce qu'il est en train d'insulter mon intelligence ? Il doit se rendre compte de sa bêtise car il se reprend sans que je n'aie à le faire.

— Enfin, je ne dis pas que tu ne l'es pas hein. Mais… Tu devrais te demander ce que tu fais là.

— Et toi, tu t'es demandé ce que tu faisais là ?

Ma question semble le désarçonner. Il prend le temps de réfléchir.

— À vrai dire, je ne sais pas. J'ai fait pas mal de conneries et je m'étais juré de me tenir loin de quelqu'un qui me ferait me sentir… comme ça.

Mon cerveau est en déroute, incapable de lire entre les lignes.

— Il va falloir que tu sois plus clair.

— Non.

J'ai un mouvement de recul. Il aurait tout aussi bien pu me gifler tant sa réponse est sèche. Il soupire bruyamment.

— Je ne peux pas. Il y a des sujets qu'il vaut mieux parfois ne pas aborder, pour toi comme pour moi.

Cette fois, c'est lui qui a jeté un froid. Je marmonne un vague « OK » tout en torturant ma crème brûlée à coups de petite cuillère. J'ai vraiment cru qu'il allait s'ouvrir, qu'on avançait enfin un peu, et voilà que, d'un coup, on refait deux pas en arrière…

Nous n'échangeons plus un mot jusqu'à la fin du repas. Lorsque nous regagnons la voiture, je l'observe à la dérobée. Il serre les mâchoires avec force, il a l'air plus que contrarié. Pour une fois ce n'est pas mon cas. Je suis juste lasse.

Chapitre 37
La seule chose qui compte

J'ai envie de pleurer rien qu'à l'idée qu'il me ramène chez moi. C'est même carrément angoissant. Je mange la peau de ma lèvre inférieure, comme je le fais à chaque fois que je suis anxieuse, jusqu'à ce que je réalise que nous ne prenons pas le chemin de mon appartement.

— Tu ne me ramènes pas ?

— Non. Enfin, sauf si c'est ce que tu veux.

— Non, j'ai envie de rester avec toi.

Comprend-il que cette phrase a un autre sens pour moi ? Il ne répond pas et reste concentré sur la route.

Je reconnais peu à peu la direction qu'il a prise, et sans réelle surprise, nous finissons par arriver dans la clairière de l'autre fois.

Il sort, laissant comme l'autre jour le moteur tourner, s'empresse de faire le tour et m'ouvre la portière. Sans dire un mot, il me prend la main et m'entraîne vers l'avant de la voiture. Cette fois, nous nous allongeons sur le capot, l'un à côté de l'autre, épaule contre épaule.

L'odeur de sous-bois me chatouille le nez et renvoie ma mémoire quelques jours en arrière.

— Tu m'en veux ?

Je réfléchis quelques secondes.

— Non, je suis juste fatiguée. Tu changes d'humeur et d'avis sans arrêt, et j'ai beaucoup de mal à te suivre.

Il me prend la main et l'embrasse.

— Écoute, il y a beaucoup d'éléments qui rendent les choses assez compliquées et que je ne veux pas que tu saches. Pas encore, tout du moins.

— Pourquoi ?

Je récupère ma main.

— Parce que tu te casserais en me laissant là, et que je ne suis pas prêt à te laisser partir.

Je ne peux pas m'empêcher de rire. Il s'assied pour mieux me regarder... Je ne saurais dire s'il est vraiment fâché ou s'il mime juste la colère.

— J'essaie d'être un minimum honnête avec toi et tu te moques de moi ?

— Tu n'es pas très honnête, enfin tu dis vraiment le minimum, et je ne me moque pas de toi. C'est juste que j'ai passé la soirée à me dire que c'est ce que tu allais faire !

— Faire quoi ?

— Te casser et me planter là !

Il me regarde le plus sérieusement du monde.

— Jamais.

Puis il dépose un baiser sur mes lèvres. Son visage est encore près du mien quand il chuchote :

— Et c'est la seule chose qu'il y a vraiment besoin de savoir.

Je sens mes lèvres se tordre malgré moi. Il y a énormément de choses que j'ai besoin de savoir, mais en effet, savoir qu'il ne veut pas que les choses s'arrêtent là est ce qui compte le plus à mes yeux.

Il se rallonge à mes côtés et lève la tête vers les étoiles.

— Tu savais que l'étoile du Nord était une planète ? Mars, je crois.

Je ris et lui donne un coup de coude dans les côtes.

— C'est Venus, crétin !

— Crétin, moi ?

Il rit à son tour, puis commence à me chatouiller. Je me tords sous ses assauts, criant et riant à la fois. Puis il s'arrête brusquement, le sourire aux lèvres, et me regarde avec tendresse. Quand il me couve du regard ainsi, j'ai l'impression d'être quelqu'un d'autre. Quelqu'un que l'on peut admirer, quelqu'un d'extraordinaire...

Il replace une mèche de cheveux derrière mon oreille et nous nous embrassons avec cette même tendresse, sa main simplement posée sur ma joue. J'aimerais que ce baiser dure une éternité.

Au bout d'un long moment, nous nous détachons finalement l'un de l'autre pour contempler les étoiles...

Chapitre 38
Songes d'une nuit d'été

— Alex ?

Je lui parle, mais il ne me répond pas. Je me redresse pour mieux le regarder et constate qu'il a les yeux fermés et respire profondément. Il s'est endormi. J'en profite pour l'observer à loisir. Son visage est éclairé par la lune et je remarque que ses traits se sont détendus dans son sommeil. Il paraît un peu plus jeune et tellement moins soucieux.

La fatigue me gagne également et je me blottis contre lui. Je ferme les yeux pour me concentrer sur mes autres sens. On peut entendre les bruits de la nuit, il doit y avoir une cigale quelque part dans l'herbe, et une chouette hulule dans un arbre à notre droite. J'enfouis mon nez dans le T-shirt d'Alex. Il sent bon, l'odeur de son déodorant se mêle à celle de bois humide.

Je me sens bien, lovée ainsi contre lui. La dernière fois que j'ai dormi dans les bras d'un garçon, c'était dans ceux de Tom — forcément, puisqu'il n'y a eu que lui avant. Ses épaules et ses bras étaient plus larges. Il était musclé, lui aussi, mais pas de la même manière, ses muscles étaient moins dessinés, ce qui rendait ses bras plus confortables. Cependant, je ne me suis jamais sentie aussi bien que maintenant, dans les bras d'Alex. C'est un peu comme si ma place était là. Je ferme les yeux et sombre peu à peu...

Je cours à travers la forêt, quelque chose me poursuit, quelque chose de dangereux. Je n'ai pas peur, mais je sais que je dois m'enfuir le plus loin possible. J'arrive dans la clairière, il faut que je me dépêche avant de ne plus vouloir partir.

Une porte est là, au milieu de nulle part. Je tourne la poignée et me retrouve dans un long couloir blanc. J'avance dans ce qui semble être un hôpital. Quelqu'un se trouve au bout du couloir, il est assis dans un fauteuil roulant. C'est Tom. Il me fait un grand sourire et se lève. Je cours vers lui alors qu'il écarte les bras pour m'accueillir, mais tout à coup, je m'arrête net. J'ai envie de faire demi-tour. J'ai envie d'aller vers cette chose dont je dois avoir peur. Alors celui qui me poursuivait me rattrape, agrippant mon bras. C'est la main d'Alex. Je le sais sans avoir besoin de me retourner : je reconnais sa prise, chaude et douce. Je me retourne, il me regarde en souriant, une arme à la main et se penche pour m'embrasser.

Je suis tirée brusquement de mon sommeil par les mouvements désordonnés d'Alex. Il s'agite en gémissant. L'aube me permet de voir ses traits se figer dans une espèce de grimace de douleur.

Je l'entends murmurer :

— Jess, pardon, non... NON !

Il se réveille en sursaut. Je manque de tomber lorsqu'il me déséquilibre en se redressant brutalement mais il me rattrape de justesse. Heureusement pour moi, la confusion a beau se lire sur son visage, ses réflexes ne sont pas émoussés pour autant.

— Ça va ?

Je hoche la tête.

— C'est plutôt à toi que je devrais poser la question. Tu as fait un cauchemar toi aussi ?

Il se ferme et reprend le visage impassible que je n'avais plus vu depuis longtemps.

— Je ne me souviens pas.

Il se masse la nuque puis me regarde, l'air perplexe.

— *Toi aussi?*

— Je ne me souviens pas, dis-je en bougonnant.

Il saute du capot agilement et regagne l'habitacle de la voiture. Je l'imite.

— Il est quelle heure?

— Six heures.

Ma voix part dans les aigus.

— Quoi? Oh putain, ma tante va me tuer!

— Oui, surtout que je te ramène chez toi pour que tu puisses lui dire que tu repars aussi sec.

— Quoi? Où ça?

Il sourit tout en faisant marche arrière. Quand il a fini sa manœuvre, il me regarde du coin de l'œil avant de démarrer en trombe.

— Tu verras.

Chapitre 39
Destination inconnue

Alex se gare devant mon immeuble et laisse le moteur tourner, signe qu'il ne s'attend pas à ce que je m'éternise. Je me dépêche donc de regagner mon appartement. Le manque de sommeil, mêlé à l'euphorie de ces dernières heures, me donne presque des vertiges, j'ai l'impression d'être ivre.

Ma tante doit encore être en train de dormir. Je pense me contenter de laisser un mot, elle croira que je suis rentrée dormir et que je suis repartie tôt.

J'ouvre le plus discrètement possible la porte et marche du bout des pieds sur la moquette couleur taupe. Je traverse le long couloir qui dessert l'appartement : d'un côté se trouvent la pièce à vivre et la cuisine, de l'autre nos chambres, les commodités, et la salle de bain. Sitôt arrivée près de la première porte, je sens l'odeur familière du café. Ma tante est donc réveillée.

Je me racle doucement la gorge pour ne pas la faire sursauter.

— Salut.

— Bonjour.

Je m'attends à subir ses foudres mais elle a l'air complètement détachée de la situation.

Je grimace, navrée.

— Je me suis endormie et je n'ai pas vu l'heure. Je suis désolée.

Elle ne daigne pas me regarder et fixe sa tasse de café.

— Eh bien, au moins tu es vivante, c'est déjà ça.

— Oui, et je dois repartir tout de suite parce qu'Alex m'attend. Je suis juste repassée pour te le dire, pour que tu ne t'inquiètes pas.

Je débite les mots à toute vitesse. Je sais que ça ne va pas lui plaire, mais je ne veux pas lui laisser l'occasion de m'interdire de sortir. C'est une situation qui ne s'est jamais présentée, il faut dire qu'elle n'a jamais eu à se plaindre de moi jusqu'à présent. Mais s'il y a bien un jour où ça ne doit pas arriver, c'est celui-ci.

— Oh.

Elle se tourne vers moi et m'observe longuement, puis ajoute :

— Fais attention à toi, d'accord ? Promets-le-moi.

Je hoche la tête, les larmes aux yeux de la confiance qu'elle m'accorde.

— Promis.

Je redescends les marches qui me séparent du rez-de-chaussée en courant. Je suis sur un petit nuage et j'ai envie de sauter partout en virevoltant. Malgré tout une pointe d'inquiétude me retourne l'estomac : et s'il était parti ?

Mais non, je le retrouve là où je l'avais laissé, penchant la tête pour mieux me regarder arriver, le sourire aux lèvres.

— Tu ne veux vraiment pas me dire où nous allons ?

J'avais cru qu'il voulait m'emmener chez lui pour finir la nuit et reprendre dans sa chambre les choses là où nous les avions laissées hier. Mais nous quittons la ville et je n'ai pas la moindre idée de notre destination.

Il sourit et me regarde avec douceur.

— Non.

Je lève les yeux au ciel. Bon sang ce type est vraiment minimaliste. Il pourrait répondre à toute question uniquement par oui ou par non. Je comprends mieux pourquoi nous pouvons passer des heures juste à nous regarder, c'est parce que sinon je devrais me résoudre à faire de très longs monologues.

Je regarde le paysage défiler en repensant à ce qu'il a dit. Qu'est-ce qu'il peut bien me cacher de suffisamment lourd pour que cela risque de me faire partir en courant ? Y a-t-il seulement quelque chose qui soit suffisamment grave pour que j'en aie envie ?

J'ai du mal à imaginer que je pourrais être celle qui mettrait fin à notre relation. Je pense l'avoir prouvé en supportant ses allées et venues entre Carrie et moi, ainsi que son gros souci de communication.

Je devrais lui demander s'il est toujours avec elle et s'il compte encore m'abandonner pour la rejoindre quand cette espèce de faille dans l'espace-temps, où nous pouvons être ensemble, se refermera. Mais aujourd'hui, je n'ai pas envie de me poser de questions. Je veux juste profiter de chaque instant comme s'ils étaient les derniers qu'il me laisse passer avec lui.

Plongée dans mes pensées, je mets du temps à remarquer qu'il conduit vraiment à toute allure. Nous ne faisons que dépasser les voitures devant nous sans jamais ralentir. Il est sûr de lui, sa conduite est fluide, mais lorsque je regarde le compteur, j'ai envie de hurler. Nous roulons à plus de 150 km/h avec des pointes à 180 quand le trafic le permet.

Je devrais lui demander de ralentir mais je préfère détourner le regard pour oublier que nous roulons si vite et me concentre sur la vue. Un panneau m'indique finalement notre direction, nous sommes même déjà sur le point d'arriver : la station balnéaire la plus cotée des environs.

Habituellement à deux heures de route, il semblerait qu'elle soit à moins d'une heure lorsqu'on roule à tombeau ouvert.

Chapitre 40
Dans la faille spatio-temporelle

Tout est encore désert en cette heure matinale. C'est comme cela que je préfère la mer. Je ne suis pas une grande fan du soleil, de la foule et de la chaleur. À choisir, je préfère largement me promener sous la pluie.

Nous nous promenons main dans la main sur la plage de sable doré. Jamais je n'aurais pensé vivre une scène si romantique avec Alex. Typique des films à l'eau de rose, c'en est presque caricatural. Il n'y a vraiment que lui pour être aussi contradictoire.

J'ai ôté mes chaussures et j'étouffe un cri suraigu en m'accrochant à Alex lorsque les vaguelettes d'eau glacée viennent me lécher les pieds, puis remplir d'eau et d'écume les empreintes de nos pas.

Il fait frais, une brise légère nous caresse le visage, emportant les odeurs d'iode et d'embruns. Elle fait virevolter les petits cheveux qui s'échappent du chignon que j'ai négligemment fait. Je ferme les yeux d'aise et prends une grande bouffée d'air marin. Quand je rouvre les yeux, Alex me regarde tendrement.

— Tu devrais plutôt admirer la vue, dis-je en lui montrant l'étendue d'eau scintillante.

Le ciel est encore paré des couleurs du soleil levant, c'est vraiment magnifique. C'est à se demander si je ne suis pas plutôt en train de faire un rêve éveillé...

— C'est ce que je fais.

Une lueur obscène passe dans ses yeux. Je lui donne un coup d'épaule.

— Arrête tes conneries.

Il nous arrête brusquement et prend mon visage dans ses mains.

— Je t'assure que je préfère mille fois te contempler toi, plutôt que de regarder la mer.

Comment peut-il dire ça alors que je dois être affreuse ? Je n'ai même pas pris le temps de me redonner un coup de peigne tout à l'heure. C'est tout juste si j'ai essuyé vite fait le maquillage qui avait coulé sous mes yeux lorsque je me suis vue dans le miroir de l'ascenseur de chez moi. Je fronce les sourcils.

— Tu dois avoir besoin de lunettes.

Il secoue la tête en souriant et m'embrasse.

Je frissonne, le vent est frais et chargé de fines gouttelettes d'eau de mer. Il me reprend la main et m'entraîne vers le pied d'une falaise. Nous trouvons un endroit isolé par les rochers et nous asseyons sur le sable.

Très rapidement, la situation échappe à mon contrôle. Alex m'allonge sur le sable et nous nous embrassons, encore et encore, mes mains sur sa nuque, dans ses cheveux sombres, dans son dos... tandis que la sienne parcourt mon corps. C'est grisant. Je ne suis que sensations et j'ai complètement perdu la notion du temps. Seul le bruit apaisant des mouettes et des vagues qui s'échouent sur le sable me rattache encore à la réalité et me rappelle que nous ne pouvons pas faire l'amour sur cette plage. Bien que nous soyons isolés, il est hors de question de risquer de se faire surprendre.

Il ouvre ma chemise, embrasse mon cou, ma clavicule, mon décolleté... Tout compte fait, peu importe le sable qui risque d'aller dans certaines parties de mon anatomie, peu importe d'être découverts, de toute façon il est trop tôt pour que quelqu'un s'aventure ici.

Je suis ramenée à la raison par des rires d'enfants. Ils sont encore suffisamment éloignés mais se rapprochent. Nous soupirons de concert lorsque je reboutonne mon chemisier. Le soleil est haut dans le ciel. La sensation de chaleur a atteint quelques degrés de plus que mes joues en feu. Il doit être près de midi. Nous prolongeons, chastement cette fois, notre baiser, puis repartons sur la grève.

Il fait de plus en plus chaud, surtout lorsque nous nous éloignons de la fraîcheur de la plage pour nous approcher du centre-ville. Le chemisier à manches longues que je porte était parfaitement adapté pour une soirée en ville, mais je meurs de chaud à cette heure de la journée, surtout par ce beau temps.

— Tu n'as qu'à l'enlever, dit simplement Alex en haussant les épaules.

— Non, mais t'es pas bien, je suis juste en soutien-gorge en dessous !

— Et alors ? Il ressemble à un haut de maillot de bain, ici ça ne choquera personne.

Il est vrai que celui que je porte aujourd'hui est imprimé de couleurs vives comme la plupart des hauts de bikini, mais il est hors de question que je m'expose comme ça. Je secoue la tête.

— Non, je ne veux pas que les gens me voient comme ça.

— Pourquoi ? Ils ne verront pas la différence.

— Je ne veux pas qu'ils voient mon corps, c'est tout.

Il rit à demi.

— Il est très bien ton corps, qu'est-ce qui te dérange ?

— Non, il n'est pas bien. Je ne l'aime pas.

— Moi, il me plaît. Qu'est-ce que tu n'aimes pas ?

J'hésite. Il est difficile d'avouer ses faiblesses, surtout à lui. Ou encore moins à lui, finalement...

— Eh bien, il y a mes bras, et puis... Je n'aime pas mes seins.

Il m'attrape par l'épaule tout en continuant d'avancer, me dépose un baiser sur la joue et me glisse à l'oreille, le sourire en coin.

— Ils me plaisent beaucoup moi, ils sont parfaits dans mes mains en tout cas.

Je me sens rougir comme jamais.

— Tu as un corps magnifique. Tu as donc si peu confiance en toi que ça ? Tu pourrais même te remplumer un peu, ça ne te ferait pas de mal.

Alex arrive finalement à me convaincre à demi : je décide de laisser ma chemise entrouverte. Il arrive décidément à me faire faire tout et n'importe quoi. Et au bout du compte, il n'avait pas tort, personne ne semble remarquer quoi que ce soit.

Tout en continuant à avancer en ville main dans la main, je profite de chaque seconde avant notre départ. Ici personne ne nous connaît, nous pouvons être un vrai couple. Mais les choses seront-elles les mêmes une fois rentrés ? Est-ce qu'il me cachera encore dans un coin, sans montrer aux autres qu'il y a quelque chose entre nous ? Qu'est-ce qu'il y a précisément d'ailleurs ? Je sais que je devrais lui en parler. Mais comme d'habitude je chasse cette idée de mes pensées. Je veux préserver ce que je vis en cet instant et cela risque fort de me glisser entre les doigts si j'essaie de lui faire mettre des mots dessus.

Tout est si simple dans les moments où je suis avec lui… Tant pis si ça se complique toujours après. Je sais que je finirai encore chez moi à me torturer, pleine de questions, quand je serai à nouveau seule. Mais peu importe, seul compte l'instant présent. Si seulement nous pouvions rester là et ne jamais plus rentrer...

Chapitre 41
Besoin d'une pause

Il est presque dix-sept heures quand nous décidons de rentrer. Il fallait bien que cela finisse par arriver et que cette journée hors du temps prenne fin.

Le compteur indique toujours 180 km/h, et j'essaie de respirer lentement pour calmer mon cœur et ses pulsations effrénées. Ce trajet va me faire prendre dix ans d'un coup ! J'observe Alex et essaie de graver son visage dans ma mémoire, cela doit être mon côté pessimiste, ou l'habitude d'avoir des déconvenues quand il s'agit de lui.

Ses paupières s'abaissent à deux reprises avant qu'il ne s'avoue vaincu par la fatigue et que nous décidions de faire un arrêt sur une aire de repos. Il se gare dans un coin du vaste parking, au plus loin de la multitude de voitures stationnées autour d'un petit magasin et de la station-service. Notre emplacement est dans un recoin, bordé de grands arbres qui marquent la limite entre la route principale et l'aire de repos.

Alex se pince l'arête du nez en plissant les yeux. Il doit être épuisé après quasiment deux nuits blanches.

— Je vais prendre l'air ça me fera du bien.

Il sort de la voiture, puis se penche vers moi.

— Tu viens ? Ça ira mieux si j'ai un câlin.

La partie au-dessus de mon estomac se met à papillonner plus que de raison.

Je rejoins Alex, déjà assis sur le capot, jambes écartées. Il me tend la main et me fait m'approcher pour me placer devant lui, toujours debout. Il place ses mains sur mes hanches, m'emprisonnant avec ma bénédiction entre ses jambes.

Il soupire et pose doucement le front sur ma poitrine, me serrant fort contre lui. Je ferme les yeux pour profiter pleinement de ce moment de tendresse et appuie ma joue contre sa tête. Puis lentement il relève la tête et me regarde droit dans les yeux. Il caresse du pouce ma pommette, descend le long de ma joue puis suit ma mâchoire jusqu'à soulever vers lui mon menton. Tout doucement, il amène ma bouche vers la sienne. Cette fois, la partie au-dessus de mon estomac a juste envie d'exploser. Ce que je ressens pour lui me dépasse et me submerge.

Nous nous embrassons avec passion, en même temps qu'il défait un à un les boutons de mon chemisier. Il l'ouvre et caresse furtivement ma poitrine avant de passer la main dans mon dos et de dégrafer mon soutien-gorge, libérant légèrement ma poitrine.

Nous sommes en public et ça m'est égal. Non que je sois en train de développer un côté exhibitionniste, mais nous sommes très à l'écart des autres voitures, et le seul angle de vue que nous offrons ne permet que de me voir de dos, debout entre ses jambes, cachant son visage. Personne ne pourrait deviner qu'en plus de m'embrasser, Alex a soulevé mon soutien-gorge et qu'il est à présent en train de caresser mes seins nus sous le couvert de ma chemise ouverte. Il est même très certainement impossible de voir qu'elle l'est.

Il fait rouler mon mamelon entre ses doigts, ce qui me met dans un état d'excitation indescriptible. Je tressaille et l'embrasse encore plus intensément. Serrée contre lui, je peux sentir son érection sur mon ventre. Je me recule légèrement pour pouvoir le prendre dans ma main à travers l'étoffe de son pantalon. C'est à mon tour de le caresser doucement et de lui extirper quelques gémissements. Je souris en le fixant d'un regard qui ne peut que lui laisser entrevoir à quel point je brûle de désir pour lui.

Au bout de quelques minutes, haletant, il arrête ma main et gémit.

— Tu devrais arrêter là, avant que je ne réponde plus de rien et que je te prenne devant tout le monde sur ce capot.

Je ris et lui dépose un rapide baiser sur les lèvres.

— Je vais m'arrêter là, mais uniquement parce que j'ai envie de rentrer en vie et qu'il faut que tu dormes un peu.

Je l'entends soupirer tandis que je m'éloigne, à regret, de lui et des pensées indécentes qu'il génère en moi, et réciproquement. Nous nous installons dans la voiture. Alex se penche vers moi mais je le repousse et l'arrête en posant ma main sur son visage.

— Dors.

Il soupire mais abdique :

— Oui, chef !

Il met la tête en arrière et ferme les yeux. Quelques secondes plus tard, il a déjà sombré dans un profond sommeil.

Il se réveille en sursaut une bonne heure plus tard. Il sort précipitamment son portable et observe l'écran une seconde avant de le ranger à nouveau dans sa poche en fronçant les sourcils. L'Alex sérieux a repris les rênes.

— On y va ?

Je hoche la tête, submergée par la tristesse. Notre escapade est officiellement terminée cette fois.

Alex
Mauvaises nouvelles

Ça fait huit fois que mon téléphone sonne depuis que je me suis réveillé dans cette aire de repos. Cette journée était si bien, si parfaite, que je n'ai pas envie de tout gâcher en répondant à l'appel de Carrie. À ses nombreux appels... De toute façon, je ne compte plus lui répondre, mais elle fait encore plus chier de m'appeler en ce moment. Victor a dit qu'il la gérait, ce qui devrait vouloir dire qu'il supervise aussi ses appels téléphoniques. Mais elle a dû trouver un moyen d'échapper à sa vigilance, cette fille peut être une sacrée manipulatrice quand elle veut.

Cat doit avoir senti que mon humeur a changé car elle regarde depuis tout à l'heure ses mains posées sur ses genoux.

— Ça va ?

Elle hoche la tête.

— Oui.

Vu sa voix, non, ça ne va pas.

— Qu'est-ce qu'il y a ?

Elle soupire, comme si elle voulait prendre le temps de chercher ses mots.

— Rien. C'est juste que... Je n'avais pas envie que cette journée se termine.

Je mets ma main sur sa cuisse.

— Moi non plus.

C'est vrai, cette journée était géniale. Ces derniers jours aussi d'ailleurs. On n'est pas passé loin de la catastrophe plusieurs fois. Entre les conneries de Drassy, elle qui a pété les plombs avec Steph et qui nous a tous foutus dehors, moi qui ai pété un câble quand ce connard l'a traitée de salope... Bon sang, j'ai dû me mordre la joue jusqu'au sang pour me retenir de lui fondre sur la gueule tout de suite, mais je ne voulais pas qu'après Léa aille lui raconter qu'en plus de tous mes défauts, je suis violent. Elle aura largement le temps de découvrir à quel point je suis tordu et ravagé de l'intérieur, pas besoin d'en rajouter.

Là aussi, j'ai failli merder. Je sais qu'elle voudrait que je lui parle, que je lui explique pourquoi j'ai voulu la tenir loin de moi, mais je n'ai aucune envie de me rappeler de tout ça. Vraiment aucune. Et elle ne doit pas le savoir, de toute façon. Elle a déjà accepté toutes ces conneries avec Carrie, mais le reste la ferait tellement flipper qu'elle partirait en courant. Sauf que maintenant que je me suis autorisé à ressentir tout ça pour elle, je ne supporterais pas qu'elle me quitte. Pas maintenant que je sais à nouveau ce que c'est de se sentir heureux.

Je n'arrive pas à briser le silence qui s'est installé. C'est comme si parler avec elle risquait de faire revenir tous ces sujets sur le tapis.

Je suis assez fier de moi. J'ai réussi à y aller doucement, comme me l'a conseillé Victor, alors que dès que je la touche, j'ai envie de m'enfermer dans une chambre avec elle. Bon, c'est vrai qu'il y a eu l'autre nuit chez moi où j'ai un peu dérapé, carrément même. Mais comment lui résister quand elle me regarde comme ça ? Et puis, de toute façon, ma saloperie de réveil a sonné, mettant fin à ce moment hors du temps.

Je n'arrête pas de repenser à la douceur de sa peau sous mes doigts, à son odeur, à sa main qui était il y a à peine une heure sur moi. Je crois que je ne m'en lasserai jamais. Je ne sais pas où l'emmener demain, mais nous avons besoin d'un minimum d'intimité, d'un endroit où nous ne risquerons pas d'être interrompus, comme à chaque fois. Mais pas une chambre à coucher. Il faut un endroit où je saurai lui résister.

Et si je l'enlevais et l'emmenais chez moi pour toujours ? Je suis sûr qu'elle ne serait pas contre. Je pourrais la garder rien qu'à moi, sans que personne ne puisse venir abîmer ce qu'on a.

Il va falloir que je parle à Steph et Basile. Même s'ils ne savent pas la moitié de ce qu'il y a à savoir, il est hors de question qu'ils fassent une gaffe, du genre parler de Jess.

Mon téléphone vibre pour la neuvième fois au moment où j'arrive devant chez Cat. Putain, elle commence vraiment à me gonfler. Je jette un œil sur l'écran.

1 appel en absence de Carrie.

8 appels en absence de Victor.

Je sens la panique me submerger avant même de comprendre qu'il y a un problème. Cat me dit quelque chose, mais je ne suis pas capable de l'écouter, le sang bat trop fort dans mes oreilles. Elle m'embrasse et je n'arrive pas à lui rendre son baiser, c'est comme si mes muscles étaient tétanisés. Je vois bien à son air qu'elle a compris que quelque chose a changé.

— Salut.

— Salut, dis-je en hochant la tête.

Ma voix n'est pas assez ferme, je devrais lui dire que je reviendrai, lui promettre qu'elle n'a pas à être inquiète parce que tout va bien et que rien ne peut changer ce que j'éprouve pour elle. Mais je démarre en trombe.

Ma main tremble quand j'appelle ma messagerie. C'est la voix de Victor, déformée par l'inquiétude et la peur.

— Alex, c'est Carrie, il faut que tu me rappelles... C'est grave.

Alex
Réminiscences

Le mélange de métamphétamines et de vodka me rend euphorique, me permettant, le temps de quelques heures, d'oublier à quel point je suis une merde. Mais comme à chaque fois, retomber est rude. Je sors de ce bar miteux par la porte arrière, et me retrouve dans cette même ruelle sordide, comme chaque soir. Je titube tellement que je dois me raccrocher à la poubelle, puis au mur. Je n'ai pas envie de rentrer chez moi. À quoi bon ?

Je me laisse glisser au sol. Tout tourne autour de moi, même les étoiles, que nous aimions tant regarder avec Jess, vacillent.

Putain, Jess... Tu me manques tellement.

La douleur au cœur de ma poitrine est si forte, si lancinante. Ça ne se calmera donc jamais ? Il y a le manque... et il y a la culpabilité. Si je n'avais pas merdé ce soir-là, comme je sais si bien le faire, elle ne serait pas partie sans regarder où elle allait. Si je n'avais pas été aussi con et orgueilleux, je l'aurais rattrapée immédiatement, avant que cette saloperie de voiture ne la percute dix mètres plus loin. Je suis doublement fautif. Je l'ai doublement tuée...

Une montée de bile me soulève le cœur, et je vomis sur mes chaussures.

Jessica... Il suffit que je ferme les yeux pour revoir son sourire, ses cheveux qui sentaient si bon...

Il a dû pleuvoir tout à l'heure, car dans mon demi-coma, je vois mon reflet dans une flaque d'eau. De longs mois de consommation à bonne dose de drogue et d'alcool m'ont foutu une mine de déterré, il faut bien l'avouer. Mais ça a le mérite de faire passer la douleur et toute autre sensation désagréable pendant quelques heures. Sauf que chaque jour qui passe rend l'effet moins efficace, et vu l'état de mes chaussures, je suis arrivé à un point où mon corps n'arrive plus à suivre, alors que mon esprit est de moins en moins anesthésié.

J'essaie de me relever en m'appuyant sur le sol, quand une douleur fulgurante me saisit. Je regarde ma main : un tesson de bouteille est planté dedans. Je le retire en serrant les dents. Le sang coule abondamment, et l'image du corps sans vie de Jess dans mes bras me revient comme une gifle. Il y avait tellement de sang... J'en avais plein les mains. Comme maintenant.

Je ne sais pas qui de mon cerveau ou de ma main s'est décidé le premier, mais tout me semble tout à coup évident. J'appuie fort le morceau de verre contre mon poignet, entaillant profondément la chair. Finalement, c'est facile, ça rentre comme dans du beurre, mais la douleur est plus forte que ce à quoi je m'attendais.

Tant mieux.

Le sang gicle, je le sens pulser, violemment d'abord, puis de moins en moins fort. Ma vision commence à s'obscurcir. Bientôt, je ne sentirai plus rien, enfin.

Je glisse lentement sur le sol, froid et humide contre ma joue. Un bruit se rapproche, régulier mais rapide. Est-ce mon propre cœur ?

Non. Deux chaussures noires se rapprochent de mon visage, puis une main. L'écho d'une voix me parvient, de plus en plus lointain. Je ne comprends pas ce qu'elle me dit. Je ne pense qu'à Jess que je vais bientôt pouvoir retrouver.

Alex

Ouvre mon cœur

Trois fois que j'essaie de rappeler Victor et que je tombe sur cette putain de messagerie. Il décroche à mon quatrième appel. Inutile qu'il me dise ce qui s'est passé, j'ai déjà deviné.

— Comment elle va ?

— Mal, répond-il, la voix tremblante. Mais je pense que ça ira. Enfin, je...

Je donne un coup de poing dans le volant.

— Vous êtes où ?

— Aux urgences de l'hôpital Sud.

— OK, j'arrive tout de suite.

Les images de Carrie avec cette saleté de cutter tournent en boucle dans ma tête. Putain, je détruis vraiment tout ce que je touche, ce n'est pas possible. Cat aussi finira par avoir des problèmes, j'en suis sûr ; c'est juste une question de temps. Et je ne pourrai que me dire que je savais que ça arriverait.

Je mets dix bonnes minutes à trouver Victor. J'ai cru que j'allais dégommer les infirmières, pas foutues de m'aider à trouver mon chemin dans cet hôpital à la con.

— Comment a-t-elle fait ça ?

La fureur me gagne d'un coup.

— Putain, Victor, ne me dis pas que tu n'avais pas planqué cette saloperie de cutter ?!

Victor ne répond pas. C'est sa technique quand je m'emballe. Il ne dit rien, me regarde et attend que je me calme pour daigner me répondre. Combien de fois est-ce qu'il m'a vu piquer une crise quand il m'a aidé à me sevrer chez lui plutôt que de simplement me laisser dans un hôpital et de me remettre aux flics ?

Je ferme les yeux et respire un grand coup pour faire retomber la pression.

— Excuse-moi.

La cicatrice sur mon poignet picote. Celle-là même que Cat a failli voir au resto quand elle fixait mon avant-bras.

— Elle a pris des barbituriques. Avant que tu ne t'énerves à nouveau, sache que tout est sous clés dans mon cabinet, mais elle a pris une de mes ordonnances et s'est prescrit elle-même ce dont elle avait besoin.

— Elle est dans quel état ?

— Elle est sortie d'affaire. C'était limite, elle était déjà presque inconsciente quand je l'ai trouvée. Heureusement que j'avais oublié un dossier et que je suis revenu à la maison.

— Je peux la voir ?

Il hésite. Forcément. Quel père ne voudrait pas éloigner sa fille de moi ? Il a enfin compris que sa confiance absolue en moi était ridicule.

— Écoute, je ne veux pas que tu ailles la voir juste parce que tu te crois redevable.

— Je te **suis** redevable. Et ça serait sûrement suffisant pour me faire rester. Mais je veux aller la voir parce que j'en ai envie. Je t'assure.

Contre toute attente il me prend dans ses bras et fond en larmes. Ça y est, il craque. À cause de moi, l'homme qui m'a sorti de l'enfer a failli perdre sa fille, et il pleure dans mes bras. Comment peut-il ne pas me haïr à la place ?

— Viens. Elle est dans la chambre là-bas.

Victor m'étonnera toujours. Il devrait me détester et c'est lui qui m'accompagne voir sa fille.

J'entre sans faire de bruit. Elle semble si fragile dans ce grand lit. Je ne peux que repenser à Jess. Elle aussi était branchée de partout, si petite en face de tous les appareils qui essayaient de la maintenir en vie. Elle a lutté deux jours entiers sans jamais reprendre conscience. Ces jours-là, je ne pensais qu'à une chose : pouvoir revenir en arrière et la rattraper assez tôt.

Mais il était trop tard quand je me suis décidé à bouger. Cette fois, il n'est pas trop tard pour Carrie. Les choses peuvent s'arranger. Elle va s'en sortir. Je l'observe, endormie. Elle a vraiment une sale tête. Elle qui est si souriante d'habitude... Son joli teint doré est devenu terreux. Je m'assieds à côté d'elle. Je suis si fatigué... La voir dans cet état me fait réaliser à quel point elle compte pour moi. J'ai bien plus d'affection pour elle que je ne voulais l'admettre. Bien sûr, il n'y a pas cette passion que j'éprouve pour Cat. Mais elle a été là dans certains moments de ma vie qui auraient fait fuir la plupart des filles. Peut-être Cat aussi.

Je m'étais juré, quand je m'en suis sorti, d'arrêter de m'attacher aux gens. La clé pour ne plus dérailler, c'était de ne plus rien laisser me toucher, de me fermer à tout ce qui serait susceptible de me faire mal et de me faire replonger. Je croyais que c'était Cat qui avait fait tomber mes défenses, qui avait recommencé à faire battre mon cœur. Mais je ne m'étais pas rendu compte de combien je tenais à Carrie.

Elle prend ma main doucement. Je m'étais endormi sur le fauteuil à côté d'elle.

— Je suis désolée.

Sa voix est si faible.

— Non, non, c'est moi.

Je cache mon visage dans mes mains. Je sens les larmes couler.

— Je suis désolé, je t'ai laissée comme ça, sans explication. J'ai été lâche. J'ai compté sur Victor pour rompre avec toi, et je me suis barré sans demander mon reste. J'aurais dû plus me soucier de toi.

— Non. C'est bien. Tu as le droit d'être avec qui tu veux, tant pis pour moi. J'ai bien mérité de me retrouver seule. C'est juste que ça faisait trop mal, tu comprends ?

Je hoche la tête. Comment ne pas comprendre ce que c'est de ne plus pouvoir supporter la douleur ? Je lui prends la main.

— Tu ne seras plus seule.

Chapitre 42
Revirements

Léa, Chris, Steph et moi nous promenons dans les rues du centre-ville. Elyne a préféré passer une après-midi chez Basile. Nous n'avons pas encore eu tous les détails, mais il semblerait qu'elle et Basile soient officiellement ensemble. Léa et moi sommes très mesquinement tombées d'accord pour dire qu'elle a bien du mal à refuser les avances d'un garçon, et qu'à chaque fois, ce sont ceux que j'ai éconduits.

Je n'ai pas revu Alex depuis deux jours. Même si avec lui un silence n'est pas forcément inquiétant, je n'arrive pas à être sereine. J'avais espéré que les derniers jours passés en sa compagnie avaient changé les choses en la matière. Mais c'est surtout la panique que j'ai lue dans son regard quand il a regardé son téléphone qui me fait penser que je ne dois attendre rien de bon des appels qu'il a reçus.

À peine rentrée chez moi, je recevais à mon tour un coup de fil. C'était Léa, qui m'a carrément hurlé dessus au téléphone. Ce que j'avais pris pour un léger manque d'intérêt dans le comportement de ma tante au petit matin était en fait sa façon à elle de cacher son inquiétude et son soulagement. Ne me voyant pas rentrer cette nuit-là, elle avait appelé les parents de Léa pour savoir si j'étais avec elle, ainsi que les hôpitaux. Je culpabilise encore de l'avoir mise dans cet état. Comme le dit Léa, Alex a une certaine mauvaise influence sur moi et me fait perdre la tête. Je ne trouve pas cela aussi grave qu'elle, mais je dois avouer que j'ai manqué d'intelligence et de tact vis-à-vis de ma tante.

Steph essaie de me faire la conversation, même si je suis trop préoccupée pour être une interlocutrice intéressante. Tout à coup, je me cogne dans Léa. Celle-ci s'est brutalement arrêtée de marcher, imitant Chris, qui s'est subitement planté là, au milieu de la rue. Tandis que je me frotte le front, je vois la main de Chris s'arracher sans douceur à celle de Léa.

Une jolie fille aux longs cheveux châtains et aux yeux clairs se dirige vers nous avec un grand sourire.

— Christian, comment vas-tu ?

— Euh, ça va, super, je me promène avec mes amis comme tu le vois, et toi ?

J'observe Léa pendant que Chris fait la conversation avec cette fille. Elle a changé de couleur. D'abord pâle, elle passe peu à peu au rouge cramoisi sous l'effet de la colère. Je ne voudrais pas être à la place de Chris lorsqu'elle lâchera les rênes à sa fureur.

Une fois cette fille partie, Léa incendie littéralement Chris.

— C'était qui elle ?

— C'est rien, c'était Émilie, je t'en ai déjà parlé.

— L'Émilie avec qui tu es sorti deux ans et que tu n'arrives pas à oublier ?

— L'Émilie que j'ai oubliée maintenant que je suis avec toi.

Il fait mine de reprendre Léa par la main.

— Ouais, alors là, tu rêves, t'en voulais pas y a deux minutes, t'es pas près de la ravoir.

Elle croise les bras pour appuyer son discours et part en trombe.

Nous allons boire un verre dans un café que je ne connaissais même pas. J'ai pourtant dû passer devant des milliers de fois, mais je ne l'avais encore jamais remarqué. Il est miteux, la clientèle a l'âge d'être mon père, et tous ces piliers de bar avinés sont accoudés au comptoir en regardant les courses de chevaux d'un regard désespérément vide.

Vu l'ambiance entre Léa et Chris, aucun de nous n'ose parler. Je finis par rompre le silence, agacée. Je n'ai vraiment aucune envie d'être ici.

— Pourquoi on ne va pas au MC plutôt ?

Steph bougonne.

— Parce que je n'ai aucune envie de tomber sur Alex.

Je reste bouche bée quelques secondes, mon cœur se met à battre la chamade. Je parviens toutefois à feindre l'absence d'intérêt.

— Oh. Tu crois qu'il y est ?

Il avale une gorgée d'Orangina.

— J'en suis sûr. J'ai vu la décapotable de Carrie devant, et j'ai reconnu Alex à l'intérieur.

J'ai l'impression que je viens d'avaler un kilo de plomb et qu'il est en train de tomber lourdement au fond de mon estomac. Il a suffi d'une seconde pour que la petite sensation d'allégresse qui ne m'avait pas quittée depuis qu'il avait pris ma main sur cette plage s'évapore, laissant la place au vide habituel et douloureux.

Je croise le regard navré de Léa. Elle a bien compris ce que cela signifie. Je serre les lèvres et me recompose une expression de totale indifférence sur le visage. Encore une chose qui a déteint sur moi, moi aussi j'ai mon masque à présent.

Steph me regarde avec un soupçon d'appréhension. Je vois qu'il cherche la faille dans mes yeux, mais je ne laisse rien paraître et je jurerais qu'il en est soulagé. Est-ce qu'il s'attendait à me voir craquer et courir comme une folle vers le MC pour leur hurler tout ce que je devrais leur dire ? C'est sûrement ce qu'ils mériteraient, mais je suis défaite, simplement.

Steph et Chris essaient de faire quelques plaisanteries, mais étant donné notre humeur à Léa et moi, la plupart tombent à l'eau. Il est gentil, finalement, Steph... À part bien sûr ce jour où il m'a insultée dans mon dos, mais il était furieux, et son ego en avait pris un coup. Est-ce que lui aussi me ferait vivre de si bons moments pour finalement me laisser là, comme ça, avec juste quelques miettes et des souvenirs ?

Nous repassons chez moi chercher nos vestes, puis décidons de partir sans but précis en balade dans la voiture de Chris. Léa semble s'être calmée, tout du moins elle adresse à nouveau la parole à Chris. Mais je parierais ma chemise qu'il n'est pas près de pouvoir la reprendre par la main.

Quant à moi, je sens les larmes me gagner. C'était la fois de trop. Alex m'a fait espérer beaucoup trop cette fois, et je sens mon masque se fissurer. Je glisse une supplique à l'oreille de Léa.

— Monte derrière avec moi s'il te plaît, j'me sens vraiment trop mal là, je vais craquer et je ne veux pas que Steph me voie pleurer.

Elle regarde Chris.

— Oui, ne t'inquiète pas, en plus ça lui fera les pieds !

Chris regarde Léa monter à mes côtés avec surprise. Lorsqu'il prend le volant, il conduit beaucoup plus nerveusement qu'à son habitude, il doit penser que Léa lui en veut encore et qu'elle monte à l'arrière pour être le plus loin de lui possible.

Sitôt assise, j'ai commencé à pleurer. Sans sanglots. Les larmes se contentent de couler, encore et encore. Léa s'attache et lance un regard appuyé vers ma ceinture, je me contente de hausser les épaules et de regarder dehors. La nuit tombe au fur et à mesure que nous fonçons sur la route. Je ne reconnais pas les lieux, ce sont des routes que je n'emprunte jamais, menant à des petits hameaux que je ne connaissais même pas, loin de la ville.

Dans la pénombre, Chris est surpris par un virage et manque de le rater, il arrive de justesse à reprendre le contrôle de la voiture, mais pas suffisamment tôt pour négocier le second virage une trentaine de mètres plus loin.

Alors, dans un grand fracas, je sens la voiture quitter la route...

Chapitre 43
Accidentée

Je ferme fort les yeux et m'agrippe de toutes mes forces à l'appui-tête du siège devant moi. Me maudissant intérieurement de ne pas avoir attaché ma ceinture, j'essaie de garder mes bras tendus les plus raides possible pour éviter d'aller me cogner brutalement contre le siège de Steph ou de passer par le pare-brise.

Je sens la voiture s'élever puis retomber brutalement, complètement immobile. J'ose ouvrir un œil, puis les deux, et observe autour de moi. Nous nous regardons tous, abasourdis mais entiers.

Un nouveau bruit nous fait sursauter. C'est le poing de Chris qui vient d'aller percuter le pare-brise, apparemment sous l'effet de la colère.

Il semblerait que nous ayons atterri dans un jardin à l'arrière d'une maison.

Une idée me vient tout à coup.

— Euh, ça explose quand les voitures ?

Léa me regarde, horrifiée.

Chris soupire.

— Euh... C'est une diesel, ça n'explose pas... Enfin... Euh... Je crois... Bon, restez là, je vais aller voir s'il y a quelqu'un dans la maison.

Il sort de la voiture sans trop de difficultés, puis se dirige vers la maison jusqu'à disparaître complètement de notre vue. Il ne réapparaît que lorsqu'il atteint la porte située à l'arrière. Il frappe à plusieurs reprises, sans succès. Il doit forcément y avoir quelqu'un, les lumières de l'étage filtrent à travers les persiennes.

Au bout de quelques minutes, la lumière extérieure s'allume, éblouissante au cœur de la nuit. Un homme sort en robe de chambre, un fusil à la main.

Steph nous calme tout de suite :

— Vous ne dites rien, vous ne bougez pas, c'est pas le moment de l'énerver.

Je retiens mon souffle de terreur. Chris et l'homme au fusil ne semblent pas se disputer, mais de toute évidence, l'homme n'a pas apprécié d'être sorti du lit par l'atterrissage d'une voiture dans son jardin.

Après quelques échanges, le propriétaire des lieux regagne l'intérieur de sa maison et ferme la porte. Chris revient vers nous en passant à nouveau à travers les taillis.

— C'est bon, mais il n'était pas content : c'est la troisième fois que ça lui arrive, apparemment c'est un virage assez dangereux.

— Ouais, on a vu.

Steph arrive encore à être sarcastique, il n'est donc pas blessé, ou pas gravement en tout cas.

— Vous devriez sortir. Je vais appeler mes parents. L'autre gars m'a dit où on est.

Tandis que Chris téléphone, je regarde autour de nous. Il est difficile de distinguer les choses dans la nuit.

Tout en suivant les autres en tâtonnant, ma vue finit par s'adapter à la pénombre. Nous sommes apparemment au beau milieu d'un potager. Le grillage derrière nous est défoncé ; il est rehaussé par un panneau en béton d'environ quarante centimètres. C'est sans doute grâce à lui que nous avons fait le vol plané qui a arrêté notre course. J'ai bien peur que nous ayons sinon fini dans la maison.

J'enjambe le grillage. Nous sommes passés à moins d'un mètre du panneau indiquant le virage, derrière lequel se trouvent un mur de béton puis un énorme chêne. J'en ai des vertiges. Si nous avions raté le virage une seconde plus tard, nous nous serions carrément encastrés dedans, et sans ceinture, je n'ose même pas imaginer où je me serais retrouvée, ni dans quel état. Si nous avions raté le virage une seconde plus tôt en revanche, c'est un grand champ en contre bas d'un fossé qui nous attendait. Et vu la configuration des lieux, il y a de fortes chances que la voiture aurait fait plusieurs tonneaux. C'est ce qu'on appelle avoir une bonne étoile...

Nous gagnons le bas-côté de la route et avançons prudemment. Une voiture arrive, elle ralentit en nous voyant. Quand nous sommes à portée de vue, la femme qui conduit ralentit, fenêtre ouverte. Elle nous regarde, méprisante.

— Pffff encore des jeunes qui ont picolé.

Puis elle redémarre aussitôt.

— Merci ! crie Steph. On n'a pas besoin d'aide, et on n'est pas blessé. Au revoir !

Je suis soudain en colère.

— Non mais c'est quoi cette conne ? Sous prétexte qu'on est jeunes, forcément on a bu ?!

— J'ai bu, je te signale, et mon coca n'était pas décaféiné en plus, ajoute Chris.

Nous ne pouvons pas nous retenir de rire.

L'adrénaline me quitte soudain, remplacée par la fatigue. Steph me retient de justesse par les épaules.

— Hé, ça va ? Regarde-moi.

Je cille.

— Euh... Oui... Je suis juste fatiguée.

Il sort son portable et m'éclaire le visage. J'ai du mal à supporter la lumière, bien trop éblouissante dans l'obscurité.

— Merde. Tu saignes.

— Quoi ?

— Chris, aide-moi.

Je sens la panique dans sa voix et m'aperçois que s'il ne me tenait pas, bientôt aidé de Chris, je me serais déjà écroulée sur le sol.

— Non, c'est bon, je vais bien.

Les mots sortent plus lentement de ma bouche que je ne le voudrais. Et mes idées sont de plus en plus confuses, il faut bien l'avouer.

Les garçons m'aident à m'asseoir dans l'herbe au bord de la route. Je les entends discuter entre eux sans comprendre ce qu'ils se disent, mais à leur ton, ils sont clairement inquiets.

Léa s'agenouille devant moi.

— Tu te sens comment ?

Mes joues sont mouillées, je prie pour que ce soient bien des larmes et non du sang. Ma voix se brise.

— Mal.

— Tu as mal où exactement ?

— Là.

Je montre le point juste au-dessus de mon estomac. Même si la douleur de ma tête devient lancinante, la seule blessure qui me fait souffrir en cet instant est à cet endroit.

— Oh mon Dieu, est-ce que tu saignes ?

Mes joues sont inondées de larmes cette fois. Je secoue la tête.

— C'est fini avec Alex, hein, c'est ça ?

Elle fait oui de la tête et me regarde, désolée.

— Tu as mal à cause d'Alex ?

Je serre mes bras autour de mes genoux. Je ne suis plus capable que de hocher la tête, trop secouée par les sanglots.

Je me souviens vaguement du père de Chris arrivant peu de temps après, des garçons et de Léa debout à côté de moi pendant qu'il m'éblouit avec une lampe torche, puis du trajet jusqu'aux urgences.

J'attends, assise sur le lit d'une petite pièce des urgences de l'hôpital, pendant que l'infirmière pose les derniers strips sur ma plaie.

— Voilà, c'est caché par la base des cheveux, on ne verra pas la cicatrice.

Je la remercie à peine, les yeux dans le vague. Léa se tient à côté de moi.

— Ça va mieux ?

Je secoue la tête tout en m'essuyant le nez du revers de la main. Elle me tend un mouchoir.

— Tiens.

— Merci.

— Il faut que tu l'oublies.

Je secoue la tête à nouveau. Cette fois il n'y a pas de reproches dans sa voix, juste de la douceur.

— Cat, regarde dans quel état tu es. Tu as eu un accident, et quand on te demande où tu as mal, tu n'es capable que de dire qu'il t'a brisé le cœur ?

— Je n'ai pas dit ça.

— Tu n'as pas arrêté de dire ça.

Je la regarde, estomaquée.

— Les autres m'ont entendue ?

— Je ne pense pas qu'ils aient vraiment compris ce que tu voulais dire.

Je soupire.

— Je sais que je ne peux rien attendre de lui. On n'a aucun avenir ensemble, je ne me fais pas d'illusion. Et ce n'est pas du tout le genre de petit ami que je rêve d'avoir, je t'assure. Vraiment... C'est juste... Je me sens tellement bien avec lui. Quand il me regarde, j'ai l'impression d'être la huitième merveille du monde.

— Tu te sens bien au moment où il daigne être avec toi. Pas quand il t'ignore et te laisse en plan pendant des jours pour aller avec Carrie. C'est limite de sa faute si on en est là. Si je n'étais pas montée à l'arrière avec toi parce qu'il t'a encore rendue malheureuse, Chris n'aurait pas cru que je lui faisais encore la gueule et il n'aurait pas conduit comme ça.

— C'est un peu tiré par les cheveux quand même, là.

— Ouais, je sais, mais faut bien que je passe mes nerfs sur quelqu'un et Chris a la main dans le plâtre, alors...

— Comment ?

— En tapant dans le pare-brise.

— Oh le con !

— Ouais, tu l'as dit !

Steph passe la tête dans l'embrasure de la porte, interrogeant Léa du regard pour s'assurer qu'il peut nous rejoindre dans la salle de soins.

— Ça va ?

Je sens à nouveau les larmes monter. Je me contente d'acquiescer ; si je parle, les vannes se rouvriront. Il me prend doucement la main pour m'aider à descendre.

— Allez on rentre.

Sur le trajet du retour, je repense à ma conversation avec Léa. Elle a raison. Je n'ai plus le courage de me battre pour lui de toute façon. Ni de le défendre devant Léa. À quoi bon ? Il prouve à chaque fois qu'elle avait raison et qu'il n'est pas bon pour moi. Qu'est-ce que je peux attendre de quelqu'un qui ne me donnera jamais que la place de *l'autre* de toute façon ? Ce sera toujours Carrie, celle qui compte. Et je ne veux pas être celle qu'on laisse dans l'ombre, celle qu'il vient chercher uniquement quand... quand quoi d'ailleurs ? Qu'est-ce qu'il peut bien venir chercher chez moi qu'il ne puisse trouver en Carrie ? Elle est si parfaite. Pourquoi est-ce qu'il revient chaque fois vers moi ? Mais peu importe... Cette fois, je veux tourner la page.

Alex 43
Quand les murs ont des oreilles

Carrie a besoin de se changer les idées, alors dès qu'elle se sent un peu mieux, je lui propose de sortir.

— J'aimerais bien aller prendre un verre au MC.

Je grimace. Aucune envie de tomber sur Steph et les autres en ce moment. Ce serait bien trop compliqué à expliquer et je ne veux pas que Cat se méprenne.

— C'est pas grave si tu n'en as pas envie, je comprends. C'est juste que j'ai envie d'un peu de normalité. Et on y allait si souvent quand...

Je la coupe avant qu'elle se refasse du mal en disant qu'on n'est plus ensemble.

— Ouais t'as raison, c'est une bonne idée.

Je prie pour ne pas croiser Cat. En même temps, ça me permettrait de la revoir sans avoir à quitter Carrie des yeux. Je pourrais peut-être lui expliquer. Avec un peu de bonne volonté, elle pourrait comprendre que je ne peux pas laisser Carrie comme ça, mais que je veux être avec elle quand même.

Carrie se change devant moi. Je regarde en l'air.

— Carrie...

— Oups, désolée. J'ai tellement l'habitude que tu me voies nue que je n'y ai même pas pensé !

Elle rit en se cachant derrière sa robe.

— Allez, file !

Ça fait du bien de la voir rire.

J'ai été clair avec elle. Ce sera comme avant : elle ne doit toujours rien attendre de moi, mais sans le sexe non plus maintenant. Ça me semble un bon compromis et apparemment ça lui va très bien. Enfin autant que possible.

Elle sort de sa chambre. La robe longue à bretelles qu'elle a mise lui fait des seins et des hanches d'enfer.

— Alors, je suis jolie ?

— Tu es très belle, comme toujours.

Elle me fait un grand sourire, mais il s'efface rapidement. La remontée va être dure quand même...

— J'ai envie de conduire. Ça ne te dérange pas ?

Je hausse les épaules.

— Rien à battre.

Au MC, j'avoue que j'ai du mal à être gai. Être tout souriant et guilleret, ce n'est déjà pas forcément mon truc, mais Cat me manque. Même si la compagnie de Carrie est agréable, j'ai envie de la laisser là et de courir chez elle. Je pourrais peut-être dire que je vais chercher des clopes et aller la voir vite fait ? Ce n'est qu'à trois pâtés de maisons...

La voiture de Steph passe dans la rue au moment précis où je regarde dehors. À tous les coups, il va chez elle. Rien qu'à cette idée, j'ai les poings et les mâchoires qui se serrent. S'il la touche....

— Alex ? Tu m'écoutes ?

Carrie me ramène à une réalité où je ne suis pas en train de tabasser Steph. Je secoue la tête pour reprendre complètement mes esprits.

— Désolé, tu disais quoi ?

— Je suis fatiguée, on peut rentrer ?

— Ouais, bien sûr.

Un petit détour par la rue à côté de chez Cat me confirme que j'avais raison : Steph est garé devant chez elle. J'ai juste envie de le bousiller.

La fin d'après-midi chez Carrie ne me semble pas si longue que ça. Finalement, on a des choses à se dire. On ne prenait jamais le temps de parler avant. Ce n'est pas plus mal de faire autre chose que s'envoyer en l'air, ça permet de découvrir un peu mieux l'autre, même si je la connaissais un peu.

Je regarde par la fenêtre le soleil couchant, il rend la luminosité dans la pièce orange, c'est plutôt sympa. Le mois de septembre vient de commencer, il va faire nuit de plus en plus tôt, maintenant.

Mon regard se porte sur Carrie, qui gigote un peu partout dans la pièce en pestant. Elle soulève tout ce qu'elle peut.

— Qu'est-ce que tu cherches ?

— J'ai perdu mon bracelet. Tu sais, celui de ma grand-mère. J'ai cru que je l'avais laissé sur ma table de chevet, mais je pense que je le portais le jour où... Enfin, tu sais... J'ai dû le perdre à l'hôpital.

— J'irai le chercher demain si tu veux.

Elle grimace.

— Il est en or et il y a des pierres précieuses dessus. Je préfère aller le chercher maintenant.

— Non, t'es claquée. Je vais y aller.

Arrivé à l'hôpital, je farfouille dans la chambre où Carrie était avant-hier. Je retrouve le bracelet derrière le pied du lit. Le ménage laisse vraiment à désirer, ici.

Quand je sors de la chambre, je me retrouve nez à nez avec Steph.

— Comment t'as su qu'on était là ?!

Qu'est-ce qu'il raconte ? Je hausse juste les sourcils, histoire de le faire parler.

— Peu importe. J'aurais dû me douter que tu débarquerais en sachant qu'elle a été blessée...

Mon sang ne fait qu'un tour. Il ne peut parler que de Cat, et la panique envahit déjà chaque fibre de mon corps.

— Elle est où ?

Steph regarde une porte en soupirant. Je fonce, mais il me retient.

— Lâche-moi ou je te fous encore sur la gueule.

Mon poing est déjà prêt.

— Vas-y, j'en ai rien à cirer ! Mais laisse-la ! Tu vois pas ce que tu lui fais, à jouer la girouette comme ça ?! Elle était blessée et en état de choc, et tout ce qu'elle arrivait à dire c'est ton prénom et « briser le cœur » !

Je sens le sang battre dans mes oreilles. Peu importe ce qu'il dit, il faut que je sache comment elle va. J'ai juste envie de rentrer dans cette salle, de caresser son visage et de constater les dégâts. Peut-être même de la prendre dans les bras et de la ramener chez moi. Alors que je suis sur le point de faire un pas dans sa chambre, j'entends qu'elle et Léa parlent de moi. Je m'arrange pour écouter, là où je suis elles ne peuvent pas me voir.

J'ai l'impression de me prendre un coup dans l'estomac. Alors c'est ce qu'elle pense de moi ? Qu'elle n'a pas d'avenir avec moi ? Qu'elle n'a rien à attendre ? Est-ce qu'elle croit que j'emmène toutes les filles comme ça sur un coup de tête à la mer après avoir passé une nuit blanche ?

Je perds pied quand Léa lui explique que, quelque part, je suis responsable de l'accident. J'ai l'impression que je vais tomber, que le monde bascule. Alors j'avais raison... Je lui fais du mal. D'une manière ou d'une autre. Et, ironie du sort, elles finissent forcément dans ce putain d'hôpital.

J'ai besoin de me tirer de là le plus vite possible. Je bouscule Steph au passage. Si je peux au moins le mettre à terre, ma journée n'aura pas été complètement perdue. Il faut vraiment que je me tienne loin d'elle. Et ça devrait lui aller vu ce qu'elle pense de moi. Finalement, je suis peut-être le seul à avoir le cœur brisé. Avec Carrie...

Chapitre 44
Lèche-vitrine

Cela fait plus d'une semaine qu'a eu lieu l'accident. Ma tante a beau adorer Christian, elle était hors d'elle lorsque je suis rentrée de l'hôpital avec ces quelques points de suture. Heureusement qu'il n'avait pas bu, sinon je pense qu'elle se serait arrangée pour le faire virer de tout établissement universitaire. Avec ses fonctions, elle a le bras long !

À quelques jours de nos départs respectifs en prépa et à la fac, Elyne, Léa et moi avons décidé de nous offrir une petite séance de shopping entre filles.

Je jette un dernier coup d'œil à mon reflet dans l'immense miroir du hall de mon immeuble. Pendant que Léa fait le point sur sa tenue, je camoufle ma cicatrice en laissant échapper une mèche de cheveux au-dessus de mon front. Une personne non avertie n'y verrait rien.

Nous rejoignons Elyne qui nous attend déjà dehors.

Faire des emplettes en centre-ville s'avère assez simple car les magasins de vêtements sont tous regroupés dans la rue principale toute en longueur. Il nous suffit donc d'arpenter cette longue ligne droite, de faire du lèche-vitrine devant les magasins les plus huppés, et d'entrer dans ceux destinés à nos âges, et surtout à nos finances.

Léa et moi avons un budget plus limité qu'Elyne, mais celle-ci a des goûts beaucoup plus difficiles que nous.

— Regarde, il t'irait bien ce haut, Ly.

— Bof, j'aime pas la couleur.

— Oh, je t'en prie, il est décliné en... huit couleurs différentes.

Elyne fait la moue.

— Oui, mais aucune ne me plaît.

J'avais oublié à quel point faire les magasins avec elle pouvait être frustrant.

— Pfff tu es difficile, quand même, intervient Léa. Moi ça me plairait bien de pouvoir me l'offrir, mais je n'en ai pas les moyens, et je dois absolument trouver un long gilet pour cacher mon popotin.

Je lui fais les gros yeux.

— Léa, arrête de te focaliser là-dessus. Tu caches tout ce qui est bien aussi quand tu te planques sous ce genre de vêtements.

— Ouais, ben, tant que je n'ai pas perdu les quatre kilos que je veux perdre, il faut que je planque la misère. Vous avez de la chance, vous n'êtes pas difformes, vous.

— Oh arrête, tu dis vraiment n'importe quoi. Non seulement tu n'es absolument pas difforme, mais en plus, quatre kilos, c'est du délire. Tu n'as pas un gramme de trop. Pas dit en plus que tu perdes de là où tu veux, je te signale.

— Raison de plus pour me trouver un long gilet !

Je lève les yeux au ciel.

— Va pour un long gilet, si ça peut te faire plaisir...

Nous continuons à chercher la perle rare chez les différentes grosses enseignes de la ville. Ça fait du bien de vivre une journée de fille normale. Non que je me sente anormale, mais aujourd'hui j'ai l'impression d'être revenue au bon vieux temps, à l'époque où nous n'avions pas de garçons dans nos vies, et où notre seule préoccupation était de réussir notre bac !

— Et ça, tu en penses quoi ?

— Bof.

— Oh, mais t'es mal lunée aujourd'hui ou quoi ? Ça sert à rien de faire les magasins si c'est ça.

Quand Léa et Elyne se disputent, ça peut vite faire des étincelles. Surtout qu'en ce moment, Léa n'est pas tendre avec elle.

— Stop les filles. On se détend. Elyne, Léa a raison, ça n'a pas l'air de tourner rond aujourd'hui. Qu'est-ce qu'il y a ?

— Je suis un peu inquiète, je pars ce week-end, et ça fait si peu de temps que je suis avec Basile que je ne sais pas trop ce que ça va donner.

Léa se calme aussitôt.

— Ne m'en parle pas ! Je serai si loin de Chris que je ne pourrai pas le voir de la semaine, alors que depuis qu'on est ensemble on n'a pas passé un jour sans se voir. Enfin, sauf quand j'étais punie, et encore, des fois j'arrivais à sortir cinq minutes pour le voir en cachette. Si ça se trouve, il va aller voir ailleurs !

— Oh les filles, arrêtez de stresser, ils sont l'un comme l'autre littéralement à vos pieds. Vous n'avez pas à craindre quoi que ce soit !

— Tu crois ? demande Léa, hésitante.

— Enfin Léa, Chris te vénère ! Et toi Elyne, on dirait que tu es un beignet que Basile rêve de manger.

Elyne fronce les sourcils.

— Euh, merci... Je ne suis pas sûre d'apprécier la comparaison, mais remarque tu n'as pas tort, avec lui, j'ai l'impression d'être comestible.

— Oui. Vous avez toutes les deux des mecs qui vous adorent, franchement, vous avez beaucoup de chance.

Regardez, moi, il n'y en a pas un à qui je donne envie de rester.

J'essaie de faire de l'humour mais j'arrive à me blesser avec mes propres paroles.

Elyne me regarde, agacée.

— Sinon, tu peux toujours tenter Steph. À ce qu'on m'a dit, il aime bien traîner le soir dans les rues avec toi.

Aïe. C'est un coup bas, et de toute évidence, Elyne attendait depuis longtemps de pouvoir le placer. Je peux comprendre qu'elle m'en veuille, cependant. Je n'aurais pas non plus apprécié qu'elle traîne avec mon copain dix minutes après que celui-ci m'ait plaquée. Mais pour ma défense, je n'étais pas au courant.

Pendant qu'Elyne part essayer une petite robe jaune-orangé, Léa me glisse :

— Laisse tomber, elle avait sûrement envie de te dire ça depuis un moment. Maintenant qu'elle a Basile, elle s'en fiche de Steph. Et puis de toute façon, c'est toi qu'il veut depuis le départ.

— C'était au début, il s'est passé un milliard de trucs depuis.

— Ouais, ben d'après Chris, il n'a jamais cessé d'y penser. Il a juste accepté de sortir avec Elyne par dépit, c'est tout.

— Ne me redis pas que je suis la cause de leur rupture, je n'y suis pour rien je te signale.

— Je sais, c'est pas ta faute si Tom…

Elle s'interrompt en voyant mon regard se troubler en entendant ce prénom.

— Excuse-moi. Enfin, toujours est-il que je suis convaincue que tu devrais te mettre avec Steph.

— Quoi ? Non, t'es folle.

— Ben quoi, il t'adore. Et il est pas mal.

— J'aime pas les blonds.

— Oh arrête, à part ça il est pas mal du tout, quand même !

— Non, toi, arrête. Je ne vais pas sortir avec tous les garçons de la bande.

— Lui il te respectera, c'est pas comme d'autres.

— C'est un coup bas.

— C'est surtout la vérité. Vous seriez bien ensemble, réfléchis-y.

Elyne sort de la cabine d'essayage.

— Bon, elle ne me plaît pas tant que ça finalement. On s'en va ?

J'acquiesce et vais reposer le pull bien trop cher que j'avais dans les mains. Au moment où je le raccroche sur le portant plein de vêtements de la nouvelle saison mis aux abords de l'entrée, mon cerveau entre en alerte avant que mes yeux n'identifient les silhouettes familières de l'autre côté de la rue.

Alex sort de sa voiture et en fait le tour pour aider Carrie à sortir. Au moment où il se redresse, son regard croise le mien. Sans ciller, il entraîne Carrie à sa suite. Le cœur en morceaux, je les vois s'éloigner main dans la main.

Chapitre 45
Nouvelle vague

Je m'interdis désormais toute pensée envers Alex. C'est tout simplement trop dur. Mon cerveau sait qu'il n'est pas bon pour moi et qu'il faut accepter qu'à l'évidence, il a tiré un trait sur moi pour choisir Carrie. Sans doute ai-je commis un faux pas ce jour-là à la plage. Selon Léa il n'a pas eu ce qu'il attendait de moi et que Carrie doit lui offrir au moindre regard un peu appuyé.

Le problème depuis le début dans cette histoire n'est malheureusement pas mon cerveau. Le problème est qu'il perd le contrôle de mon corps dès qu'il s'agit d'Alex. Il devient alors tout bonnement exclu de l'équation.

Il y a une certaine forme d'ironie dans tout cela. Mes émotions étaient éteintes quand j'ai rencontré Alex, balayées par la douleur, et voilà que celui-ci s'est mis à anesthésier mon cerveau en échange de réveiller mon cœur.

Le souci dans cette pseudo relation que nous avons eue, c'est qu'Alex a tellement joué au yo-yo avec moi que je ne peux pas me décider à accepter que c'est fini. Comment le savoir d'ailleurs ? Combien de fois tout semblait désespéré pour finalement se terminer en baiser volé et passionné ? Pourquoi cette fois serait-elle différente des autres ?

Alex m'a fait vivre ces dernières semaines au rythme de l'espoir-désespoir, comme les vagues qui déferlent sur le sable. Lorsqu'arrive la vague, les grains de sable sont brassés par la force de l'eau, impuissants face à tant de vigueur. Puis l'eau se retire. Le sable est toujours là, il semble identique à l'instant précédent. Pourtant, tout a été chamboulé, plus aucun grain n'est à sa place. Jusqu'à ce qu'une nouvelle vague arrive, encore...

Je suis ce sable aujourd'hui. Personne ne semble voir ni comprendre que j'ai changé à jamais. Aux yeux des autres, même de ma meilleure amie, je suis inchangée, toujours la même fille au caractère inconstant. Pourtant, chaque parcelle de moi a été remuée par Alex, plus rien n'est à sa place, car il a tout bouleversé sur son passage.

Cette fois, je ne suis pas éteinte. Je continue de sortir avec mes amis, même si chaque fois que je mets les pieds dehors, une infime part de moi s'attend à voir arriver Alex. Comment l'en blâmer ?

Hier, Elyne est partie commencer son année de prépa. Ses cours commencent plus tôt que les nôtres. Ce n'est cependant qu'une question de jours pour que Léa et moi nous partions à notre tour. J'ai hâte que la fac commence. Il est temps de changer d'air.

Basile n'a, de ce fait, pas eu le cœur de venir avec nous cette après-midi. L'absence d'Elyne le remuerait trop selon lui. Je le soupçonne surtout de traîner avec Alex et Carrie.

— On va boire un verre ? nous propose Steph.

— Où est-ce qu'on va ? J'en ai marre de traîner dans cet horrible café !

— Dans ce cas, je ne vois pas trop où on peut aller.

À quatre comme ceci dans les rues de la ville, Léa et Chris, et Steph et moi, on pourrait croire que nous sortons entre couples. J'avoue que je m'entends de mieux en mieux avec Steph ces derniers temps. Il était déjà adorable avant l'accident, mais depuis il redouble de petites attentions.

J'aimerais le voir comme plus qu'un ami. Il est plutôt mignon, pourtant je n'ai jamais ressenti la moindre attirance envers lui. L'alchimie n'est pas là, tout simplement... Y en aura-t-il jamais une avec quelqu'un d'autre, après celle que j'ai connue avec Alex ?

J'envisage cependant d'essayer de le voir différemment. Peut-être en me forçant un peu ma vision des choses pourrait-elle changer ? Une relation avec lui serait sans doute plus calme et équilibrée, cela manquerait juste de passion. Mais ce ne serait peut-être pas plus mal finalement, cela ne me consumerait pas. Je sais qu'avec lui, je ne souffrirais pas comme avec... Il faut vraiment que j'arrête de penser à lui ! Il n'a même pas pris de mes nouvelles alors que j'avais une commotion cérébrale à surveiller de près pendant quarante-huit heures ! Même s'il ne l'a sans doute jamais su, il aurait pu s'inquiéter...

— Sinon on va chez moi.

— Tu es sûre que tu ne risques pas de nous foutre à la porte au bout de cinq minutes ?

Je donne à Steph un coup d'épaule en souriant.

— Évite de balancer des objets dans mes fenêtres et ça devrait aller.

— Je n'ai p...

— Tais-toi, ne reviens pas là-dessus, sinon je te mets dehors avant que tu n'entres.

— OK, au temps pour moi, promis, je ne recommencerai plus.

Il me lance un sourire charmeur. Du coin de l'œil, je remarque que Léa nous observe. Elle a l'air d'être amusée par nos échanges, et plutôt satisfaite d'ailleurs.

Une fois chez moi, nous allons directement dans le salon. Chris s'assied dans le canapé. Léa s'apprête à s'installer à ses côtés, mais Chris la déséquilibre pour la faire chuter pile sur ses genoux et la serrer contre elle. J'ai un pincement au cœur en me revoyant dans cette même position il y a peu dans le canapé de Basile. Pensée que je balaye rapidement de mon esprit.

Lorsqu'ils commencent à s'embrasser, Steph et moi échangeons des regards qui traduisent que nous sommes aussi mal à l'aise l'un que l'autre.

Je me lève la première.

— Je vais chercher à boire.

Je farfouille dans le réfrigérateur. Il est temps que ma tante fasse le plein de courses. J'attrape quatre bouteilles de panaché et sursaute en fermant la porte.

— Bon sang, Steph, annonce-toi la prochaine fois, tu m'as fait flipper.

Il me fait un petit sourire timide.

— Désolé. Un coup de main ?

— Tu ne comptes pas la lancer j'espère, dis-je en fronçant les sourcils.

Son sourire s'agrandit et il m'arrache la bouteille que je tendais vers lui.

— Bien sûr que si !

Je me précipite vers lui pour lui arracher la bouteille. Steph part dans un fou rire tandis qu'il fait bouger la bouteille au dernier moment chaque fois que je suis sur le point de l'attraper. Au fil de notre bagarre, je me retrouve clouée au sol, Steph à califourchon sur moi, dans ce même couloir où une scène similaire s'est déroulée entre Alex et moi. Steph approche son visage du mien. Alors c'est ça qu'il veut, reproduire le seul moment d'intimité qu'il a pu entrevoir entre Alex et moi, et cette fois en sortir vainqueur ?

L'ambiance change sensiblement. Nous ne rions plus. Sa bouche est à à peine un centimètre de la mienne, mais je sais qu'elle n'ira pas au-delà sans que je ne lui en donne la permission. Steph a ce petit côté chevaleresque qui fait qu'il ne franchira pas certaines limites, comme celle d'être sûr que nous voulons la même chose.

Je sais que c'est ce que je devrais faire, il est mieux pour moi à tous points de vue. Si cela doit arriver, c'est le moment ou jamais. Nous ne nous reverrons certainement pas avant plusieurs semaines, peut-être plus…

Mais je suis incapable de vouloir une autre vague et détourne la tête.

Chapitre 46
Une nouvelle vie pas très neuve

Je monte une à une les marches des trois étages de mon logement universitaire. Au quotidien, je sens qu'habiter au dernier étage va devenir sportif... et pénible. Ma tante vient de me déposer, elle a préféré s'épargner la montée des escaliers une nouvelle fois.

Cela m'a fait bizarre de franchir à nouveau cette porte aujourd'hui. La dernière fois que je suis venue – la seule d'ailleurs –, j'étais avec Tom. Nous n'avions pas prévu de faire nos études dans la même ville, mais il aurait été à une heure d'ici à peine, et nous avions envisagé qu'il vienne le plus souvent possible. Je nous vois encore entrer main dans la main, nous regarder d'un air complice en voyant le lit, et profiter que ma tante était en bas en train de signer le bail pour nous y allonger le temps d'un petit câlin...

Le bruit de mes pas cesse subitement de résonner lorsque je franchis le seuil du couloir. Il est plutôt lumineux grâce à une grande fenêtre à un bout et une porte de secours entièrement vitrée de l'autre.

Je me trouve face à la porte de la chambre de Léa, située juste devant l'accès aux escaliers. La mienne est deux portes plus à droite. On ne pouvait pas rêver mieux, à part à la rigueur la chambre d'à côté. Si cela avait été le cas, nous aurions pu communiquer par coups au mur !

Elyne fait ses études à Paris, Chris et Steph sont chacun dans une autre ville à deux heures de là. Notre bande est désormais dispersée aux quatre coins du nord du pays. Ça me fait un peu mal au cœur, mais cela m'évite également de me retrouver dans des situations où Alex brille par son absence. Je chasse l'image de son visage de mon esprit. Je ne veux plus penser à lui.

Léa est déjà dans sa chambre. Son père l'a emmenée tôt ce matin avant de partir au travail. Elle a son permis, mais sans voiture, il s'avère plutôt inutile. Quant à moi, il faudra attendre le printemps pour que je sois majeure et que je puisse passer le mien.

Je toque deux fois d'affilée, puis une. Nous avons décidé que ce code nous permettrait de nous identifier.

— Entre.

— Ça y est, tu es installée ?

— Oui. Et toi ?

— Il me reste deux ou trois bricoles, mais je le ferai plus tard. On va chercher nos emplois du temps ?

Léa acquiesce tout en se levant.

Nous rendre à la fac demande environ quinze minutes de marche, d'un bon pas. Notre résidence est séparée des abords de la fac par un grand terrain vague, que l'on peut couper en passant par un sentier façonné par les milliers de pas des étudiants passés par là pour se rendre en cours. Ensuite, il faut encore traverser un grand parking pour accéder au campus. Heureusement, l'aile de géographie est la plus proche. Cette fois, nous la dépassons et longeons les deux autres ailes jusqu'à arriver au grand hall de forme circulaire qui sert d'accueil aux nouveaux étudiants.

Nous récupérons les divers papiers administratifs, plans et flyers de fêtes étudiantes qui nous sont distribués, puis rentrons. Je suis encore un peu perdue entre les multiples ailes, couloirs, étages... Je ne suis pas mécontente de retrouver la quiétude de ma minuscule chambre. Un lit, un placard, un bureau et un frigo surmonté d'un micro-ondes... tout ça dans une chambre de trois mètres par quatre. Pour aller d'un bout à l'autre, il faut se faufiler entre la table et le lit. Mais ça me convient à merveille.

Je rejoins Léa dans sa chambre, elle est en train de regarder par la fenêtre.

— Cette voiture, je la reconnais.

Je jette un œil également. La voiture me dit en effet vaguement quelque chose, mais s'il y a bien une chose dont je suis incapable, c'est de savoir qui conduit quoi. Je sais retrouver ma propre voiture, enfin celle de ma tante, et c'est déjà fort bien.

Léa surveille la fenêtre tout en discutant, et au bout d'une heure, elle se met à sautiller sur place.

— J'le savais ! J'le savais ! C'est Théo !

— Euh... Le Théo du lycée ?

— Oui ! Viens, on va essayer de trouver dans quelle chambre il est.

Je me souviens de lui, on avait pas mal discuté avec lui vers la fin de l'année scolaire. Il était avec une fille de notre classe. Il est un peu étrange mais vraiment très gentil.

Léa m'entraîne dans les escaliers et nous finissons par trouver Théo un étage plus bas, sur le point d'ouvrir la porte de sa chambre. Il a l'air plutôt agréablement surpris de nous voir.

Nous nous installons sur son lit.

— C'est trop fort de se retrouver ici !

Léa est surexcitée. C'est vrai que c'est rassurant de trouver des points de repère en des visages connus.

— Ouais, effectivement. Et il y a Julien aussi dans la chambre juste en face.

Je jurerais que mon cœur a raté un battement. Si c'est le Julien auquel je pense, alors je vis dans le même logement que le meilleur ami de Tom.

Chapitre 47
Le monde est petit

Nous entendons Julien arriver peu de temps après. Je me souviens que les amis de Tom ne me portaient pas une grande affection. À leurs yeux, j'étais encore la fille bouboule et inintéressante. Ils ne comprenaient pas que le regard de Tom ait perçu le changement que leurs vieux préjugés les empêchaient de voir.

Mon pouls s'affole. Je n'ai pas pensé à Tom depuis bien longtemps. J'avais oublié à quel point ça faisait mal. La part de néant que j'avais endiguée en moi essaie de forcer les murs que j'ai construits pour l'isoler. Je me suis reconstruite peu à peu autour, mais elle reste là quand même, toujours présente, prête à ressurgir. C'est comme si elle attendait le bon moment pour attaquer le peu qui reste de mon cœur.

Je soupire et essaie de reprendre contenance. Je ne pourrai de toute façon pas l'éviter éternellement en habitant toute l'année dans le même immeuble que lui.

C'est une bonne surprise de le voir nous sourire lorsque nous sortons de la chambre de Théo. Il n'a finalement pas l'air de me détester tant que ça. Il faut dire que je ne suis plus avec Tom maintenant, lui et ses amis n'ont donc plus à avoir honte de moi.

Léa reçoit un message.

— Basile est en bas, je vais lui ouvrir.

Nous n'avons pas vu Basile de tout le mois de septembre. Il vit une relation à distance avec Elyne, qui a commencé les cours bien plus tôt que nous.

Sa venue est prévue de longue date, il fait ses études dans la même ville que nous et attendait impatiemment que nous nous installions. Il a promis de venir dès le jour de notre arrivée.

Je regarde Julien et ose mettre les pieds dans le plat.

— Tu as des nouvelles de Tom ?

— Oui, il démarre son année comme prévu. Il a déménagé pendant les vacances. Il est super content.

Cette fois j'ai la sensation que je vais défaillir. Alors il a repris le cours de sa vie et va très bien. J'aurais aimé entendre qu'il regrettait, que je lui manquais et qu'il voulait trouver une solution pour revenir. Mais notre relation me paraît bien fade avec le recul ; est-ce que j'aurais envie de le revoir s'il revenait ?

— J'ai gardé sa gourmette. Il n'a jamais eu l'occasion de la récupérer. Tu peux peut-être la lui transmettre ?

C'est un pas vers l'acceptation si j'arrive à me séparer du seul souvenir que j'ai de Tom.

— Oui, il sera content de la récupérer. C'est bête, il est revenu le week-end dernier, j'aurais pu la lui donner. Mais ce ne seront pas les occasions qui manqueront, je pense qu'il reviendra souvent.

Je déglutis péniblement. Je n'avais pas envisagé qu'il pourrait revenir aussi souvent. Rien ne nous empêchait finalement de maintenir le contact. J'en ai presque la tête qui tourne.

Léa nous rejoint dans le couloir, accompagnée de Basile. C'est une surprise pour nous de découvrir que les garçons se connaissent déjà. En fait, nous nous apercevons que tous se connaissent. Ils ont été dans la même classe à un moment ou à un autre. Alex, Steph, Chris, Tom et Julien. Julien et Tom ont redoublé et se sont retrouvés dans la même classe que nous l'année suivante.

J'ai fait soixante kilomètres en espérant échapper à mes souvenirs et voilà qu'ils viennent me rattraper un étage plus bas.

Nous finissons la soirée dans la chambre de Léa. Basile, étudiant à présent expérimenté du haut de son statut de deuxième année, nous enseigne les règles du tarot. J'avoue ne pas pouvoir le regarder sans penser à Alex, c'est très troublant.

— Alors, les filles, vous avez des news d'Elyne ? Ça fait deux jours que je n'arrive pas à la joindre.

Léa et moi échangeons un regard gêné. Nous avons effectivement des nouvelles récentes : Elyne a craqué sur un garçon de sa prépa et sort avec lui depuis quelques jours.

Ça me fait mal au cœur pour Basile, même s'il est toujours aussi pataud et agaçant. Il se fait des illusions sur leur relation et il a l'air de vraiment tenir à elle. Il mériterait de connaître la vérité, mais Elyne nous a fait jurer de ne rien dire. Elle nous a assuré vouloir lui apprendre les choses en personne, mais je la soupçonne de vouloir assurer ses arrières.

— Bon sinon, vous venez au zinzin à la fin du mois ?

Léa et moi nous regardons avec les yeux ronds, mais quelle langue parle-t-il ?

— Au quoi ?

— Au zinzin. Ce sont nos fêtes étudiantes, c'est dans une boîte qui s'appelle Le Zinc Bleu, c'est pour ça que ça s'appelle comme ça. Il y en a pour chaque spécialité.

La semaine prochaine, c'est un zinzin « infirmières ». Si j'étais célibataire, je me serais fait un plaisir d'y aller, mais je préfère rester sage ! Celui des « génies civils » a lieu le vingt-six du mois.

Léa fronce les sourcils.

— Euh bof, je ne pense pas aimer ce genre de soirée.

Je lui fais les gros yeux. Si elle ne ressent pas le besoin de sortir, moi j'éprouve celui de me changer les idées et de m'ouvrir de nouveaux horizons. Ce n'est pas en ruminant dans ma chambre d'étudiante que je vais pouvoir faire autre chose que de penser à mes amours perdus.

— OK, ça marche, abdique-t-elle.

Je brûle de remettre à Basile la lettre que j'ai écrite hier à l'intention d'Alex. Je l'ai faite avant tout pour exorciser mes démons, mais la faire parvenir à Alex pourrait me fournir quelques éléments de réponses et m'éviter d'avoir un sentiment d'inachevé. J'ai cru tenir à lui, mais ne pas le voir rend les choses plus claires. Je me sens capable de passer à autre chose, ou tout du moins d'essayer. Même si à chaque fois que quelque chose me fait penser à lui, j'ai cette horrible sensation d'être saisie par une piqûre d'adrénaline en plein cœur. Mais après tout, voir une voiture foncer sur moi me ferait exactement le même effet. Il est un peu comme ça finalement, une voiture qui défonce tout sur son passage.

Après maintes hésitations, je confie discrètement la lettre à Basile.

— S'il te plaît, tu lui remets ça en mains propres. Et tu n'ouvres pas, hein !

Je lui fais mon air le plus sévère. J'ose espérer qu'il n'aura pas l'indélicatesse de la lire. J'ai l'impression de faire un saut dans le vide en la lui remettant, mais il est temps d'en finir avec tout ça.

Le lendemain matin, à mon réveil, je trouve un mot sous la porte. Après un bref moment d'espoir, je déchante en découvrant qu'il s'agit d'une convocation du gérant de l'immeuble. Léa a reçu la même. Nous sommes sommées de nous rendre à dix-huit heures dans son bureau.

Après notre première journée de cours, journée durant laquelle j'ai découvert que mon sens de l'orientation était déplorable – sans Léa, je n'aurais pas trouvé ma salle de cours une seule fois –, nous nous rendons dans le bureau du gérant.

Il est à côté de l'entrée, minuscule et mal rangé. J'ai l'impression d'être dans un placard à balais.

— Bien, mesdemoiselles, je vois que vous ne respectez pas les règles.

Nous nous regardons l'une l'autre, stupéfaites.

Léa prend la parole.

— Qu'est-ce qui vous fait dire ça ?

— Vous avez fait bien trop de bruit hier soir, ne croyez pas que vous allez faire la fête ainsi tous les soirs. C'est un logement destiné aux étudiants qui veulent du calme pour travailler.

— Mais nous n'avons pas fait de fête.

— Vous avez fait suffisamment de bruit pour que votre voisine de chambre vienne se plaindre au petit matin.

— Si elle était venue nous demander de nous taire...

— Peu importe, me coupe-t-il. Vos familles sont prévenues. Au moindre écart, vous serez exclues.

En sortant, nous sommes toutes deux dépitées. Décidément, l'année commence bien...

Chapitre 48
Nouveau départ

Voilà deux semaines que nous sommes officiellement étudiantes. Nos soirées s'alternent entre travailler sur nos cours et faire des parties de cartes – silencieuses – avec Basile, Julien et Théo.

Ce soir, c'est soirée pizza, sans Basile cette fois, il est en retard dans son travail. Étant donné nos faibles moyens, nous avons investi dans des pizzas surgelées que nous réchaufferons au micro-ondes.

Nous sommes tous installés dans la chambre de Léa, qui est encore au téléphone avec Chris. Lorsqu'elle raccroche, toute fière, elle me lance :

— Steph est dégoûté.

Je lui fais les gros yeux. Julien relève malheureusement ce que vient de dire Léa.

— Pourquoi ?

Je me cache le visage dans les mains.

— Qu'est-ce que tu as été raconter à Chris ?

Je ne sais pas pourquoi je le lui demande. J'ai eu le malheur de dire à Léa qu'après l'accident j'avais envisagé un bref instant d'accepter les avances de Steph. De toute évidence, elle l'a répété à Chris, qui ne s'est pas privé d'en parler à son meilleur ami.

— Ben je lui ai peut-être répété que tu avais pensé un temps sortir avec Steph.

— J'veux pas te vexer, ricane Julien, mais ça m'étonnerait qu'il veuille sortir avec toi.

C'est un échec, je suis mortifiée. J'ai envie de lui balancer à la figure les diverses avances qui m'ont été faites l'été passé, mais Léa prend les devants, sèche.

— Alors, pour ta gouverne, si Cat a envisagé de sortir avec Steph, c'est parce qu'il a passé tout l'été à lui courir après, et…

— Euh, vous êtes sûres qu'on parle bien du même ? Non, parce que t'es pas vraiment son style.

— Et tu crois que c'est le style d'Alex ?

— Certainement pas.

Il rit ouvertement, ce qui me donne envie de sortir les griffes.

— Ben pourtant ils ont été ensemble pendant une bonne partie de l'été.

Merci Léa ! Je lui fais un clin d'œil. Venant de moi, l'intervention serait passée pour de la vanité, mais il était nécessaire de redorer un peu mon blason ! Tout à coup, le regard de Julien sur moi change. Je lève les yeux au ciel en me levant pour aller faire cuire l'une des pizzas dans ma chambre. Décidément, les garçons sont tordus et adorent piquer les jouets de leurs copains.

Lorsque je reviens de ma chambre, j'interromps de toute évidence une conversation à laquelle je n'étais pas conviée. Léa, Théo et Julien se regardent entre eux d'un air gêné. Je fronce les sourcils en regardant Léa, mais elle baisse les yeux et je jurerais y voir de la pitié.

Je prends le prétexte d'avoir besoin d'elle dans ma chambre pour l'entraîner à l'écart.

— Qu'est-ce qui se passe ?

— Vaut mieux qu'on en parle tout à l'heure.

— Ben voyons, et tu crois que je vais tenir comme ça toute la soirée ?

Elle soupire.

— Je t'assure, t'as pas envie de savoir ça maintenant.

— Léa !

— OK...

Elle marque une pause insupportable.

— C'est Tom.

Mon cœur bondit dans ma poitrine. Vu son ton désolé, il a dû arriver quelque chose de grave.

— Il t'a menti du début à la fin.

— Qu... quoi ?

La pièce tourne presque autour de moi.

— Il n'a pas tout quitté pour ses études. Son cursus si spécial, toutes les facs le proposent... En fait, il était amoureux depuis des années de la fille des amis de ses parents, ceux chez qui ils partent tous les ans. Et elle s'est fait larguer par son copain... Et du coup, on va dire qu'il... ben...

— Il l'a consolée...

Elle hoche la tête.

— Il est parti s'installer avec elle.

Je sens les barrières se rompre. Le néant prend le dessus, mais il est vite effacé. Une part de moi est soulagée. Je suis enfin autorisée à le détester. Enfin...

Ça aurait été si facile, dès le début, s'il n'avait pas lâchement tout caché, s'il n'avait pas voulu se donner le beau rôle. J'étais prise dans une espèce de mélodrame à la Romeo et Juliette, la vie nous séparait, alors que c'est juste...

— C'est un gros connard ! Putain, mais c'est un gros, gros, connard !

Je ravale mes larmes, la colère tant attendue, nécessaire, prend enfin le dessus. Non, je n'ai plus besoin de pleurer un amour impossible ! Je suis tout simplement tombée amoureuse d'un con incapable de faire face à sa muflerie et qui m'a tout bonnement larguée pour une autre fille.

À cette pensée je ris... J'ai été *l'autre* pour Alex, mais il m'a préféré Carrie, j'ai été celle qui a été trompée par Tom, mais il est parti avec cette *autre*... C'est tellement ironique, je n'arrive plus à m'arrêter de rire.

Léa me regarde, interdite.

— Ça va ?

Entre deux rires, j'arrive à lui répondre.

— Oui, c'est juste tellement... ridicule ! Et dire que je n'attendais que l'occasion de le détester, il aurait pu m'aider un peu quand même !

Tout à coup, mes larmes de rire se transforment en sanglots irrépressibles. Je m'assieds sur mon lit jusqu'à ce que les larmes se tarissent.

Tout à coup, un détail me revient.

— Et l'accident ?

— Je ne sais pas, répond Léa en haussant les épaules. Tu es arrivée quand j'étais en train de le demander.

J'essuie mes larmes du revers de la main, prends une grande inspiration et déboule dans la chambre de Léa. J'arrive à faire preuve d'un calme et d'un détachement absolu et m'adresse directement à Julien.

— Et l'accident ?

Il nous regarde alternativement, Léa et moi, réfléchit, et semble finalement prendre la décision de me répondre en toute honnêteté.

— Je ne sais pas, Léa m'a expliqué ce dont tu parles. Mais je n'ai jamais entendu parler de ça, je sais qu'il est tombé de scooter à un moment, mais il s'est à peine fait mal et est reparti aussi sec.

Divers noms d'oiseaux me viennent pour qualifier Tom. Je les énumère intérieurement tout en allant m'asseoir sereinement sur le lit de Léa.

Une fois la soirée terminée, je vais chercher la gourmette de Tom dans ma boîte à bijoux. Cela faisait des jours que je voulais la confier à Julien, mais chaque fois je n'arrivais pas à sauter le pas.

Je me dirige vers la porte, et avec un grand plaisir, je la jette à la poubelle.

Chapitre 49
Zinzin

Le mois est passé à une vitesse vertigineuse. Mon statut d'étudiante commence à me plaire. Il confère beaucoup d'autonomie, sans trop de responsabilités. Le seul frein est le nerf de la guerre, à savoir le problème des finances. J'ai tout juste de quoi m'acheter à manger et me permettre un petit extra. Comme ce soir.

Ce soir, nous allons au « zinzin » auquel nous a conviées Basile. Pour l'occasion j'ai décidé de me faire belle.

C — Tu mets quoi ce soir ?

Avec Léa, nous avons mis un système en place pour pouvoir discuter sans que les professeurs ne nous tapent sur les doigts pour bavardage. Nous plaçons une feuille entre nous deux et communiquons par écrit. L'une prend le cours en notes pendant que l'autre lui répond sur la feuille consacrée aux discussions. Léa étant droitière et moi gauchère, je me place systématiquement à la droite de Léa. Ainsi, nous n'avons même pas besoin de bouger la feuille et il est impossible de savoir qu'elle ne sert pas à prendre le cours.

Le plus compliqué est ensuite de rattraper et de recopier ce qu'a noté Léa (et vice-versa) tout en prenant des notes de ce que dit le prof au même moment. Il nous arrive même d'avoir plusieurs sujets de conversation différents et nous les numérotons pour ne pas perdre le fil.

L — 1) Je ne sais pas encore, faut que je cache mon gros Q.

2) Chris m'énerve, il n'a pas répondu au téléphone hier.

C — 2) C'est bizarre, il avait peut-être plus de batterie.

1) T'habille pas non plus comme un sac à patates, il doit faire noir là-dedans, on le verra pas.

L — 1) Quand même, on sait jamais.

2) Non, ça sonnait, donc il en avait. À tous les coups, il était encore en train de faire la fête.

C — 1) Tu vas crever de chaud, t'es bête.

2) T'as pas confiance en lui ? Faut quand même qu'il s'intègre, il peut pas se couper du monde parce qu'il est avec toi.

L — 2) Si ! J'y peux rien, depuis qu'on est loin l'un de l'autre, je suis dingue de lui, et il m'énerve encore plus. Il aurait pu prendre son téléphone, le mettre en vibreur, et tout lâcher pour me répondre quand je l'ai appelé !

1) Je prendrai mon gilet noir. Comme ça si j'ai trop chaud, je l'attacherai autour de ma taille. Et ça cachera quand même mon gros Q.

C — 2) Nous aussi on va à une soirée je te signale. Et j'espère que tu vas pas tout lâcher s'il te téléphone. Je vais me sentir comme une idiote si tu me laisses seule.

1) Nickel

L — 2) C'est bon, tu seras pas toute seule, y aura Basile et Théo.

C — Super :(

L — OK, je ne te planterai pas là. En plus je ne sais pas si Ly a parlé avec Basile. Manquerait plus qu'il te saute dessus.

C — Ça m'étonnerait, elle se le garde sous le coude. J'aime pas ça, ça m'énerve.

L — Ouais, ça doit trop te rappeler quelqu'un.

Re-1) Et toi tu t'habilles comment ?

C — 2) Qui ?

1) Je sais pas, des suggestions ?

L — 1) Jupe courte, pour tes super jambes (note bien le compliment, tu en auras pas d'autres cette année)

2) Alex

C — 2) C'était pour ça tu crois, il me gardait sous le coude au cas où Carrie n'en voudrait plus ?!!

1) Merciiiiiiii

L — 2) Ben je vois pas d'autre explication à ses va-et-vient. Désolée.

Sur ce constat blessant, le cours d'achève. Nous reprenons notre conversation, de vive voix cette fois.

— Ouais, t'as sûrement raison…

Le soir venu, je mets une jupe courte en forme de trapèze, fermée devant par de gros boutons, et un haut simple mais moulant. Mes grandes bottes noires lacées seront parfaites, leurs talons sont petits, je ne devrais pas avoir trop mal aux pieds avec. Je boucle mes cheveux, et me mets un trait d'eye-liner sur les yeux.

Il manque quelque chose pour avoir moins l'air d'être une lycéenne… Je sors mon rouge à lèvres rouge sombre, presque brun. Voilà qui sera parfait !

C'est la première fois que nous allons en boîte, Léa comme moi. Léa vient vraiment à contrecœur. Ce n'est pas une fêtarde dans l'âme et étant en couple avec Chris, elle estime qu'il n'est pas nécessaire pour elle de faire autre chose que quelques parties de cartes en alternance avec de longues heures au téléphone avec lui. Quant à moi, je ne me suis pas encore prononcée sur le sujet. J'attends de faire l'expérience de cette première soirée avant de déterminer si ce genre de sortie me convient.

J'ai avant tout besoin de changer d'air, et je suis prête à toutes les folies pour oublier le temps d'une soirée mes déconvenues. Il est de toute façon temps de penser différemment et de faire éventuellement de nouvelles rencontres.

N'étant pas motorisées, nous avons réussi sans beaucoup de difficultés à convaincre Théo de venir avec nous. Il a déjà participé à la soirée « infirmières » et connaît donc les lieux.

Nous arrivons dans un petit sas où nous achetons nos tickets et recevons un coupon pour une boisson. Je confie ma veste au vestiaire, il fait déjà suffisamment chaud pour m'en passer avant même d'être entrés.

Lorsque nous passons la deuxième porte du sas, je suis surprise. Je ne pensais pas que le bruit serait si assourdissant. Léa me hurle à l'oreille et c'est à peine si j'arrive à comprendre ce qu'elle me dit.

— Il y a du monde !

— Quoi ???

— IL Y A DU MONDE !!

Je hoche la tête, inutile de s'étaler dans nos réponses, nous ne pourrons pas avoir de vraies conversations de la soirée sans nous époumoner inutilement.

La musique est si forte que je sens les basses vibrer jusque dans mon ventre. C'est le genre de musique que j'apprécie suffisamment pour danser, bien que je ne connaisse pas mes capacités en la matière. J'essaie de bouger la tête pour me donner un air assuré, mais c'est peine perdue : je n'ai pas la moindre idée de comment bouger. Il faudrait qu'on nous donne des cours de *danse en boîte* à la fac, pour nous préparer à la vraie vie.

Léa cherche Basile du regard. Elle finit par le trouver dans un coin de la salle rempli de canapés en forme de demi-cercles, chacun bénéficiant d'une table. Il est avec plusieurs autres garçons, qui sont debout à un mètre de lui. Ainsi plus près de la piste de danse, ils alternent entre danser et boire.

Basile a déjà bien amorcé la soirée à en juger par le nombre de verres laissés par lui et ses amis sur la table. Je comprends un mot sur deux de ce qu'il nous dit, mais parviens tout de même à combler les trous.

— Vous êtes venues, c'est cool ! Vous voulez un verre ?

Léa secoue la tête, tandis que j'accepte, ne sachant que faire de mes mains alors que la plupart des personnes dansent.

Il me tend un verre de coca. J'en bois une grande gorgée et manque de la recracher. Il a un goût de moisi.

— Qu'est-ce que c'est ? C'est dégueulasse !

— C'est du whisky-coca ! rit Basile. Tu verras, ça passera mieux au deuxième verre.

Je grimace. Je doute de jamais aimer ce cocktail.

Basile nous entraîne vers la piste. Léa se débrouille un peu mieux que moi, je suis tellement concentrée sur la façon dont il faut que je bouge qu'au bout du compte, aucun de mes gestes n'est fluide ou gracieux.

J'abandonne la danse pour me rendre au bar. J'échange mon ticket contre une bière. Ici, la musique est un peu moins forte, sans doute pour que les serveurs puissent comprendre ce qu'on leur commande, mais je suis quand même obligée de me pencher en appuyant mes avant-bras sur le bar pour demander mon verre au barman.

Accoudée au bar, j'observe tous ces étudiants en train de se secouer au rythme de la musique. Je me sens perdue ici. Je ne connais quasiment personne, je ne connais pas les lieux, je ne connais pas les us et coutumes et je ne connais pas non plus les breuvages d'une boîte de nuit. Alors que tout le monde semble s'amuser, passablement éméchés, autour de moi, je me sens seule et triste.

Les derniers mois ont été pleins de rebondissements et maintenant j'ai l'impression que le temps s'est arrêté et que je serai éternellement seule, tandis que le reste du monde, lui, continue à avancer, à vitesse accélérée.

Mon verre fini, je vais m'asseoir à la table de Basile et de ses copains. Ils sont encore tous sur la piste. Léa, qui était si récalcitrante à l'idée de venir ici, semble avoir pris le coup, et bien s'amuser.

Je prends une gorgée du verre que Basile m'avait confié tout à l'heure. Je me prépare psychologiquement à l'horrible goût de moisissures, mais il est plus léger cette fois, le goût sucré du coca a pris le pas sur celui du whisky.

— T'es une copine de Basile ?

Je me retourne, c'est l'un des garçons qui était là lorsque nous avons rejoint Basile. Je hoche la tête. Il s'assied à côté de moi.

— Tu en reveux un ?

Je regarde mon verre, il est déjà vide. J'ai légèrement la tête qui tourne. Je ne sais pas si l'effet du verre que je viens de boire est déjà à son paroxysme ou s'il ne fait que commencer. Mais j'ai décidé de m'amuser et pour l'instant, ce n'est pas le cas. Un autre whisky-coca pourra peut-être venir à mon secours.

— OK !

Il fait le mélange devant moi. Moitié coca, moitié whisky. Lorsque je porte le verre à ma bouche, le goût de moisi me semble plus intense que dans le mélange précédent, mais il s'estompe vite à la deuxième gorgée.

Je repose mon verre en y ayant à peine touché. Je ne veux pas être ivre, juste l'utiliser pour maintenir la petite sensation de légèreté apportée par ce que j'ai bu jusqu'à présent.

— Tu danses ?

J'acquiesce. Cette fois je me sens plus légère et sûre de moi. Je me laisse porter par la musique au lieu de trop réfléchir. Et enfin, la gaieté me gagne et je m'autorise à m'amuser. Je danse, je sautille, je ris. Et cela fait vraiment du bien.

Le garçon qui m'a resservie tout à l'heure pose ses mains sur mes hanches. Je suis juste assez éméchée pour en avoir conscience mais pour prendre la décision de le laisser faire. Je vois bien qu'il essaie de se rapprocher de moi, sans doute espère-t-il profiter de la première occasion pour m'embrasser.

Je l'envisage un instant, il est plutôt mignon, même si les blonds ne sont définitivement pas trop mon style. Et quel meilleur moyen de passer à autre chose ? Mais l'idée qu'Alex ne soit plus le dernier à avoir eu mes lèvres me sort tout à coup de mon allégresse.

L'autre garçon me regarde d'un air étonné. J'ai arrêté de danser sans m'en apercevoir. Et l'effet de l'euphorie a cessé, je ne suis plus capable de reprendre le rythme et n'en ai plus aucune envie de toute manière.

Théo arrive juste au bon moment.

— Bon, je voudrais rentrer. Zinzin « génie civil » c'est bien, mais neuf garçons pour une fille, très peu pour moi.

Je suis ravie de voir l'occasion de s'échapper arriver à point nommé. Léa rechigne quelque peu mais je réussis à la récupérer : nous saluons Basile et prenons congé.

Lorsque nous regagnons le sas pour récupérer nos manteaux, la fraîcheur de la pièce me saisit. Il m'avait semblé y faire chaud quand nous sommes arrivés, mais en comparaison du four qu'est l'intérieur de la boîte de nuit, il fait presque froid ici. Une fois dehors, je grelotte carrément. Le film de sueur qui s'est formé sur mon corps est vite rendu glacé par les températures quasi hivernales de cette nuit de fin octobre. Je songe avec regret que j'aurais aimé qu'Alex soit là pour me passer sa veste sur les épaules, comme lors de cette soirée il y a à peine deux mois...

Chapitre 50
Je ne t'attendais plus

Nous sommes à un mois de Noël à présent. Le froid et le vent humide nous le rappellent à chaque fois que nous allons en cours et traversons le terrain vague qui nous sépare de la fac.

Le cours d'histoire moderne me semble interminable, et je laisse mon esprit divaguer en regardant le ciel, exceptionnellement bleu. Pour une fois, la pluie nous a épargnés.

Cela fait plusieurs fois que je relance Basile. Il a tardé à transmettre ma lettre à Alex, et n'a pas su me dire quelle a été sa réaction. Il doit vouloir m'épargner en n'osant pas me dire à quel point ça lui a été égal de lire les sentiments que j'avais couchés sur le papier… Pas de réponse à l'horizon en tout cas. Mais je savais déjà que je ne devais pas m'attendre à ce qu'il en soit autrement.

J'ai tiré un trait sur cette histoire, de toute façon. Je ne saurai jamais à quel petit jeu il a joué, mais selon Basile, Carrie et lui forment à présent un couple soudé comme jamais. Basile prend, comme toujours, cela avec légèreté et ne semble pas avoir conscience que j'ai livré mon cœur sur ce papier.

À la pensée que tous sont heureux, le trou dans ma poitrine vient régulièrement me rappeler que je suis seule, face à ma solitude. Mais je suis contente d'avoir écrit cette lettre à Alex lui demandant, l'implorant même, de ne plus jamais me revoir. Je sais que ça ferait bien trop mal et réactiverait régulièrement les sentiments... que je n'ai pas. Que je n'ai plus... Que j'ai décidé de ne jamais avoir eus.

J'aurais juste aimé une lettre, simple, du genre « OK, promis, je t'aimais bien quand même, mais on est si bien avec Carrie... Je ne viendrai plus jamais attiser la flamme ! Bon vent ! »

Léa et moi sommes ravies de sortir enfin de ce dernier cours de la journée, peu passionnant. À peine avons-nous mis un pied dehors que le téléphone de Léa sonne.

— Tiens, c'est qui ? Je ne connais pas ce numéro.

— Bah, décroche, tu verras bien.

— Allo ?

Elle me dit du bout des lèvres « c'est Julien ! »

— Quoi ? Mais comment... ? Quand... ? OK, merci d'avoir prévenue.

Elle raccroche en état de panique.

— Bon, Alex arrive.

— Quoi ?!

Mon cœur a un raté puis redémarre de toutes ses forces. J'ai l'impression que je vais m'évanouir tant la salve d'adrénaline que ces trois mots m'ont injectée dans les veines est forte.

— Il est passé à la résidence, il te cherchait. Julien lui a dit qu'on était en cours, et qu'on n'allait sûrement pas tarder, mais il a pris sa voiture et est en route pour venir nous récupérer.

— Oh.

Je suis légèrement rassérénée. Il est impossible qu'Alex nous trouve étant donné l'étendue du campus, d'autant que Julien n'a pas la moindre idée d'où nous allons exactement en cours. Comment a-t-il eu le numéro de Léa d'ailleurs ?

J'allume fébrilement une cigarette pour me détendre quand la voiture d'Alex arrive à toute vitesse et s'arrête précisément à mes pieds, au moment où j'allais traverser la route.

Bon sang, mais comment a-t-il pu me retrouver, ici, pile à l'heure où je sors, parmi la multitude de parkings et de bâtiments ?!

Il a son traditionnel air déterminé, un poil en colère. L'habituelle décharge électrique que je ressens quand je le vois n'a jamais été aussi intense. J'avais oublié qu'il était si séduisant. Le souvenir que j'avais de ses yeux ne leur rendait pas justice. Et j'avais oublié que je me sentais comme ça quand j'étais en sa présence.

Cette fois, je jurerais que mon cœur s'est arrêté, tout mon être est en suspens.

— Montez.

Je monte à l'arrière, aux côtés de Léa. Il conduit encore plus vite que d'habitude.

J'essaie de réfléchir à la situation mais je me sens vidée de toute substance. Comme d'habitude en sa présence, c'est la colère qui prend la relève. Mais qu'est-ce qui a bien pu lui prendre de venir ici ? Pourquoi n'a-t-il pas respecté ma demande ? Il ne fait donc aucun cas de ce que je peux ressentir ? J'ai pourtant été claire sur le fait que je ne souhaitais plus le voir pour pouvoir l'oublier !

Nous arrivons à la résidence. Je monte les marches sans dire un mot, furieuse.

Julien nous attendait dans les escaliers et nous emboîte le pas lorsque nous passons devant lui. Je le soupçonne de vouloir vérifier que ce que Léa lui a dit un jour est bien vrai et qu'Alex et moi avons vraiment vécu quelque chose. Nous nous rendons tous dans la chambre de Léa. Cela m'énerve encore plus. S'il était venu pour me voir moi, à cet instant il m'aurait déjà entraînée à l'écart pour me parler, ou que sais-je. Il est venu là juste pour me narguer ?

Il reste debout, bras croisés, appuyé contre la fenêtre, soutenant mon regard. J'ai juste envie de hurler, incapable de gérer la multitude de sensations qui m'assaillent.

Léa et Julien échangent quelques banalités pour meubler la conversation, mais ils ne peuvent empêcher les éclairs de colère de passer entre Alex et moi. De toute évidence la fureur qui doit se dégager de mes yeux et de mes quelques interventions sarcastiques l'a contaminé. Nous bouillonnons tous deux de rage.

Quand Léa dit que c'est une surprise de le voir là, c'est la goutte d'eau. Du ton le plus agressif et cynique possible, j'ajoute :

— Ouais, y a vraiment des gens mal élevés, qui se permettent de débarquer comme ça, sans que leur présence ne soit souhaitée.

Il pince les lèvres.

— OK, compris.

La seconde suivante, il passe comme une flèche devant moi et, sans rien ajouter, sort de la chambre en claquant la porte.

Léa et Julien me regardent, sidérés.

Mon cerveau tourne à toute vitesse. Je sais qu'il faudrait que je le rattrape, mais je ne sais pas comment agir devant Julien et Léa. Tant pis. Je dois l'arrêter, lui demander pourquoi il est là, et peut-être... l'embrasser pour le faire rester, je ne sais pas, je ne sais plus.

Je me lève, décidée à courir le rejoindre. Mais lorsque je passe devant la fenêtre, je constate du coin de l'œil qu'il est déjà sur le parking, portière ouverte.

Alors, il me lance un dernier regard puis monte dans sa voiture pour ne plus jamais revenir.

La lettre

Alex,

    Ça fait des semaines que je ne t'ai pas vu. J'ose espérer que tu te souviens encore un peu de mon existence et que je ne suis pas en train de me ridiculiser en t'écrivant ceci. Peut-être que si, après tout j'étais sûrement une parmi tant d'autres et tu as déjà dû m'oublier totalement.

    Moi, en tout cas, je ne t'ai pas oublié, mais j'essaie. Je pense encore souvent à toi et je dois avouer que ton amitié me manque énormément. J'aimais beaucoup les échanges que nous avions, rien de tel que te balancer quelques bonnes vannes pour bien démarrer la journée.

    Mais ce que tu as fait, jouer comme ça avec moi, jongler entre Carrie et moi, ce n'est vraiment pas bien. J'étais sans doute attachée à toi bien plus que je ne saurais jamais l'admettre, et j'ai vraiment l'impression que tu t'es joué de moi. Et c'est vraiment blessant. C'est aussi bien peu respectueux de Carrie.

    Peut-être que si tu avais ressenti quelque chose pour moi, ton choix aurait été autre et que tu serais revenu vers moi...

    À vrai dire je ne sais plus vraiment pourquoi je t'écris. De toute évidence, ton choix est fait. Je dois bien dire que cela me fait beaucoup de peine et qu'une part de moi pensera toujours à toi.

    Bref, je veux juste que tu saches qu'il est pour moi maintenant bien trop difficile de te voir et que puisque tu as choisi Carrie, j'aimerais pouvoir t'oublier et passer à autre chose. J'aimerais donc éviter de te revoir. Comment t'oublier si je te croise régulièrement ? Je te demande donc une dernière faveur : fais en sorte de ne plus croiser mon chemin. Laisse-moi t'oublier.

Voilà, c'est un adieu, je pense. J'aurais aimé que cela se passe autrement.
Essaie de ne pas m'oublier trop vite quand même.

Cat

À SUIVRE...

Les chemins de Cat et Alex se croisent à nouveau dans
Chemins croisés : 18 ans

Vous avez aimé votre lecture ?
Découvrez les autres romans des éditions So Romance
disponibles en format papier et numérique.

Mayfly's Partners
Tome 1 : Nouveau départ
Olivia aime les histoires sans lendemain. Si ces liaisons fugaces lui procurent un sentiment de liberté, son travail de coach sportif, en revanche, ne la fait plus vibrer. Sur un coup de tête, elle quitte donc son emploi à la salle de sport et entreprend de créer une agence d'escortes. Elle entend ainsi monnayer la compagnie d'hommes et de femmes raffinés et, au passage, redonner un peu de piment à sa vie. Aussitôt dit, aussitôt fait ! Olivia en parle autour d'elle et l'information circule. Ses amis ne tardent pas à rejoindre l'aventure…

À l'ombre de nos frères
Tome 2 : Hésitation
Le monde Louise s'effondre après sa découverte du lien entre son frère et celui de Jonas. Elle est désormais convaincue que Jonas s'est joué d'elle et l'a séduite dans l'unique but d'en apprendre davantage sur la relation de leurs frères disparus.
Déterminé à ne rien laisser paraître des sentiments qu'il éprouve pour la jeune femme, Jonas, de son côté, joue les tombeurs. Mais les souvenirs des voluptés passées sont tenaces et malgré ses efforts, le Don Juan doit se rendre à l'évidence : il est incapable d'oublier Louise…

Sous ses doigts
Tome 2 : Le trouble de Cécile

Depuis quelques mois, le moral de Cécile est au plus bas : son fiancé l'a quittée pour sa sœur. Lorsque sa boîte propose de la muter à San Francisco, elle accepte donc sans hésitation. Elle démarre une nouvelle vie dans la métropole américaine, trouve une colocation à quelques kilomètres de son bureau et crée des liens avec ses nouveaux collègues. Parmi eux Dennis, son séduisant colocataire mais aussi Josh, le commercial avec qui elle collabore au quotidien. Distant et arrogant, son comportement échappe à Cécile, qui ne compte pas se laisser faire…

Sous un ciel égyptien
Tome 1 : L'envol du lotus

Passionnée de mythologie égyptienne, Romane rêve de visiter les terres des pharaons depuis une éternité. Alors que son mariage bat de l'aile, elle éprouve plus que jamais le besoin de partir en croisière au bord du Nil. Son mari, Christian, trouve cette idée ridicule, mais Romane parvient à le convaincre de l'accompagner. Elle compte bien profiter de ce voyage pour raviver l'étincelle qui les avait rapprochés, plusieurs années en arrière. C'est sans compter Ousir, guide touristique beau comme un dieu qui lui fait tourner la tête…

Pour en savoir plus

www.soromance.com